流军

王德忠 著

中国出版集团　现代出版社

图书在版编目（CIP）数据

流年 / 王德忠著. －－北京：现代出版社，2022.11

ISBN 978-7-5231-0027-1

Ⅰ.①流… Ⅱ.①王… Ⅲ.①长篇小说－中国－当代 Ⅳ.①I247.5

中国版本图书馆 CIP 数据核字（2022）第 218084 号

流　年

作　　者	王德忠
责任编辑	张　霆
出版发行	现代出版社
地　　址	北京安定门外安华里 504 号
邮政编码	100011
电　　话	010－64267325　010－64245264（兼传真）
网　　址	www.1980xd.com
印　　刷	北京建宏印刷有限公司
开　　本	880 毫米×1230 毫米　1/32
印　　张	9.5
字　　数	180 千字
版　　次	2022 年 11 月第 1 版　2023 年 1 月第 1 次印刷
书　　号	ISBN 978-7-5231-0027-1
定　　价	89.80 元

版权所有，翻印必究；未经许可，不得转载

流年

序 言

岁次戊戌，时令浅秋。

浅秋，我想起了乡下的炊烟，想起了少年时代的村庄。那时，我驱赶着羊群，路过庄稼地，羊群会抢吃地边的豆角，我用鞭子警告它们。奔跑中，我迅速摘下几只浑圆的豆角，季节催熟的豆荚都快要顶开豆蔓了。看看四处无人，我最喜爱的小羊羔就会享受"美味"了。那只小羊的脑门两侧鼓起一厘米左右的包，分明是羊角凸起的地方；小羊咀嚼豆角的时候，它欢快的表情足以让我开心一晌。有一次，一只母羊撒尿，恰好淋湿了小羊的脑门，小羊被一坨湿黄的颜色装扮成阴阳脸，引起了伙伴们的哄堂大笑。我甚感窘迫，私下里放纵小羊美美地吃了一顿地边的豆角，对于小羊，也算是"安抚"吧。一个"合格"的羊倌大抵如此，看到小羊慢慢长大，会有新的小羊羔进入视野，如此循环，内心总是纠结在羊羔们的身影之间。村口大槐树下有一口古井，村姑挑水的时候，羊群在鞭哨和夕阳之间蜂拥而来，一切都很鲁莽。在村姑惊异的眼神中，我很唐突，另类得非同寻常……

我在《流年》中仿佛看到了自己的影子，因为钟爱乡村的缘由，我会常常想起那些淳朴的人们，他们的笑容偶尔浮现

在我的面前,那笑容夹杂着黄土地的气息,扑面而来,都是珠光宝气无法比拟的。农耕驯服了我浮躁的习气,对于我来说,与世无争的时光才是终极目标。

2018年的夏天很特殊,一直上演着淅淅沥沥的雨水,无论江南还是漠北,甚至甘肃临夏著名的干东乡,大地也被温润成水泽之乡。原先干涸的河床开始应接不暇,充沛的水流,居然一路撒欢而去。草木吸足了水分,四处繁茂,遍地茁壮。

隔着雨帘看世界,江南的梅雨富有诗意,大多都被文人点缀成思念。梅雨季节,靠近窗户写诗,雨打芭蕉、雾锁拱桥,一池荷叶,偶尔有几只雨燕掠过,燕子的翅膀激灵着水花,迅疾消逝。荷叶下,毛茸茸的枝干鳞次栉比,雨滴在水池中纷纷扬扬,梨花点点,透雨如丝。江南浸雨时,唯恐错过佳句。诗意江南,总是缠绵悱恻。

今年夏季,雨在呢喃,南飞之燕恐怕误掉了行程。鸿雁传书,伊人写意乡愁,一本《流年》,是否在伊人手中款款而归。

而那大雨直奔大西北而来,有点儿强悍的意味,久久不肯离去。荒山居然新绿盎然,水渠隐没在草丛之中。风雨侵袭而来,有些电线杆倾斜了,做垂危状,火花在暗夜中挣扎了几下,倏然,万家漆黑,一片忧郁。此时,应该是电力部门最忙的时刻,出发、应急、抢修。被灯光娇生惯养的人们害怕漆黑,谁也不知道这群人当中居然有一位电工文笔绝佳,写意《流年》;纵然远山如黛,纵然觥筹交错,纵然潮流奔向纸醉金迷,纵然珠光宝气在舞台上交织成一枚枚光泽……但是,光源只凭借电线隔空而来,当泥泞蔓延时,隔着恩怨,我看到了真实的背景。灯光当仁不让,会折射酒杯中的光晕;但是,漆黑中，电线杆上用手拖曳光明的人们却被时光折射着。时光爬在格子上，渐次汇集成一部小说，生活中，繁华背后的故事才是最美的风景。王德忠先生如数家珍，我甚至渴望这本书中的文字能够立体起来，散发出葳蕤之光，在鲜为人知的领域里，点亮更多人的思想。

　　王德忠先生的《流年》一书，是洗尽铅华后的真实。习惯于包装自己的人们，有几个敢于把自己的灵魂暴露在阳光下。其实，人生就是一个送别的过程，送别爷爷奶奶，送别陈旧的往事，送别谆谆告诫的恩人，送别蝇营狗苟的琐事……《流年》一书，有我们很多人的影子，有自私的、有堕落的、有感恩的、有警醒的，但无论如何，当我们审视内心时，却发现自私自利占据了太多的年轮，因为道路本身不是直线，所以我们看到的总是坎坷！倘若没有坎坷，人生何其苍白。

　　在《流年》中，我逐渐读懂了真实，因为我们错过了许多丰富自己的机会，所以就有了遗憾。有些遗憾，是与生俱来的，而更多的遗憾就是一根皮鞭，每每在不尽如人意时，那皮鞭就会抽打自己，直到完全醒悟为止。读书之际，顺便检讨了一下自己，总感觉亏欠着校园里的时光，感觉人活着不仅是为了养家糊口。当我们走路的时候，却发现有些人根本没有脚；当我们唱歌的时候，有些人连话也说不出来；当我们举家欢庆的时候，有些人还在颠沛流离。《流年》一书，更多的是考虑别人的感受，建立在别人痛苦之上的快乐，必定是屠夫的快乐。

　　我小心翼翼地书写着序言，我怕自己会给别人带来不愉快的感受，因为我不是纯粹的文人。真正的文人是勇士，他手中的笔会投向最黑暗的地方，因为那里才需要光明。比如王德忠

先生，他用文学架起了一根根"电线杆"，在台前幕后，供养着我们的灵魂，令我那些自以为是的优越感瞬间土崩瓦解。

许我三千笔墨，画你绝世容颜。王德忠先生并不是一个"独行侠"，《流年》一书，有芳华，有兴衰，有鞭挞，有关怀，更多的是，有——真诚。

诚惶诚恐、掩卷辍笔，斗胆陈述，班门弄斧，凑齐了一些文字，林林总总。感念秋日颇有收益，唯书本溢香，少了些许惆怅，但愿这世界多一些单纯的人，少一些落井下石的人。

以为序。

王绍华

2018 年 9 月 11 日于甘肃玛曲格尔珂草原

流 年

一

　　三年的书店生涯，使我只能同书籍和书架周旋，在这三尺柜台里沉默着、耕耘着。我的希望是盼着有一天，我能写出一本书，爬到书架上，那才是真正属于我的田野，让读者在其中畅游，我就知足了。然而多次的失败，我已无心耕耘于爬格子的田间，但是由于受一些文坛老前辈的影响和激励，我终于拿起搁置三年之久的笔，写写我童年到青年的暌违际遇，经历过的真实故事。我指望我的这篇稿子能够与读者见面，并且拥有自己的读者，也是了却我的一大心愿，避免青年朋友们失败了像我那样消沉下去，也祝愿你们的生活不要像我那样坎坷、曲折。你们应该清醒地意识到：困难是强者的登云梯，人生最大的欣慰莫过于在这个阶梯上攀登，到达科学真理的高峰。

　　我真心希望你们不要对我孩提时代某些行为和做法进行嘲讽，我心诚意真地把我童年的隐私全部告诉你们，如果你们从中受益，将使我本人感到莫大的欣慰。

　　我写的这部小说，在一些才识博学的文坛前辈眼中，它将是一棵无名的小草，不值得欣赏和称颂。但是，我要告诉你们：我的这部小说毫不矫揉造作，夸张玄虚，它只是通过我的回忆和体会信手拈来，凑成一部小说，顺其自然写来罢了。

　　我出生在甘肃临夏市的城乡接合部，在临夏县辖区内，距临夏市三四公里，临夏回族自治州政府所在地也在临夏市区内。对于生我养我的黄土故里，我写不出什么美文来赞颂她。在这片黄土地上生息的人，如张思温老先生和郭栋等前辈对她吟歌志感，表达出多么令人陶醉的称颂！也许他们的赋和诗就是最好的临夏写照吧！但我认为："他们是他们，一个个才学渊博的老先生，我与他们比之，真可谓天壤之别，太渺小了。"但我要写一点儿东西，因为这是我微弱的光芒，就算作我对故乡的报答吧！

　　1968年6月13日，我生于这个不太富庶而人口较密的小城郊。家庭不太富裕，也不算穷得揭不开锅，能将就着对付，父母都是面朝黄土背朝天的典型农民，劳动造就了他们高尚的情操。

　　我的出生，给贫穷的家庭又添一份负担。那时正处于生产合作社时期，家庭的口粮按劳动工分分配，多劳多得，少劳少得。可我的家庭与别人的家庭不同，家里只有父母两个劳力，爷爷和奶奶常卧病在床，姐姐、哥哥和我还很小，一家七口人只有两个劳力，为了这个家，父母愁得过早地染上了鬓霜。能过下去吗？这个问题时常在父母的脑海中徘徊。父母为了养家糊口，没日没夜地拼命劳动，别人的父母早晨八点钟下地干活，而我的父母却不能这样，凌晨四点就开始下地干活，别人上工时他俩已干了好一阵子，目的是多挣半个工分，年终时多分点儿口粮，好养活咱这一家子人。父母把我们三个孩子交给爷爷和奶奶看管，爷爷和奶奶把我们看得又小心又十分严格，认为从小对我们撒手不管，准得把我们娇惯坏，将来会惹出事端来的。他们总是这样对我说："我们那个年代比你们现在管束得严好几倍呢！这算什么严格？你们甭多嘴，老老实实听大人的话。"他们不让我们到门外边去玩，大门简直成了高墙，让我们不敢越雷池半步。那时我好想看鸟,好想看蓝蓝的天空,但这不可能,封建守旧的门锁把我们的心锁在里面,我们什么也看不到听不到,我们感到好憋好难受,他们觉得孩子在大人面前戏耍是最牢靠的管教方法。在爷爷奶奶的眼里,干什么事,有胡子的比没胡子的强,男孩子比女孩子强,年纪大的手艺比年纪小的手艺强,晚辈只能遵从上了年纪的人,就是教训你是错的也应该洗耳恭听,不得辩解,否则,他们立刻给你两个耳光,还说你不知礼仪,在他们眼里,不知道什么是"后生可畏",不明晓什么是"一代新人胜旧人,长江后浪推前浪",只有满脑子的封建传统思想。在这离市区三四公里的城郊,一些陈旧的习俗还真不少。

每年到了八九月或是端阳节、冬至节什么重大节日的时候,许多信男善女都要聚会在一起,祭祀佛祖,诵经佑平安,规模较大,百里之内的人都要来烧烛进香。规模最大的是给佛祖换"金衣"。每当到了节日里给佛祖换"金衣"的时候,就把佛祖的旧"金衣"脱下来,然后把新置的"金衣"给佛祖穿上。主持这一典礼的人必须是乡里德高望重的老人,举行典礼前他们要仔细地净手净脸,恐怕玷污了金身,做事十分小心。对佛祖脱下来的旧"金衣",人们既不烧也不焚,而是把"金衣"撕成千万条,把这些又细又长的黄布条儿分配给每个家庭,让爸爸妈妈、爷爷奶奶把黄布条系在自己儿女或孙子、孙女的颈上,说这是佛祖穿过的,戴上它能长命百岁,除妖治病,有神灵相助呢!他们把这些金黄色丝带戴在我身上,但是到现在我还不明白:那时与我同龄的许多孩子,他们患疾病后,为什么得不到神灵相助,去除疾病,反而许多人都被病魔吞噬了幼小的生命,我简直有点儿不相信,同时又有点儿气愤。

青年朋友们,你们瞧瞧!在现在看来,这是多么荒唐、荒谬。它根本抵制不住任何疾病和灾害,而且延误了病情,使其越来越严重,导致一系列的惨剧反复重演,使人们精神上的枷锁也越来越重。

他们还经常给我讲一些关于神仙和妖魔鬼怪的故事。时常讲神仙如何为民造福,普度众生于苦难中的故事,听着听着,我真信了,我认为神仙是伟大的,脑子里塞满了什么神兵天将之类的东西,有时听厌了,我就装作瞌睡,他们就停止唠叨。

在我爷爷病重的日子里,他不吃不喝,脸色十分憔悴。有一天,爷爷把父亲叫到面前,语重心长地再三叮咛道:"我知道我已不行了,延不了几日,如果我走了,离开了你们,你们要照看好最小的孙子,他身子虚弱,经常闹肚子拉痢疾,我放心不下的是我那宝贝孙儿,以后一定要将他送到学校去。"父亲十分难过,抹了抹鼻涕和眼泪道:"爹!你放心,我们会照看好你那小孙子。"

时隔四天,爷爷离开我们走了。大人们忙着办丧事发丧,时的我,心如刀割,痛断肠,耷拉着脑袋整天整夜地号爷爷!你醒醒!你为什——么要走?还我爷爷——还我——爷!"从小爱乐的我此时眼泪如雨般夺眶而出。大人们似乎不曾感觉到我的存在,没有人来劝我。只有父亲叹着气哀声道:"哭吧!哭吧!!大声哭吧!!!"现在我才明白我四岁时的那种情形,只有哭出来才好受些,只有这样才能发泄此时此刻心中的悲痛。出殡时,一个个都披麻戴孝,棺材在崎岖的路上走着,人们跟在其后,人群犹如一条白蛇,弯弯曲曲,白茫茫一片。终于,棺材抬到了坟地,据说坟地是阴阳先生选择的,说什么头枕高山顶,脚踏风水岭,是块风水宝地。还说若祖坟占了风水宝地,子孙能金榜题名,财源茂盛。当人们下棺的时候，我绝望地吼叫着："不要埋！不要埋！我要爷爷——"接着晕倒过去，当人们把我唤醒时，我耷拉着脑袋望见雁阵般排列的灰烬正向遥远的天空飘去，我彻底地垮了，似乎疯了，失去了往日的精灵。

我那可怜的爷爷，整整在床上躺了十年，身体几乎没有舒展过，一直曲着身，经过十个春秋的艰难生活，他离我们远去了，我再也看不到那熟悉而刚强的面孔，他似乎也把我的灵魂带走了，我在绝望中伤叹悲感。

终于，我们全家摆脱了这种悲哀的日子，然后又按照惯例，父母下地去了，我们三个小淘气鬼与奶奶待在一起，开始了正常生活。

长年的劳动使母亲变得干瘦黝黑，腰也有点儿弯了，眼睛也失去了常人的光泽。父亲看着母亲芦柴棒似的身子，很担心地说："你要注意身体，不能有个三长两短，否则，这个家我也会支撑不住的。"

在爷爷离我们远去的一年里，我感到了母亲的伟大，她不但养育了我们，而且给予我们的太多太多，我们永远也报答不尽她的恩情。那时我想要的东西，不管家庭经济条件许可否，父母都会立刻想方设法，尽量满足我的要求。比如其他小孩子手里有小轱辘拉时，父母为了满足我，竟把人力车的轱辘给毁了，把辐条拆了做个小轱辘给我玩。有些玩意父母实在不可能办到，他们会哄我多半天。不然，我会鬼哭狼嚎个不停，因为我一哭，惊动了屋里的奶奶，奶奶便会训斥我父亲和母亲。有的时候，我为了要一件东西，就干脆装作哭叫起来，这样他们立刻会依从我。

要是父亲和母亲打我、骂我，奶奶总是袒护我，会训斥父母一顿。奶奶对我孩提时代的娇惯，使我越发变得任性、

浪荡。

我喜怒无常,不懂得什么是规矩,要是玩得不高兴或姐姐不给我好东西,不管家中有没有客人,我便会当众大哭大闹,非把好东西要到手不可。这样的娇惯、纵容,致使我现在面临困难或失败的时候,便失去了奋斗的勇气,临难而退,这也许是当今广大少年朋友的通病吧?

此外,我还有一个大大的坏毛病,瞌睡来了又哭又闹,非叫父母抱在怀里不可,还要转来转去。据父母说,在屋里转转还不行呢,大冷天,还闹着到屋外去呢!那时,我却不知寒冷和风雪,而父母的双手早已冻僵了,两手都是冻疮。

我的孩提时代是这样度过的,那种过分的溺爱除了使我弱不禁风,恐惧一切外来新事物外,难道还有别的益处吗?我很少出门,整天在二百平方米的庭院中玩耍,像笼中的小鸟一样,适应不了广阔的蓝天。没有在蓝天下自由自在地飞翔、觅食,没有体验过什么是困难,也不知道什么是困境和失败。因此,我一旦做事失败了一次,我的意志就消沉了,没有重新再做的念头。那时我好几年不到门外边的世界中去,不和同龄小孩子们玩耍,因此对外边的世界感到很陌生、很新鲜。我简直是一只井底之蛙,看不到井旁的麦浪田、黄土地。啊!父母可曾了解这种溺爱和这种养育之方给孩子带来的伤害吗?广大青年朋友们,你们将来做了孩子的爸爸和妈妈,要懂得怎样照看孩子,要让他们在困境中锻炼,培养逆境中求生存的意志力和战斗力,让他们多吃苦头,使他们明晓今天的幸福日子是何等的来之不易,让他们经得住暴风雨和多变风云的磨炼。给他们一份欢乐畅快的活动天地,接受一切大自然的音符和新鲜事物。这样,才会使他们的筋骨灵活,智商提高,意志刚强;使他们从小树立一个正确的、科学的人生观、价值观。

流年

我母亲通常用一些野兽或魔鬼的名字来吓唬我。每天夜里,当我不睡哭闹时,父母就用"大白狼""抓娃鬼"等字眼来唬我。他们时常对我这样说:"你再哭再闹,就把你扔到外边去,让大白狼叼去哩。"我听着父母的唬语,不敢作声,怯生生地进入梦乡。这使我变得胆子非常小,一直到七八岁时,我夜里不敢出屋门一步,只要一有响动,我就特别惧怕,紧紧地抓住父亲的胳膊,怯怯地问父亲:"这是不是'抓娃鬼''毛鬼神'?"父亲唬我说:"正是它,它的脸血红血红,口好大好大,两只巨手又黑又脏,专抓不乖巧的小孩哩。"我又道:"爸,这'毛鬼神'抓我吗?"父亲不假思索地说:"只要你乖乖的,它不会抓你的。"父亲这样的话比其他理由使我更加乖乖的,我也听父母的话,不再哭闹。

我常常看到许多胡须长长的、背弯弯的乡老人,父亲说他们在乡里德高望重,都是咬笔杆子长大的,驼背里尽藏的是墨水,乡里重大的节日有他们主持,给佛祖穿"金衣",画符呢!但是我不明白,他们为什么总说鬼神和佛祖有关的话语,说起来比父亲说得更加可怕,更加绘声绘色。我记得他们在死到临头时还在唠叨:"快快烧冥币,都给索命鬼,好让我快行,别受着这冥刑。"可是恰恰相反,人们烧了许多冥币,但他们还是不死,并且痛苦难言,还是死不了,这是什么原因呢?我现在才明白了这一切,我深深地体会到:人的思想越落后,越守旧,那么他身上的毒瘤就越大,甚至把人的生命夺去。

父亲是比较开通的庄稼汉,他通过目睹那些逝者的情形,与那些荒诞无稽的鄙俗有一些隔膜,但还是没有划清界限,爷爷有病时他曾去求医,不去求神,后来我才知我爷爷得的是脊椎增生,当时的医术治不了此病,每当父亲看到爷爷病痛不堪

时,便去找医生,也曾向神仙求治祈祷过。为了这个,他遭到同龄人的斥责和怒骂,他对那些人十分恼怒,但同时为了讨好奶奶,为了使奶奶心情舒畅些,不生气,他就装作求求神仙,反使父亲自己苦恼不堪。他为了奶奶,忍让着那些人,同时也尽量忍让我们,我做了坏事或错事时他不打我、不骂我。天啊!父母把我娇惯得多惨!难道我幼年时期那些背乎情理的事情不应当给予指正、批评吗?不对孩子进行严格的教育,让其本来善良的品行变迁,这难道不是做父母的过错吗?

这样,父母一而再,再而三地原谅我的所作所为,并且默默地庇护,总以为"孩子还小,随他吧",难道社会能谅解吗?道德能庇护你吗?什么时候才能真正地长大呢?啊!父母在改变孩子品行的同时把自己的品行也扭曲了,这不可怕吗?

我在家庭——这个小小的笼子里,像小鸟一样,不知寒冷地整整待了七年半,简直成了一截朽木,既不懂得做人的日常礼节,又不了解外面的新鲜事物,是一个十足的笨蛋,傻瓜就是我的最好写照。也许由于我从小独处的缘故吧!现在我讨厌人群,喜欢独处,认为独处是一种享受,把杯赏月,点燃一根烟,在窗前静思简直其乐无穷。

终于,我飞出了小笼子,年龄已不允许我待在家里。我背上书包,踏进学校。在校园这所神圣的殿堂里,我发生了很大的转变,我的习性被磨炼得柔和了,调皮劲儿和任性化为泡影,使我具有了一个高尚的品行,这些功劳应归结于我的启蒙老师——杜老师,是她教育和引导的结果。

二

送我上学，我高兴了很多天，我像一匹脱缰的野马，尽情地望着陌生的溪水、麦浪、山川，聆听着大自然一切美妙的音符，我多了许多小朋友，他们是吴平、王红、王忠、宋林、马强等，他们和我都在同一个班级，我们一起玩耍，看鸟。还有一个与众不同的朋友，叫林虹，他爱教我们馊主意，经常欺负女同学。父母见我与这些小朋友整天玩耍，时常对我说："学校不同家庭，你不能有丝毫的任性和调皮，否则，其他小朋友不和你一起玩呢！"我乐呵呵地抿嘴一笑，若无其事地说："放心吧，爸，好！我知道啦！"

我的第一个老师是为人忠厚、心地善良的女老师，名叫杜振红。在因材施教方面，就现在而论，在我一生所授课的老师之中，杜振红老师的才华和育人方法是无与伦比的。她很少生气，说话十分幽默，给人一种不卑不亢的感觉。岁月的刀剑在她那张瘦小的脸上刻下几道深深的痕迹。

杜老师就把我和林虹安排坐在一起，并且是第二组第一排。林虹坐第一排是校长对杜老师的亲自嘱咐，而我坐第一排也许是父母专门叮咛杜老师的缘故吧？关于我坐第一排只是我猜测而已，而林虹坐第一排是校长当众给杜老师叮咛的。

我的课桌紧挨着老师的讲桌，我从来不敢交头接耳，更不

敢朝后看其他同学在做什么，因为很害怕被老师看见。她把我们管束得十分严格，在课堂里，她的脸色比一个高级军事教官的脸还严肃，上她的课时，我几乎不敢大声喘气，我总是盼着下课铃早点儿敲响，赶快结束这紧张的一课。下课时，我贴身的背心已被汗水浸透了，手脚似乎麻木了，这比战斗还要紧张呢！也许是这种严格教育的原因，杜老师一次次地被评为先进工作者，还被授予"园丁奖"呢！她对这些好像视而不见，并且很幽默地说："荣誉好比是一朵刺梅花，花瓣虽好看，可上面有刺哩，人一旦接触它，它会刺伤你的，还是离远点好。"我真不明白，别人求之不得的荣誉，她却不理，这是为何呢？

她完全具备任教才能和学识。她心地善良，对待学生一丝不苟，非常严肃，经常紧绷着脸，她的这种性格对学生来说真有点儿受不了的感觉。她从不允许学生逃课，更不准男同学欺负女同学。她手中的教鞭有两个用处：一是指着字讲课或让我们念读；二是敲我们的脑壳。这样，我们对她就特别害怕，我和林虹吃过教鞭的苦头最多，一见到教鞭，我和林虹的脑袋就嗡嗡直响。她还有一个绝招，就是让逃课和上课捣乱的学生罚站，要顶着烈日站一两个钟头，林虹经常被罚站，被晒得几乎脱了一层皮，叫苦连天。

值得我们称赞的是杜振红老师的念书绝活。她对小说的人物心理语句念得特别生动、很有感染力。这就是她比其他老师强人一等的地方，她注重强调文字的特色和语言的情感，她念出的句子朗朗上口，给人以高山流水般的流畅感觉。比如她读《春耕》一文时，读得很生动，我们听着，不知不觉好像闻到了春天的芳香，仿佛看到了春天万物的苏醒，杨柳发芽的一片勃勃生机。听她念书，是我们每个同学的莫大享受。

许多同学念书时矫揉造作，尤其是林虹，他阴阳怪调，装腔作势，音儿忽高忽低。杜老师一听到，就立刻叫他停念，罚林虹到外边站着读，直到通顺流畅为止。

若是你听她讲解语意，真是十分动人，我们听得津津有味，你瞧，杜老师她这样讲："'囚'字读'qiú'，古代时把犯人圈在四壁没有窗户的屋子里，不准与外人接触，所以它的意思是犯人的意思，懂了吗？"我们震破嗓门齐答道："懂了，老师！"可这时，林虹却捣蛋地说："懂了没懂。"杜老师严厉地问："真的没懂？下午到办公室来我教你。"

老师又讲道："同学们，光会读还不行，要懂得其文意，若不懂得其文意，就像一座没人居住的房子，外表美丽，而里面空虚，是一幢废物、垃圾，没用处的"。

下午搞卫生时，林虹用一种威胁的语调对大家道："谁帮我搞卫生，我给他五角钱，还买块冰棍吃呢！大家都没有吭声，只见王红用手抹了抹干涸的小脸道："林虹，我帮你，不过我不吃冰棍，给我钱，我买个写字本行吗？"林虹咧着嘴说："没问题，若轮着我搞值日，你给我搞，我给你七角钱，你买个写字本吧。"王红无奈地点了点头。

在现在看来，实在是可恶至极，从小不爱劳动，认为金钱是万能的，如何能成为国家的栋梁呢？后来我知道王红家里贫困，买不起本子，为了减轻家庭负担，她就替林虹搞卫生、背书包。在林虹身上，童年时已留下了斑斑污点，他非常嫉妒别人，经常打架，还常和杜老师顶嘴，杜老师还真有点儿拿他没办法。

杜振红老师的字写得相当漂亮，她注重笔画顺序、书写规则、间隔距离，很少使用标点符号，总是一气呵成，给人以一种洒脱的感受。她对我们的作业要求非常严格，作业中不得涂

抹一点，字要写得整齐，真有点儿苛刻至极。

那时林虹上课时从来不动笔，光用耳朵听讲，杜老师见林虹这般，很幽默地说："林虹同学，我赠给你一句名言，请记牢！"说毕随口而吟：

懒汉是埋葬天才的坟墓

拿出你那又黑又脏的小手

动动筋骨，把笔记记好

也不至于你麻木，发呆

我多么不希望你们用懒惰的双手把天才埋掉

那个可怜的小懒虫林虹被羞得涨红了脸，不得不从袖筒中抽出双手，赶紧记笔记，她这样一个轻微的忠告，使林虹再也没有抱手听而不去写。

杜振红老师最不喜欢同学们拿粉笔或铅笔在墙板和黑板上乱涂乱写，有一天吴平在黑板上画了一个图案，她看见了，对大家说，我给你们讲一个故事：

古时候，有一个才学浅薄的学子，他呀喜欢乱涂乱写，途经之处，到处乱写，哪儿若有一块干净的墙皮，他会马上去写他那所谓的诗词。

有一天他刚涂写完毕，另一个才华横溢的年轻学子见了，便在上面写了两句：

墙上放高屁，为何墙不倒？

那个才华浅薄的学子不知羞耻地又添了两句：

那面屁顶着，所以墙不倒。

另一个才华横溢的学子转到墙背后称道：果然有屁！果然有屁！！那个浅薄的学子好像悟到了什么，低头走了，再也没有到处涂写。

杜老师讲毕问同学们："好听吗？"大家齐声道："好听，

好听!"从这以后吴平,也包括全班同学不再乱涂乱写。

她也讨厌同学们不爱惜粮食,糟蹋劳动果实。有一天她看见马强用大豆般大小的馒头粒打来打去,打得满地皆是。她立即叫马强把馒头拾起来,并让他放到嘴里吃了,又让马强用钢笔在手心中写《悯农》这首诗:

锄禾日当午,
汗滴禾下土。
谁知盘中餐,
粒粒皆辛苦。

当马强写毕时,她厉声道:"记住,下次我再看见你浪费粮食,我让你把这首诗写在脸上,给你化化妆!让你时刻记住:一粥一饭,来之不易。你们怎么这样不珍惜粮食,你可知你们父母的辛苦,一粒粮食凝聚着你们父母的十滴汗水和一滴血水,不要拿汗水和血水开玩笑,马强同学,我不希望你抛洒你父母的血汗。"

王忠是个刻苦好学的同学,他激励自己更加勤奋、刻苦,便在自己的课桌上刻了"苦"和"早"两个字。杜老师见了后让他重新用油漆刷掉了这两个字,并语重心长地说:"你要把这两个字刻在心中,而不应当刻在桌面上,它不但影响你写字,而且也影响桌面的美观。"王忠点了点头,始终低头不语。

每当放学回家时,父母就对我进行教育。一到学校里,我早已把教诲忘得一干二净,我在学校里觉得很闷,没有什么调皮劲儿和任性了,课堂和老师早已把我的调皮和任性赶跑了。

我读的那所小学在那个年代里,可称得上是一座环境条件和教育条件良好的学校,李同茂校长将学校管理得井井有条,大部分学生品学兼优,我整天和那些品学兼优的学生做伴。那时同学们互相起"绰号"安"头衔",甚至给老师也安上一个,这一恶习在校园里蔓延,人人都有绰号,也叫代号。现在回想起来,我记不清小学时同学的真实姓名,却隐隐约约记得个个的"绰号"。我们班的绰号是由说俏皮话的宋林安的,宋林实在可笑,他随口就说俏皮话,他吃馍时这样说:"馍里夹着菜瓜菜,真是香是香着怪"。宋林说得很多,并且用一种不男不女的口气说。例如:"哎呀,真是半生半熟,吃着肚里舒服""要真的恋爱相处,必须三推六二五"。总之,宋林说得太多太多,我已记不清了。大家根据他这一特点,也给他赠个不男不女的绰号,就叫"俊俊的妈妈秀秀秀,呀秀,尕秀秀",简称"秀秀"。

宋林给同学们起的绰号不少,有的叫"老龙王""小白菜""国宝""长枪""短炮",也有的叫"加档""仙女""模特""大篷车""119""小电报"等诸如此类的难听名字。

我和这些人相处,当然也免不了有个绰号。我的名字叫"黄良",他们就来个顺口溜:"黄良,黄良,苞谷地里抓狼",就叫我"狼先生"。后来我们学了《东郭先生和狼》这一课,他们把我的绰号进化了一下,引申为"东郭先生"。从此,不管在学校里,还是在村庄里,我的绰号便代替了我的名字。

那时我并不在乎我的绰号,而是枉费心机,用尽心思地给别人安个更难听的绰号,以为这才是对他们有力的回敬。现在我才觉得给别人安绰号是那么的讨厌,是对他人那么的不敬,我痛恨那说俏皮话的宋林和我自己。可现在后悔有什么用呢?就像一张白纸上画了图案,是无法抹掉、擦干净使它恢复本来的洁白无瑕的。

广大的青少年朋友们,我真诚地希望你们从这里有所得益,你们千万别有这种恶习,给别人安绰号不仅是一种恶习,更重要的是伤害他人的自尊心。

在校园中，许多人的绰号都代表着他的某一特点或特长。如秉烛夜读的莘莘学子叫"猫头鹰"，长得漂亮一点儿的女孩子叫"小熊猫"，又引申为"国宝"，更有甚者叫"校花"。爱管闲事、琐事唠唠叨叨的男老师便安一个亲昵的称谓"尕朋友"，讲课时口齿含混不清的老师便送一个"肉头"来戏弄，这种以缺陷和特点来安的绰号，现在想起来是那么的愚昧无知。

这种朋辈之间的陋习应该抛弃，难道以后我们不会见到那些无论在年龄上还是学业上超越我们的同辈和前辈们吗？一见面，那是多么的尴尬、不自在，难道寻找老鼠洞钻进去不成？我们应该尊敬同辈和前辈，特别是女的、小的和老的。

日月如梭，一晃四年已过。我想我们的班主任杜振红老师如果不与林局长和李校长发生口角，她会一直送我们毕业的。可是，一件谁也想不到的事情发生了。有一天，调皮的林虹在课堂上大吵大闹，并且抽烟，教室内烟雾一片，严重影响了正常教学，杜老师气急了，再三训斥林虹，林虹不但不听，依然我行我素，全当耳旁风，反而嘻嘻哈哈，不当一回事，杜老师很生气，气得涨红了脸，厉声叫道："林虹！滚到外边去！下午我们好好谈谈！"杜老师拖着伤心的腔调继续讲课。林虹走出教室后，并没有老老实实站在教室旁，而是一溜烟跑出了校门口，朝电子游戏室奔去。

中午时候，林虹跟别人打电子游戏赌钱输了，气呼呼地跑进教室，挎上书包，跃上讲台，在黑板上歪歪扭扭地写了几行字：四五六、四五六，今天我背书包离校走。七八九、七八九，老师凶狠像条狗。今天走、明天走，最终还要狗先走。林虹又斜着眼瞅了自己的杰作一遍，把黑板擦摔出教室，然后在

讲桌上抹了抹手上的粉笔灰,便得意地向大家喊道:"Byebye 哥儿们,好戏后头瞧。"

下午一上课,杜老师向黑板上瞧了瞧,气得咬了咬牙说:"你这浑蛋林虹,不就是有几个臭钱和有个当局长的爸爸吗?有什么了不起!欺人太甚了,你这动物、兽类,天地不容!"说完这句话,她便晕了过去。我后排的王红同学赶紧拿着黑板擦,把林虹的"杰作"愤怒地抹去。

过了一会儿,杜老师醒过来了。我那可怜的女老师被这杰作气得五脏俱裂,指着黑板,手指发抖,无力地直摇头,一句话也说不出。我现在想,她那意思是"此子不可教也!"吧。过了很久很久,她才松了口气,慢慢地说,今天我不讲什么课,就讲林虹同学,大家注意听,要冷静点儿,不要激动。

林虹是教育局林局长的儿子,在市区上幼儿园大班时,经常打架,出坏点子,欺负女同学,时常到外面打电子游戏,成绩十分差,市重点小学没有录取他,请他另选小学。他爸爸给李校长打了一个电话,并交了三百元插班费,李校长就点头哈腰地答应了。

林局长这样电话嘱咐李校长:"我把儿子送到你学校,是因为我听说你们学校的杜振红老师教学有方,善于诱导孩子,你就把我这不争气的儿子交给她管教吧,我希望我的儿子能成为一名品学兼优、心地善良的好学生,把他培养成一个有纪律、有道德、有文化、有知识的四有人才,为跨入重点中学打下良好的基础,就拜托你们了。至于你们学校的各项待遇嘛,一切包在我身上,但是我也真诚地希望,下回我见到林虹时,但愿他不再是像现在那样品质恶劣的孩子,但愿各门功课都及格,能够考上重点中学。不过,我若看到林虹与先前无二样,我会马上撤掉你的职务,将杜振红的名誉一撸到底,调到边远的村校中去。"

李校长胆怯地道："林——林——局长，我们尽最大力，我——尽——力，但我不敢保这——证。"林局长得意地回道："尽力就好，你们尽力不尽力，我下回碰到林虹时就知道了，我已把他交给他姥姥了，念书方便些，你们也照顾点儿，有人找我，我们下次再谈。"说完便挂了电话。

杜老师讲完林虹的事便说："同学们，不要难过，这件事我已意料到，经过多少个不眠之夜的琢磨，我想开了，还是离开这儿，走得越远越好，反正迟早是要走的嘛！"同学们的屁股在板凳上坐不稳了，一个个都抓自己的脑袋，气愤地沉默着、思索着！

良久，王忠"啪"地站起来道："咱们为何不去告林局长？让他去罢官！"杜老师苦笑着道："同学们，你们还小，能明白官场上的钩心斗角，官官相护吗？"杜老师叹了口气又道："真是天下乌鸦一般黑，恐怕告倒的不是林局长，而是我们自己。"

这一节课，同学们不知是愤怒，还是惊讶，一直在沉默中度过，那气氛静得有点儿可怕。一个星期的时光过去了，林虹一直没有上学，而杜老师把这件事放在心上，但没挂在脸上，仍然和从前一样，跟同学们说说笑笑，一起乐呵呵。然而，谁能了解老师心中的波折、委屈，这真是"心潮逐浪高，委屈最难熬"，大海在呐喊！童心在呐喊！谁能平定这心潮？是同学？是校方？还是林局长？这不可能，只有流水的岁月和她那伟大的灵魂去安慰，去洗涤这已伤痛的心吧！

到了林虹离校的第九天，一辆豪华小车从校门口飞驰而过，一阵喇叭声后，车子停在了教师办公室门前的花园旁。首先下来两个人，一个是林虹，而另一个四十左右年纪，头顶灰

色前进帽,戴一副墨镜,着一身蓝色中山装,腋下夹着一个小小公文包,浑身上下一尘不染,只见他一下车就劈头质问前来迎接的李校长。

"杜振红呢?我见识见识她一下,看她怎样刁狠!"

李校长急急忙忙地跑去找杜老师,不一会儿,李校长先回校长室,连忙给林局长倒茶,并弯着腰道:"局长,您稍等,她正在上课,一会儿便到。"林局长厉声道:"不行,让她马上来见我!"李校长又去叫杜老师。

李校长的身后紧跟着杜老师,她的脚步又慢又沉,似乎双脚有千斤之重,走得那样吃力、费劲。终于,她推开了校长室的门,但见,林局长跷着二郎腿斜靠在沙发上,墨镜搁在茶几上,旁边放着一盒"红塔山"香烟。他顺手抽出一根,拿到鼻前闻了闻便点着了,毫不在乎地说:"老杜呀老杜,你怎么随便打孩子,并且还将他赶出校园呢?不但成绩上不去,而且学会了抽烟,打电子游戏呢?我要好好地感谢你呢!"

说完这话,林局长斜瞟了杜老师一眼,杜老师皱了皱眉头道:"不是我赶走林虹同学,而是他自己走的,这与我有何关系?"林局长:"你若不打他,不晒他,不罚站,他会走吗?"杜老师:"他不捣蛋,我能罚站吗?"林局长:"哪个孩子没有错,犯了错误一定要罚站吗?"

杜老师气愤地道:"林局长,咱们打开窗户说亮话,你到底怎样,我只想知道我的结果,不愿知道其他更多事情。"

林局长道:"不怎么样!你这可恨的老师,对付你这样的我有一手呢?我让你眼泪汪汪,像流浪狗一样滚出校园。"

杜老师道:"林局长呀林局长,什么刁妇、疯婆的字眼你都拿出来吧,我知道你的水平,什么脏话从你口中会说出来的,说吧!我不计较这些。我告诉你一点,你的如意算盘打错了，我不会流着泪走的，反而会像来校时那样轻盈地走。像狗一样灰溜溜下台的是你自己，而不是我，十年后咱们走着瞧。俗话不是说：三十年河东三十年河西，你局长的位子不久会掉下来的，坐不了长久的。"

李局长揣着一肚子气，便对坐在椅子上的李校长训道："看看这！你们是什么人类灵魂的工程师？是社会的蛀虫，无用的饭桶，是扼杀祖国花朵的刽子手，民族事业的败类，这样的人能够胜任教育这一圣职吗？"

李校长趁敬烟时赔笑着说："林局长，您别生气呀！这是我们的过错，但是，其实我一点儿也不知道这事，都是杜老师一人操纵的，让我查查，好好治治她，咱们还是到食堂吃顿便饭吧！"林局长点着头应诺了。

吃罢饭，林局长拍着李校长的肩说："我走了，明后天我以教育局名义发个通知，你就按照上面的办。"李校长点着头，目送着远去的小车。

李校长走进杜老师的办公室，见杜老师在写东西，便咳嗽了两声道："杜老师呀杜老师，你怎么对领导能用这种口气说话呢？他是我们的顶头上司，你不为自己想想，也为大家想想呀，再说你是个民办教师，叫我怎么办呢？"张老师、王老师、佟老师也过来说："杜老师啊杜振红，你把事情做得太绝了，叫我们怎么平安地待下去呢？你还是给林局长捎些东西，道个歉吧？再把林虹找回来，好不好？"杜老师忍痛地说："我不去！要去你们去，我可不愿拍局长大人的马屁，这辈子我不能教局长的儿子，反正林局长和李校长暗暗地下了逐客令，我只能走，不能留。"说完，办公室的门来回晃了几圈，她已走入校园的林荫下，品尝这人生的滋味。

下午上课，杜老师忍不住悲痛，把泪水带到了课堂上，这

是我们第一次看见她流泪,也是她最后一次流泪,我一生中再也没看到过。大家立刻停止了昔日的喧闹,用吃惊的目光望着她,仿佛有什么不幸的事要发生。

她也把目光投向大家,过了良久,她用一种凄惨的腔调说道:"同学们,我不能再和你们一起谈天说地了,也许我的性格决定了我不适合胜任这份职业。同学们异口同声地道:"胜任!胜任!您一定胜任。"但杜老师显出无可奈何的样子说:"没用了,我也早就腻透了。社会上的许多事情你们不懂,不理解。从今往后,我再也不能给你们上课了,你们不必为我而担忧。你们以优异的成绩考入更高一等学府,就是我最大的心愿,也是你们给我最好的报答。希望你们都有一颗正义的心,为正义而斗争,我就知足了。预祝你们在若干年后的今天,都拥有一个丰收的季节,一个个都金榜题名。"

那时,大家都显出一种无可名状的痛苦,说实话,我们不为杜老师的前途而担忧,而是为一起相处的那份感情感到惋惜。她虽然对我们有点儿过分苛刻、严格,但论起她的人格、品格和学术方面的才华,再也找不到更好的老师了。第二天,李校长把林虹接回了学校,并且仍然和我们待在一个班。

告别杜老师那天,天阴沉沉的,此后,连续下了一个月的小雨。天公也许在为杜老师叫屈叫冤吧!全校老师都没有送杜老师,我们全班除林虹一个人外,其余四十一名同学都带着泪水为她送行,一个紧跟一个在杜老师后面,她也激动得几乎控制不住泪水。杜老师微笑着说:"我再听一次你们读书的声音吧!读吧!读吧!!以其壮壮我胆,我好上路。"同学们悲壮地背起了白居易的诗《赋得古原草送别》:

离离原上草,

一岁一枯荣。

野火烧不尽，

春——风吹——又——生。

同学们这次吟得很慢很慢，与往日不同，似乎有一种别也难，相见也难的感情。

杜老师听罢就说："我也许是一棵野草，今天被熊熊烈火焚烧了，明春也许能发出新芽来。你们回去吧，我要走了。"说完没回头一直往前走。我们留恋地望着留下她那一串串足印的方向……

这天放学回家后，我把所发生的事情一五一十地告诉了父亲，并说我很怀念她，说到伤心处，我不觉掉了几滴眼泪。父亲安慰我道："你说你爷爷好吗？你想念他吗？"我答道："我想念他，他很好呀！"父亲说道："对呀，你们的老师就像你的爷爷，好是好，但是迟早会离开你的，不能伴你一辈子，再说杜老师给你的够多了，你一辈子也享用不尽啊！莫要难过，明天好好上学。"

三

  我们的命运真是变幻莫测！第二天，担任我们语文课的老师是一个五十开外的老头子，据说是通过林局长的关系从外校调来的，以前是教美术课的，但不知什么原因，他竟教起我们的语文来。他姓郭，大家淘气地称他为"郭老头子"，同学们有时戏耍我说："喂！东郭先生，给你找了一个老搭档，这下你可好了。"我生气地回敬同学说："去你的！甭胡说！咱们还是看他如何上语文课，好戏在后边呢！等着瞧吧！"郭老头子一副"国"字脸，头大得吓人，又矮又胖，人们又称他"郭矮墩子"，这个郭老头子在三伏天扣着一个大大的大蓝帆布帽子，上课时总是揉眼睛，像刚起床似的，给人以一种无精打采的感觉。老天爷！你为什么要给我们安排这样一个矮墩子。转眼间，我们仿佛从天堂坠入地狱之门，仿佛真正看到了摧残祖国花朵的蛀虫，这郭老师与杜振红老师相比，真是天壤之别。

  郭老头子的脸黑黝黝的，下巴布满了短短的胡须，他随随便便，言谈清淡，不喜欢别人挑剔他的缺点和毛病。字写得凑合，画却挺不错，不过这些长处都叫他那无精打采的脸孔遮盖了，怎样也无法弥补他在语文方面才华的欠缺和无知。

  据说他教学已有二十几年，颇有资历，总是嘻嘻哈哈，这也许是他脸上不长皱纹的原因吧？大家都认为他是个不称职的老师，是一个坏老师。他的过分纵容，使我们把该学的学业大都荒废了，他把我们这群可怜的学童戏弄了，愚化了。在学业方面，他给予我们的少得可怜。

我们的郭老头子向来不约束我们，从他那副嬉笑的面孔上你能马上想象到济公传里的活佛——济公。他手中的教鞭简直成了他的拐杖，他从来不打我们，也不骂我们，他手中的教鞭似乎是画蛇添足——多余的。愚昧、放荡等一些恶习不断地向我们袭来。因为我最淘气，所以很快就学会了跟郭老头子斗嘴，接他的话茬。

要是我第一个老师是我所崇敬的人，那么郭老头子就是我童年时期最讨厌的人。要是前者为人类灵魂的工程师，那么后者才是真正的蛀虫，摧残着祖国的花朵。

假如我们认为过分的文明教育能使学生规矩向上，那就完全错了。过分的文明，只能使我更加放纵、懒惰。每当我提及我们的郭老头子，父亲总是把眉头一皱说："怎么？学习上不去？是老师的过错？是你的不对，懂吗？明年若考不上初中，就别进家门！"此时此刻，我可恨死那郭老头子了，这都是郭老头子纵容我的结果，才会有这样的惨景。以至于后来，我讽骂他、损弄他、讥笑他，在校园里碰了面也不打招呼，总是擦肩而过，而他呢？总是从我身边一避而过。后来我听说他要把"不打招呼"这事告诉李校长，可一想起杜老师与林局长、李校长的那事，我就泄气了，我不愿捅这"马蜂窝"，后来见面时，我极不情愿地跟郭老头子打招呼，并且再也没有擦肩而过，我渐渐地把他淡忘了。通过考试前的临阵磨枪和王忠、王红、吴平等同学的帮助，我终于以超录取分数线一分的成绩考上了中学，唉！好险，我那紧张的心总算平静下来，龙潭虎穴

硬是过去了，王忠、王红、吴平以名列前茅的成绩考入中学，而那宋林、马强、林虹三个哥们儿，都没考上，但通过林虹他爸林局长的关系，三人也进入中学，我们七个调皮鬼又走到一块了。考上中学后，父母再也没骂我，反而为我鼓励加油，为了激励我，还给我买了一块电子表，并嘱咐我上学时别误了时间。

当我走进初级中学时，我的心里有一种说不出的感觉，是喜？是想？是怕？我的心总是忐忑不安。可看到那一排排绿油油的白杨树，四百米左右的体育跑道，以及那一幢幢崭新的教室时，我竟想不到它是那么的清秀美丽而庄严。我的心一下子豁然开朗，舒服多了，尽情地畅吸着这新鲜空气。再看那教室，窗明几净，顶棚上吊着明晃晃的四盏日光灯，靠讲台前还装有一个铁炉子，雪花铁皮的烟囱一直通向屋脊，墙的四壁贴满了中学生守则的画和马、恩、列、斯、毛的画像，以及一些伟人们的名言警句，我囫囵吞枣地念了一遍，不知其意。我想："这些陈设和设备究竟花费了多少资金和多少老师们的智慧呢？"我曾听杜老师说，高级的会议厅如何考究、豪华、宽敞明亮。我想，我没见过什么高级会议厅，都是听说的。这幢教室也许不逊于那高级会议厅吧？这里的空气、光线、洁净足以证明这一点。

中学校园给我的第一感觉是，空气新鲜和环境优美。这就让我增添了许多学习的信心和动力。中午一放学，我见学生如潮，一股一股地向校外涌出，一个个胸前戴着闪闪的红校徽，脸上露出可爱的笑容。我想，我马上要成为他们中的一员了，顿时，我觉得自己无比的光荣和自豪。

那时我琢磨着：新老师当中最好没有像郭老头子那样的，果然，我的心愿实现了。新老师大都二十七八岁，个个精神抖擞，给人以朝气蓬勃的感觉。我们的语文老师兼班主任，二十四五岁的样子，是个大小伙子，身材细长，高个儿，戴一副深度近视眼镜，着一身始终一尘不染的中山装，有一副学者的神态。他对人和蔼可亲，脸蛋上挂着两个小酒窝，笑起来十分好看，他的目光炯炯有神，给人一种值得尊敬和信赖的感觉。我在想，陪伴我们读书的最佳天使，非他莫属。

到第二天，他把新书一本一本小心翼翼地发给大家。然后让我们仔细查对，谁发多了谁发少了。他见没错，尔后笑笑说："我姓丁，你们称我丁老师吧，我有一个问题要问问大家，你们中间哪一个闻到了一股浓浓的味儿，你们谁闻着，站起来告诉我，是什么味儿？"同学们你瞧瞧我，我瞧瞧你，谁也答不上来。恰好这时，宋林禁不住"扑哧"放了一个响屁，林虹马上站起来答道："报告老师，我闻到了，是一股屎味，是宋林干的。"宋林低着头涨红了脸，不敢瞧老师。丁老师却严肃地说："不是屎味，是一种芬芳味，散发着阵阵清香呢。"同学们哈哈大笑道："宋林的屁能散发芬芳味，真是奇事，怪事，我们不信！不相信！！"丁老师抬了抬眼镜道："不是那种下流的味道，是新书发着的墨香味，真正读书，爱读书，并且读得很多的人，只有这种人才能闻到这种芬芳味，并且新书等待着你们吸取。你们只要好好读书，也会闻到的。"

一阵清脆的铃声，把美妙的第一课送走了，丁老师说声下课，王忠班长洪亮地叫声"起立"，我们像屁股下垫了弹簧一样，刷刷起立，我们起立后，老师神秘地说："你们已成大孩子了，回家后不要包书皮，向你们爷爷或父亲问问书的发展史。好啦，明天见。"说毕迈着轻盈的步子走了。

回到家中，我又把今天的第一节课讲给了父母听，他们听得非常认真。这时我又问了一句："父亲，书有像丁老师说的

那种清香味吗?"父亲拍拍我的肩,肯定地答道:"有,一定有,只有好好读书,才能闻到它,你们的老师真了不起,像一颗三九天的火种,只有他才能把你们融化。我把你交给他,我就放心了,只要你按照丁老师说的做就是了,少给我惹是生非!"

现在想想,真正守职、忠诚的教师,他们就是用自己的心灵去感触孩子的童心,把自己的智慧转化为孩子的动力。不单单是教书念字,还要教他们怎样做人,要尽善尽美地为孩子而想,心中只有孩子,只有这样,才能不愧于"人类灵魂的工程师"之称,只有这样,才能受到孩子们的尊敬和爱戴,也会受到家长们的敬重。

丁老师时常对我们说,你们不要怕我,我不是吃人的老虎,你们对我要讲实话,不能撒谎,课堂上我们是师生关系,课后我们是朋辈关系,叫我"丁大哥"好了,其实我比你们大十二三岁,叫什么都行。

他上课时从来不带教鞭,也不吓唬人。丁老师有趣地对我们说:"教鞭是愚昧的象征,是隔阂的阴影,是时代的俘虏,应该抛入历史的垃圾堆之中,如果用它来教化你们,这好比原始人驾驶现代小汽车一样,根本行不通的,是条死胡同,我不愿走这条道。这些历史的垃圾只能给你们罩上黑影、丑恶和痛苦。因此我极力反对棍棒教育。"

"同学们,棍棒是用来管束、驯化、鞭打驴马、骆驼等畜生的,目的是让它们老老实实、勤勤恳恳为人们役使,它不是用来鞭打现代文明的,我不忍心用它去敲打一个幼小的童心。孔子说:人非圣贤孰能无过。也就是说,世界上绝对没有不犯错误的孩子,犯了错误,我们能用这种封建、落后的枷锁去教化孩子吗?如果那样,就等于把童心——这面镜子敲碎了,是难以重圆的。相反，只有用公德、公理来诱导孩子，用一颗心感化许多心，使他们真正地心服口服，这才是教化"。

我想，任何失去理智的教育，只能使孩子们适得其反，无所得益。人类在前进，历史在呼唤：用正义文明去教化孩子。

过了半学期，许多学生认为功课太多，感到很累，对学习有点儿松懈的样子，丁老师看到这一情形，有一天他上课时极其耐心、和蔼可亲地道："古人读书破万卷。但我的要求并不高，只希望你们把六本教科书读透、读破就行了。你们算一算，从一年级到高三，假设每学年，有三十本书，加起来总共三百六十本，这与古人比起来，不及古人三十分之一。我也不希望你们把书保存得像书柜中那样崭新。望你们把书读得像一年级那样仔细、熟练、透彻，读得前无扉页，后无封底，甚至书的四角卷了起来。你们想想，一年级的书你们是否觉得读得最扎实、最牢固。这也是我不让你们包书皮的原因。"

我们大家都喜欢丁老师的课，不但喜欢他的课，还喜欢其人。能听他那启发人的壮丽篇章，是我们莫大的享受，他用清泉般的心灵滋化着我们，我们仿佛听到流水的潺潺之声。他用一个故事或一席话，给我们传授做人的道理，使我们初步了解这个"人"字的确切含义。我们永远爱戴他，崇尚他，既对他尊重信任，又甘愿听他的话。

有天下午，在班会上，丁老师发现林虹在偷看一本杂志，看得入迷了，思想已从课堂中飞入那些男男女女的角色中。老师瞧见了没吭声，过了良久，他终于忍不住了，把一截粉笔像猎手一样又稳又准地打在林虹的脸蛋上，然后慢慢地说："请带了彩，学习入了迷的林虹同学站起来，简明扼要地重复一下我刚才所说的话。"林虹站起来脱口而出："你说芳江的爸爸和别人妈妈正在谈恋爱，进入初恋呢！"丁老师生气地骂道：

"浑蛋,坐下,把书带回去让你爸爸瞧瞧,然后捎个家长意见来。"骂完把书摔出窗外,下课后我们一拥而出,去捡那本杂志,同学们见是一本低级杂志《色魔天使》,都没人去捡,大家吃了一惊,看着林虹低着头把书揣进怀里。从此后,同学们没有一个看杂志的,也都离林虹远远的。

丁老师经常嘱咐我们:"假如你们有闲余时间,去拜读一下四大名著:《西游记》《水浒传》《三国演义》《红楼梦》,读过了这些再去读鲁迅、毛泽东、刘少奇、朱德等之类的文集。读完了再去读读世界名著:《母亲》《钢铁是怎样炼成的》等。这些名著大都语言生动,文笔细腻,对我们的益处很大,可以提高我们的语言能力和写作能力,也会陶冶情操,这样才能懂得做人的真正价值,才能明晓我们为什么活着,活着是为了什么。书中的主人公把我们的灵魂带到一个无私奉献的乐园中去。只有这样,我们才能真正体会到什么是人生,才能闻到书籍散发着的芬芳。"

我一五一十地把这些话告诉了父亲,他也觉得丁老师说得对,就花费了许多血汗钱,为我买了许多名著。

我在这位可亲可敬的老师身边整整度过了三个春秋。也许是受丁老师的影响,我对文学方面的兴趣特别浓。初中毕业前,我曾比较完整地写过几篇零星小说和小诗,并发表于校报《春之声》上。临毕业那天,学校为了欢送我们,举行了隆重的毕业典礼,各位领导都讲了话,给我印象最深刻的是丁老师那充满激情的最后几句话:"让我们携手进入明天,拥抱明天,用微笑迎接明天的到来……"

毕业的告别仪式上,我执意送老师一盏台灯,以报答他对我学业上给予的帮助,更进一层的意义是台灯代表我,希望永远陪伴着老师读书、批改作业,给他一点点光和热。可他没有收,并幽默地说:"学生贿赂老师,这在本校是没有首例的,你愿当第一人来贿赂我吗?我可是两袖清风,一尘不染的穷教书匠。把它带回去,你自己用!让它陪伴你一生,我就是台灯,永远看着你写字,读书。"这真是反宾为主,没料到他有这一招。他翻开日记本,沉重地说:"在这上写一篇文字吧!就算是我们分别的纪念,也是对我的报答。"

我望着窗外飞翔的燕子,愁绪万千地写道:老师,我默默地走了,我把心儿留给你,我所带走的是一个孤独的灵魂,让我一人独自享受这痛苦,我走了,请您多珍重!

写毕,我和老师握手言别,我头也没回地走出校园。

朋友们,也许你们难以置信,我本是一个十分调皮和任性的孩子,这都是由于奶奶和妈妈对我的过分纵容和溺爱造成的。可是,自进了学校的大门,经杜老师和丁老师的启蒙与诱导,我变得乖巧了。尽管做一个品学兼优,德、智、体、美、劳全面发展的四有新人才,我不够入格,但是我觉得自己还可以。我想:只要老师善于诱导,忠于职守,老师的才华是次要的,而正确的态度和施教方法是至关重要的。一个满腹才华,而不善于、不懂得教育方法的老师,就像一个飘荡的气球一样,没有一个稳定的归宿和长远的打算。这样的教师只能使孩子们更加淘气、放纵。

因此,假如你们之中有人当了教师,要对孩子们良言诱导,给孩子们树立一个做人的好榜样,用正确的方法去浇灌祖国的花朵。在孩子们面前理应谨谨慎慎、规规矩矩地行事,不要炫耀自己的才华,也不要让孩子们时常瞧到你的短处和缺点。总之,不要把孩子们本来所具有的善良改变了就行。

广大的家长朋友们,你们应该严格约束孩子的不良行为,不要过分娇惯和溺爱,溺爱只能使孩子过早地失去奋发力和意志力。但是，也不要借某种理由不送孩子上学，应该正确做好启蒙老师，使孩子从小明晓事理。古人圣言《三字经》中云：

养不教，父之过。教不严，师之惰。

意思是父母把儿女养至七八岁时，若不送去读书接受教育，这是做父母的过错。在校园中，如果没有使其受教育，老师便有怠惰的过错。我很不希望做家长的把孩子的学业荒废了，使他们成为失学儿童，更不希望老师对孩子有丝毫的怠惰之情。如果反其道而行之，不成为千古罪人，也会有愧于"儒门"之徒的。我要劝诫许多小朋友，在这国富民强、社会安定的环境中，若不去孜孜不倦地读书，而成天嬉闹，这岂不辜负了历史给予你们的大好时光？你们应牢记《三字经》中这么一言：

子不学，非所宜。幼不学，老何为。

意思是说：做子女的不好好读书，这是不应该的，年轻时不努力发奋图强，愚庸无能，到年纪大了，悔恨什么事都没有做成，那时就晚了。小朋友们，你们今天不好好学习，明天怎能成为国家的栋梁，社会的有用之才呢？怎能担负起历史的重任呢？

转眼十余天过去了，我们怀着一种担忧的心情去迎接中考。

四

中考结束后,我在家待了几天。这对我来说,是无忧无虑、心情最畅快的几天,似觉得昼有点儿短,夜有点儿太长。

父亲是老实巴交的庄稼汉,他最担心的是我能否考上,整天不言语,闷闷地抽烟。

考试结果终于出来了,我没考上中专,但给高中录取了。王忠、王红、吴平的分数恰恰是中专录取线,不多不少,刚刚考上,可是外校同档分数的人被录取走了,他们没被录取。我真不明白,为什么同样的分数,其他人能录取,而他们不能录取呢?后来我们才知道是林虹的爸爸林局长在其中捣了鬼,有些人贿赂了他。这样的结果,只能使王忠、王红、吴平忍辱负重地上高中。

过了几天,一个噩耗从天而降,我那双鬓白霜、病魔缠身的老奶奶离我们远去了。这对本来不富裕的家庭而言,更是雪上加霜。真可谓:"屋漏又遭连夜雨,船迟又逢打头浪。"使一家人变得惶惶不安,难以抑制那种悲痛的感情。爷爷去的时候,我哭得眼肿声哑,可这次奶奶去的时候,我连一声也没哭出来,我曾几次把悲痛的泪水强吞入肚中,没有让父母看到泪水。因为父母很疼爱我,我是明白的,此时奶奶的去世让他们够痛了,我怎舍得让他们再看到我的泪水呢?经过三天的诵经安葬，丧事总算结束了。

又过了三天，我接到了高中录取通知单，我有点儿高兴，兴奋得好几个夜晚没合眼。

有天夜里，我辗转难眠，披着衣服到外边上厕所，看见堂屋的灯亮着，就悄悄地溜到房檐下，靠着柱子听父母谈话，只听见父亲对母亲道："现在手头十分紧，又加上他奶奶去世花了一大笔开销，欠下人家一屁股债，没能力再供黄良上学了，不如早些停学，让娃到工程队当个小工，一来可以学点儿手艺，将来混口饭吃，二来可以减轻一些家庭负担，增加一些经济收入。"

母亲惊讶地说："再穷不能穷孩子呀，我们穷了一辈子，这还不够吗？怎么！让孩子停止学业，这使不得啊！我们不识字吃的亏还少吗？你不想孩子走出这山沟沟吗？再穷，也不能让孩子停止学业，去修造祖祖辈辈没有修好的地球啊！"

父亲无奈地说："家里这样穷，再送个孩子去上学，大伙不笑话咱们吗？可议论我们呢。"

母亲生气地反对说："怕！怕什么？不就是有点儿穷吗？我们就将就着穿，将就着吃，从口中一分一分地省吧，大伙笑话就笑话去吧！你愿意让娃从现在开始就像老黄牛一样种田，就不觉得丢脸吗？不觉得是否早了点，我们人穷，可我们志还不穷呀！你不希望你娃从这山沟里走出去吗？"

父亲摆摆手说："孩子他妈，我答应是答应，让他去上学，可我手头没有那么多钱，你看着办吧，我不管你拿什么去交学费和伙食费。"母亲高兴地说："只要你答应，我就想想办法，办法总是有的，到明日咱到他表妹红霞家去借一点儿，先报了名再说。"

父亲以一种难以表达的语气说："你身体不好，那路又远，到明日我去，你留在家中给娃缝缝补补，收拾收拾吧，过几天好让娃上路。"

说毕，父母便熄灯歇息了，我也悄悄地溜回房中休息去了，但没有合眼，一直到天亮。

天亮后，父亲走东家，串西家，总算借到了一百多元钱，当我从父亲布满老茧的手中接过钱时，我禁不住"哇"地哭了出来。

我抹着眼泪对父母道："爸，妈！我不想念了，你们借来的学费退回去吧！我帮你们干活，种地，你们就答应我吧！"

母亲极力掩饰内心的悲痛，强装笑对我说："傻孩子，不要再犟了，我明白你的心思，这不是发自内心的话。假如你不去读书，留在家里的是你的躯壳，你的灵魂早已飞往校园中呢，你不懂，做人最伤其心，不是伤其筋骨。你看你爸和妈，还这么强壮，就不能供你读书吗？放心地去吧，别为家里担忧，你懂得供书的艰难就行了。跳出农门就是对我们最好的报答，我们盼着那一天。"

现在想起来，那些家境富裕，不愁吃穿的孩子们，而在学校里不肯好好念，整天鬼混，做一天和尚撞一天钟，得过且过，最后连一个高考的资格也没争取到，那下场是那么的可耻，丢人啊！说这句话时，我有点儿惭愧，因为那时我也没用功读书，导致落榜。我看到那些孩子整天逃学，在街上游逛时，我觉得他们在葬送自己的年华，甚至是时代。把苍天赋予的大好时光一秒一秒地向明天摧毁，真是"造孽"啊！不可思议。他们只知道吃、穿、玩、乐，大脑里注满了金钱思想，整天为所欲为，成事不足。他们常常把好学、勤奋的莘莘学子当作自己的笑料，甚至眼中钉，无情地蔑视他们，用力地攻击他们。时常想一切办法跟好学的孩子寻衅闹事，甚至偷去他们的文化用具或烧毁他们的学习资料，坏到了极点，我想，世界上没有什么东西比这可恶。但是我敢肯定，社会的法网，历史的地狱终会惩罚这些可恶之徒的。

我提及此事是奉劝那些在校园里不求上进、游手好闲的学生们，要好好学习，把功夫下在功课上，不要再恶作剧了。

这些顽皮、浪荡的学生们还死要面子，嫉妒别人的成绩，为了把成绩搞上去，用尽心思，使尽各种手段，甚至去贿赂老师，把考试成绩虚假地弄出来，但是，最终是一事无成，吃不了兜着走呢。这是极小的一股潮流，我不得不提及。

在上路那天，母亲含着泪为我送行，她老人家没说一句话，举起干瘦的手抚摩着我的脸，看了良久，然后给我系上风纪扣，这真是：

慈母手中线，

游子身上衣。

临行密密缝，

意恐迟迟归。

父亲打破了这种沉默，对我叮嘱道："县城中学不比这农村中学，你要团结同学，对人有礼貌，不能给我惹是生非，添乱子。你要记住，庄稼人的儿子是低人一等的，在学习上，可以与城里的孩子们论高低，在其他方面，你要朴素一点，还要忍耐性子，不能与他们打架，发生口角，哪怕是哪个可恶的同学把尿浇到你头上，你要忍住火，不能发泄。"此时此刻，我觉得父亲变得渺小了，是个胆小鬼，怕事佬。后来经过时间的考验，我觉得他说得对，认为忍是中华民族的一种美德。

我望着母亲那可怜而憔悴的脸道："爸，妈，时间不早了，你们回去吧，你们的话我会牢记的，不会给乡下人抹黑的。"

我含着泪水恋恋不舍地上路了，走三步，一回头，走得很远很远，我仍然看见父母一动不动地站着，最后化为两个黑点，在我眼帘中消失了。

半路，我碰到了我的女同学王红，与她一起的还有王忠和吴平，我们边走边聊，后来他们道："黄良，你知道不知道，林虹、宋林、马强通过林虹的爸爸林局长的关系，拿了一千五百元的插班费，又当了插班生呢！可能与我们同班呢！"

听罢我叹了叹气道："唉！这几个捣蛋鬼，好像与我们有缘似的，又到一个班里来了。"

大家齐声道："哎呀！真讨厌，我们以后与他们少来往就算了吧。"

我问王忠、王红和吴平："没上中专，是不是心里有点儿难受？"

王红微笑着说："没关系，这是命运的安排，难过有何用呢。"说着，笑着，我们终于到了校门口，又开始了高中生活。

担任我们高一语文课的老师叫孙澄，也兼班主任。通过了解，孙澄老师曾参加过"知识青年上山下乡改造"，又经过十年"文化大革命"，因此胆儿很小，孙老师有二十七八年的教学经验。许多人评论孙澄老师教学如何如何，但我认为他教学一般，只不过颇有些教学历史而已。孙澄老师教学平平，他不但没有口才，也没有内材，不会朗读课文，读不出语言的感情色彩。他的脾气不大好，火很大，那时学校的老师包括校长在内，都不敢惹他，因为他骂起人来像疯狗一样喋喋不休，而且语言非常脏，从他的口中流出"你妈的×"这样的脏话。这就是为人师表的言行，我们非常讨厌他，也怕他用脏话骂我们。他不注意学生智力开发，对文化好像有点儿轻蔑的感觉。

流年
LIUNIAN

孙澄老师上课时，先把文章从头至尾读一遍，也不让我们去诵读，然后让我们自学，不爱多讲点给我们听，所以同学们就称他为"孙套套"，但这"孙套套"要求学生必须按照他的方法做，否则，他会谩骂我们的。

高中的教材很多，教科书有语文、代数、立体几何、政治、英语、地理、历史、物理、化学，那时我们不分科，同学们负担很重，一般没有闲余时间。整天地写啊！背呀！记啊！满脑子里都塞满了X、离子、重力加速度、唯物论、正方体、土星、法国革命等符号和一些条条框框的公式，时间长了，也就习惯了，觉得不塞点东西有点儿难受。我们的历史老师尚老师教得挺好，我们也学得比较扎实，那时，对那些法国资产阶级革命、英国资产阶级革命等都了如指掌。在历史课上，对尚老师的提问我都能对答如流，丝毫不错，因此，我甚得尚老师的宠幸。

那时，我的各门功课都不错，学习成绩还可以，再加上我有个写这写那的习惯，同学们都讽刺称我为"尕作者""小诗人"，我听了便有点儿忘乎所以，飘飘然的感觉，以为自己真正具备了作家的才能和智慧。可谁知道，他们是为了讨好我、欺骗我。更有甚者，其目的是考试时我能给他一个写有答案的字条，就亲近我，讨好我。那时，我并不在乎成绩的高低，认为别到前边去，也别到后边去，考一个中上水平就行。宋林等浪荡哥们递个写答案的纸条，高兴了，我就写给一两个正确答案，我对他们若即若离，所以，他们有时恨我，同时又要讨好我。

那时，我和同班同学相处得比较融洽，对那些像林虹那样流里流气的同学和坏得出奇的同学，我总是给他们笑脸，不惹他们，也不加入他们的浪荡行列之中。偶尔，我也提供一些方便，减少一点他们对我的嫉妒和反感。我总是和那些乡下来的，并且着装朴素，学习较差的穷学生们打得十分火热。冬天，时常和他们睡一个被窝，我很同情他们，并在学业上给予大力的帮助。因此，王忠、王红、吴平和那些穷学生们，都成了我的知交，无话不谈。到学校快一年了，我还是没有脱离从乡下带来的那种土味、冒昧，穿着随随便便，极不注意。为了这，同学们曾多次提醒我：注意穿着，不然，有点儿狼狈的样子。我总是无动于衷，笑笑道："我觉得这样子好，土味让人实在些，我与大街上那穷得不穿衣的女郎们比，我够阔了。"他们骂我："死脑筋！那是艺术！怎能与她们比呢？"我接过话茬说："人的美，好像是大自然塑造的一位女神，是一种自然美，若用浓粉把她妆了，遮去了天赋的大自然美，我觉得难看极了，那多难受。"也许大家认为我说得荒唐，荒谬，不值一谈，但是我想，你们将来教育孩子时记住："近墨者黑"或"近墨者未必黑"，这是由环境和父母的熏陶决定的，而不是天生注定的。希望在孩子身旁时注意你的一言一行，不要做出出格或难以出口的举止，这对他们影响很大。我的情形恰恰如此，从小在溺爱、娇惯中长大，差点儿毁了自己，后来经过学校的严格约束及老师们的帮助，才走上正确的人生道路。

你们读到这了也许会问："你过去不和浪荡哥们儿同列，那么为何不与恶习和恶作剧斗争呢？制止它们的蔓延呢？你的正义感哪去了呢？这与现在的犯罪与包庇者有什么两样，你虽然不参与犯罪，不主谋犯罪，但看见了不去制止，你的言行已决定了你也是在犯罪，最终会逃不出法网的惩罚呢。你那时知道浪荡哥们儿的陋习，却不去帮助，不去用正义教化他们，还曾给予方便，这与你说的浪荡哥们儿有何区别呢？"广大读者朋友们，这与我所处的社会环境和童年时期的习性息息相关。

这像现在的某些人，他看见了有人在偷你的钱包，为了避免惹上麻烦，他既不抓小偷，又不告诉你，这是何故呢？我想，在市场经济体制下，许多人一切向钱看，崇拜金钱，因此不能做一点常人做的事，我也许也是如此。金钱和名利把正义和善良淡化了，失去了人一生下来所具有的善性和正义感。成天想着如何敲诈别人，勒索别人，这些恶习已在神州大地上悄然发芽，我呼唤全社会都站起来，为正义抗争，好好地训导、教育这些人，不要使更多的人堕落、浪荡，把他们麻木的灵魂找回来，还他们一个属于人的正义之躯，用实际行动去拯救每一位失足的孩子。

如果对孩子不施加严格的管束，孩子马上就会变为浪荡哥儿们的。像这样失足的少年，社会的罪人，学校——这所神圣的殿堂能把他们培养成现代化的接班人吗？能肩负起历史的重任吗？希望各位家长好好教化孩子，不要使自己的孩子堕落，这不单单是拯救自己的孩子，也是拯救全社会！全人类！

在高中阶段，我学会了不少坏东西。"虚伪"这个字眼在我脑海中徘徊，我变得多么傻，也曾学会了虚伪，跟着浪荡哥儿们人云亦云。那时，个别科目的老师也很虚伪，常常为了显示自己的教学能力和才华，考试时给我们开绿灯，趁考试前打下埋伏，最后来个一举歼灭，因此，学生成绩大都在优良上。可我却从不让步，不走那方便之门，所以，我考的分数少得可怜。有个别老师曾对我说："黄良，你看看，整个社会都变虚伪了，你还守那真的干什么，抛入爪哇国去吧，你瞧瞧！那些社会上的大款和阔老板们，为了赚钱，为了达到目的，不择手段地你骗我诈，勒索别人，有几个忠良之徒呢？你们当中，有些人的父母也如此，因此，我们为了取得好成绩，也应不择手段地去抄袭。不然，你永远也考不出优异的成绩来的。明白吗？这所谓你不骗它，它会骗你的。"

　　在这一片荒谬、唐颓的粗言中，我仿佛渐渐懂得了虚伪，懂得了虚伪是为了什么。到现在，人们一提及某某人虚伪，我就极为反感，便把虚伪称为罪恶的护身符。

　　我的语文学得还算过得去，在作文的创作、取材、立意等方面，时常有些与众不同。因此，我和"孙套套"发生了许多争辩，"孙套套"以古人的文章、守旧的格局来要求我们，并要求写文章不能离开那些呆板的条条框框与逻辑关系，不强调文章的充实，只求文字的华丽，我不喜欢这样写，所以我痛恨这些，我认为文章华而不实，就像一具没有灵魂的躯体一样，你打扮得如何漂亮，它只不过是僵尸而已，不会令人注意的，不会博得读者的喜欢和赞美，那种做法，只能给读者遮住视线，给读者模糊的感觉，所以我认为不太能赢得读者的赞赏。我经常和"孙套套"争论，我不怕自己势孤力单。他以陈旧、墨守的古人教条刻板地要求我们写文章，真好像是老祖宗的遗言，不能违背，只能墨守，他硬是要把古人的方法转嫁给我们。有次我曾气愤地说："孙老师，你这么固执，为什么不穿古人的长袍？不坐茅草房读书？不仿效古人呢？"他批评我说："甭胡说，他妈的，这不反天了。"

　　我现在看来，古人的东西只能借鉴，不能照搬，取古人之长补自己之短，创作出新奇独到的文章来。文贵在于新，在于有一个高远的看法和诚服的阐述，而不在于文辞的华丽和浮躁。如果那样，就会成为古人所云的"金玉其外，败絮其中"，是欺骗读者。

　　他辩不过我们时，常常骂我们，或者借故离开，有时还对我们说：要是孔夫子在世，你们这种做法会气死他的。从他的一言一行中，我们看出他不是一个合格的教师或学者，而是有愧于时代的"老怪物"。

那时我们对"孙套套"老师很是讨厌,如果与他争论,他就会喋喋不休地用孔子言等老调儿争辩,经常听他的这些无聊的争辩,大家都觉得在他的身上存在着某些文化的陋习和陈腐的东西,他就是爱用这种陋习顽固地与我们舌战,很难听到一句一针见血、切中要害的高远论点。

那时我觉得自己在语文方面,尤其是在写作方面可算得上是佼佼者,别人总喜欢把"小诗人""三等作家"之类的头衔硬扣在我的头上,我简直成了一个不能正确认识自己的人了。想起那段日子,现在的我觉得那么的羞耻而伤感。一看到像马强那样的同学在我面前卖媚,或称我小作家时,我高兴得简直疯了,好像自己已经是真正的作家或诗人之类的名人了。偶尔有一篇散文或小诗发表于校报"蓓蕾"专版上时,我简直有点儿激动,那举动真有点儿像鲁迅笔下的阿Q了。当时,自认为自己了不起,真正可以配得上"作家""诗人"之类的头衔。我简直像害了热病的病人一样,不能正确地把握住自己,成天飘飘然的。

当我一回到家,把这些情况告诉给父母时,他们不但不理睬我,还教训我说:"骄子一事无成的。"显示出一副不高兴的样子,于是我就垂头丧气地蒙着被子睡大觉,父亲见我的这一举动,气得连一句话也说不出口,只是"吧嗒吧嗒"抽烟,静静地望着眼前的一层层烟圈儿,仿佛在思谋对付我的方法。

吃晚饭的时候,我悄悄地坐在母亲身旁,饭桌上很平静,谁也不说一句话。我只顾往嘴里塞东西,也不知道这顿晚饭可口否,品不出什么滋味。吃罢饭,母亲收拾碟碗洗刷锅灶去了,而父亲捋了捋嘴巴,然后装上一袋烟道:"我知道你在语文方面是有点儿成绩,取得了一点点成功,可是以你现在的表现，你绝对成不了大气候，高考你一定会失败的。你现在的情形，像我们丰收在望的麦子，现在看起来很不错，我们好像应该高兴才对，可是若遇到了风暴和冰蛋蛋的话，那惨景是不可想象的，连哭也哭不出口呢，学习也像庄稼，不能只顾眼前的好收成，而不顾将来啊！"晚饭后的家庭气氛，越来越紧张，我有点儿窒息的感觉，我趴在桌子上，头也不抬，用双手捂住脸，没有勇气去争论，没有勇气抬起头，不敢正眼瞧瞧父亲紧绷着的脸，可父亲又道："别以为你这一年里春风得意，说不定到了下一年，那下场可惨呢！现在你这么骄傲，目空一切，如果长此下去，你恐怕把书给我念到家里来哩吧？我曾经有一天听你这样读一段话：

苦修人苍天不负，

贫心人百人难助。

丧志人时时立志，

骄之人玉石俱焚。

"娃，你念得这般好，为何不要求自己去做这苦修人呢？

"你应该拿出实际行动，可不能驴耳朵里灌秋风，一边入一边出。人们常言说得好：'给别人灌百句好言，不如自己真正做一件好事。'"我听着听着，好像有点儿昏昏欲睡的样子。父亲大声地骂道："你别烦我说的话！嫌我说得太多，是不？尕娃，它会使你受益的，我吃过的盐比你吃过的饭多，我走过的桥比你走过的路多。我不知道怎样才能使你变好，今天我说得对不对，你以后会明白的。如果你觉得我说得对，有点儿实在的话，你拿出实际行动让我看看，我不听你的一句保证话。"听了父亲这些土里土气的话，我的心里好难受，是羞是悲我自己也说不清楚，只觉得这字里行间透射着真理的光芒和无限的期望。

晚饭后的整整两小时，我在充满一片父爱的训斥声中度过，我耐住性子一直默默地听着，不敢发言。终于，母亲耐不住性子说："孩子他爸，孩子难得回一趟家，回来你就训，这哪像个做父亲的，快十二点了，让孩子睡去吧？我们也应该歇息了，别再唠叨个没完没了。""唉！"父亲叹了叹气答应了。经过母亲的劝说，父亲才算结束了训斥，父母离开后，我觉得浑身上下不自在，是疲倦还是瞌睡，我也说不清，迷迷糊糊地离开饭桌上床休息去了。

第二天起床时，太阳已照着我的屁股了，我揉揉惺忪的眼睛，我觉得父亲昨晚训我的那情形似乎一夜之间踪影全没了，像没发生训我这件事一样。啊！你们瞧，孩子的童心是不知道羞耻的，可以把所发生的一切忘掉，又反复去做，这是多么的荒唐。

有些人也许以为我是卖弄文字，矫揉造作，是不可言喻的中年人，我承认我童年，甚至青年时候也是这样想的，但现在已是而立之年的人了，我想我不是那种你欺我诈、虚情假意的人，因为我的良心还没有坏到极点。看看现在，快四十岁的人了，思将来，望过去，事业上一事无成，前途很渺茫，再加上生活的贫穷潦倒，我已没有心思用华丽、虚伪的词语去欺骗广大朋友，我也更不需要广大朋友的"宠幸"，我只要广大朋友们的理解。不要嘲笑我，如果我现在像少年和青年时那样浪荡的话，那么就绝不会写出这篇不成小说的小说来。相反的，写这篇小说是为了对少年和青年时期失足行为和恶习的忏悔。

我写这些高中时期的家庭或校园闲散小事，大多是通过回忆而笔录的，不是靠什么灵感和悟性而写成的。我现在的情绪极为复杂，每看到一本本新书上架时，我有点儿自豪，因为有书可读。我称不上博览群书，但读过的也不算少得可怜，摞起来可能有十米左右。我开个书店的最大欣慰是可以畅游书海，我认为这是我人生的一大享受，一大乐趣。书，这个东西，它像一杯酒，只有把年轻的你腌制在酒里，到老的时候慢慢品尝，才回味无穷。不知广大的青年朋友们现在腌制了一点儿没有？

现在言归正传，自从父亲训我那顿以后，我默默地上学去了，随着岁月的流逝，很快，一学年就完了，又放假了，我回家后，急忙帮父母收完庄稼，家里便忙着准备哥哥黄林的婚事了。

五

那是农历炎热的六月,是一个闷热的季节,也是一个收获的季节。为了哥哥黄林的婚事,父亲很忙碌,到处买这买那,忙活了很多日子,常常是天没亮就出去,天黑才回来。父亲和母亲这些天显得更加憔悴,更加干瘦了,成天很少言语,总是不停地抽烟或不停地相互嘀咕着。而我呢,在做功课之余,到田间地头或山沟沟里溜达溜达,很少走进父母所在的堂屋中去。我不忍心看那干瘦而黝黑的脸孔,更不忍心父母看见我,而为哥哥的婚事分心。

终于,结婚的日子到了。因正值收获季节,乡下的亲戚来得不多,城里的舅舅和城郊农村的姑姑都来了。父母跑来跑去,忙着迎接前来贺喜的亲戚们,许多族友和邻居们也都跑来帮忙或凑热闹来了。舅舅、姑姑们一进堂屋,我打了一声招呼便出去了。我不爱在大人堆里待,更不愿意和从城市中来的大舅们待在一起,与他们相处觉得很别扭,有一种不自在的感觉。我和前来帮忙的邻居们一块闲聊,也不大关心哥哥黄林的婚事。这时,我的表妹红霞也溜出了堂屋,走到我跟前,娇声娇气地喃喃攀问我道:"表哥,暑假过得愉快吗?还充实吗?我听说你颇有写作才能,对吗?"

我怯怯地不敢抬头道:"过得还凑合,写作才能嘛?与表妹你比起来，我还落后一大截呢，还指望你指点指点。"

表妹红霞淘气地道："淘气鬼，哄人精。你这话对别人讲，别人可能相信，我可不相信你这鬼话，我对你了如指掌呢！我们村的一个小女孩在你们县城中学就读呢！并且与你同班同学，她和我是好朋友呢，我全知道。"

我难为情地道："学习还谈得上凑合，至于写作嘛，没有像你说的那样有才能，只不过是练练笔而已，成不了什么大气候。"

表妹红霞努了努嘴道："说句心里话，我真羡慕你，假如有一天，我能有你那样的笔杆子功夫多好啊！我真笨，干什么都不行。"表妹像一位诗人、一位作家来赞美我，我觉得浑身上下有千百个刺从里往外扎，好难受，好不自在，我羞涩地道："红霞妹，你错了。那些城市里的学生才有大学问，比我们有出息，连说话也带有诗情色彩，与我们比较，我们相差太远了。"

这时，母亲在屋里叫红霞，红霞对我说道："咱们待会儿谈谈，我先去一下。"这时我才敢抬头看了她一眼。

她神采奕奕，长得又高又苗条，活蹦乱跳时，两个小辫子甩打着屁股蛋儿，样子非常淘气、可爱，给人以朝气蓬勃的感觉。她那诗一般的话与这容貌融合在一起，真可谓风华正茂。但不管怎样，我总是对红霞小心翼翼，非常尊重她。

一会儿，红霞妹大声地叫我："东郭先生，与我到外边聊聊好吗？"我羞涩地连连点点头说："嗯。"那时我的心里难受极了，如果给我安绰号的宋林在眼前的话，我非打他几个耳光不可，或许打得他满脸是血。是他说俏皮话，给我安上这个不老不少的绰号，并且传与别人，使得尽人皆知。直到今天，传到红霞妹耳中。广大朋友们，假如你们是我，你不会憎恨他吗？不咒骂他吗？不憎恨，不咒骂，你心理上平衡吗？要是平常，若有人叫我东郭先生，我会有力回敬他一句或骂他一通。但今天，我没有骂表妹，只是不太情愿地"嗯"了一声。在许多人面前，红霞妹叫我绰号时，亲朋大都"嗤之一笑"，谈论着这奇怪的绰号。

到了外边的田野里，我与红霞并肩坐在麦畦上。在阳光的照射下，表妹的脸显得更加秀丽端庄，像一朵含苞待放的花朵，十分惹人喜爱，这也许就是真正的豆蔻年华。我一看到表妹那天真活泼的笑脸，顿觉得脸上火烧火燎，不敢多看一眼，有一种说不出的感觉，十分不自在。我小声地道："表妹，你的品行，我早已了解。但令人不解的是，一个十分羞涩的女孩怎么当着众人面叫别人的绰号呢？叫人难以置信这话是从你口中而出。你知道你叫我绰号时，我心里的那种感觉吗？你把我的绰号传到所熟悉的人耳中，他们不用绰号代替我的真实姓名才怪哩！"红霞不好意思地道："表哥，其实我逗着玩呢，我真没想到，叫一声绰号，能对你有这样大的伤害。实在对不起，我向你道歉，保证从今以后再也不叫了。我们在学校里互相叫惯绰号了，所以脱口而出，叫了一声绰号，别太介意了好吗？"我低声道："算了，别提了，我们还是谈点儿高兴的事吧。"

红霞总是想让我谈我们班级里的乐闻趣事，以及每个同学的特长和短处。我每当讲到同学们的乐趣和不雅行为时，她总是拍手叫好，一个劲地称赞喝彩，总推着我再讲一个。

正值我们谈得十分高兴时，听见院子里响起了鞭炮声，我赶忙拉着红霞跑回家，发现我的大舅到了，身后跟着我的表哥阿强，他着一身崭新的青西装，打一个绯红色的领带，足踩名牌皮鞋，全身打扮得像款哥一样，大模大样地提着鞭炮往里走。此时红霞拉了拉我的手道:"表哥,瞧阿强这得意劲,别理他,他很可恶呢!好几次差点儿被校方勒令退学,只因他爸后台硬,陋习可多着呢。"我一推表妹的手说:"不管怎样可恶,他还是我亲戚,不打个招呼,就是我失礼,成何体统。"我走过去,便和大舅与阿强一一打了招呼。

阿强的可恶劲又来了,他大声对我道:"东郭先生你可好,我的表弟,南郭先生上哪去了,没陪陪他吗?他是很寂寞的呀!"阿强点了根烟,又咧着嘴道:"傻站着看啥?还不让我们就座。"

可恨的阿强哥当着这么多亲戚的面,大呼"东郭先生"这个我所痛恨的绰号,这使我有点儿怒不可言。更坏透了的是他竟指手画脚地跟大家介绍"东郭先生"的真实来历。大家听罢便开怀大笑起来,他们根本不顾及我内心是怎样想的,也不管我的自尊心是否受到侮辱,喋喋不休地连连大叫绰号。但那时我觉得我的耳朵被这绰号塞满了,什么也听不清楚,只觉得有点耳鸣。我的心像刚上梢的杏子,酸溜溜的一片,脸像泄了气的气球,浓缩成一团。我对大舅和阿强十分冷淡,极不情愿地搪塞了几句就跑了出来。我以为这样,他们就可以早些结束这放肆的言谈,情况却恰恰相反,我越躲越避,他们吼叫得越凶,我强作镇静,找话茬跟表妹红霞说。表妹看到我十分尴尬的样子,也帮我接我的话题。

终于,坏表哥阿强对"东郭先生"一词高谈阔论了一番,嘲弄了我一通,好像再也找不到侮辱我的东西,就附和着大人们说别的话题。我总算摆脱了一种比侮辱更难受的处境,席卷而来的暴风雨总算过去了,这时,我已狼狈不堪了。

自此,经过这场绰号的风云,我感觉到绰号是那么的可恨、可恶,过去的绰号成为现在侮辱我人格的阶梯,我恨那流言无耻,更恨整天费尽心机给别人安绰号的宋林。广大的青年朋友们,要使自己的人格、尊严不受别人的玷污,请别给他人赐一个非人非物的绰号,别当聪明的绰先生和绰小姐,否则,你的尊严、人格也会受到别人的玷污。

宴席在下午二时开始了,大伙按大小辈入席后,就互相推让,攀问对方是哪儿人与主人家是什么辈分关系的话题。我和几个年纪相仿的小伙子们提茶倒水,干点儿杂活儿,一切在有条不紊地进行着。

表妹没有入席,拿个茶杯边喝边帮我干点活儿。她喜欢问我许多我也不大明白的问题,也问一些关于神仙之类的问题。红霞问我:"我爸我妈都说我是从野外捡回来的,捡来时很小,像拳头那样大,后来经过喂奶,把我养成这么大。你说我爸妈说得对吗?我到底是哪里来的,我自己也搞不清楚。"我毫不顾忌地随口道:"也许是从野外捡回来的吧?我也没亲眼看到你爸妈捡你。你长我这么高时,你就会知道你是从哪儿来的,等你长大了,你会慢慢知道的。"

红霞瞪着眼睛不再言语,过了一会儿,红霞胆怯地又问我:"表哥,你说世间真的有魔鬼吗?晚上它是不是站在大门外边,专等着抓不听话的小孩呢?你比我大,你知道得较多,就告诉我吧?"

我咳嗽了两声道:"红霞表妹,我怎么说好呢?我小时候听爷爷和奶奶说,世间有魔鬼、有佛祖,后来听到这类话,一上高中,就几乎听不见了,你是听谁说的,问它干啥!"

红霞沉沉地道:"我随便问嘛,也是听爸妈说的,你快点儿告诉我行不行?"

我叹了一口气,斜睨了一眼旺旺的炉火,把沸水大壶提到一边说:"自小时候,我常听爷爷奶奶唠叨,说神仙、魔鬼都生活在无痛苦、无灾祸,但很寂寞的世界里,这就是所谓的极乐世界,谁也看不见,摸不着,他们都会法术,会呼风唤雨,还有一个通病,就是如果孩子们不听大人话,大人把孩子们扔到外边,魔鬼会抓去吃了的,永远来不到人间,看不见太阳。爷爷和奶奶还说只有信仰佛祖及这些鬼神,给他们烧烛进香,修行到很高境界才可以看到他们的,再一个是人死时候会看到,我也没死过一回,所以看不到,也没看到过。还说人的死、命运、婚姻由佛祖注定,人们无法改变,如果改变了,永远会得不到幸福的,天上的牛郎织女就是先例,他们不听玉皇老佛爷的话,被打到两个世界里,所以最终没有结为伉俪的。"

红霞阴沉着脸道:"我好怕呀!好可怕,我会不会被神仙抓去,打入十八层地狱呢?"

我"哧"地一笑,乐呵呵地对表妹说:"你真是瞎说,神仙不会抓你的,给他还不要呢!别开玩笑了。"

表妹羞涩地道:"如果我不听父母的话,魔鬼真的会把我抓去吗?"

我叹道:"不会的。我听老师讲,神灵和鬼怪是世间不存在的,是当人们病危和身体虚弱时这些言词传入大脑的神经系统而产生的一种虚无缥缈的幻觉,一切鬼神都是牛头马面,因为它不存在,所以我们看不见,摸不着。"

表妹红霞高兴地跳起来,捩着嘴道:"我不听神仙的话了!不听了!永远不听了……"我吃了一惊道:"傻丫头!你瞎说啥,你不听神仙的啥话,快告诉我。"红霞高兴地道:"好,告诉你,反正你迟早会知道,不如现在就告诉你。"

她道:"我听爸妈说给我订了婚,那时我刚出生不久,什么也不懂,就把我订给了一位与我同年同月生的男孩,以前我不知道这些。可是前几天，我看见有人提着红礼包到我家，我听到那人和爸妈唠叨着：快点让你家红霞姑娘出嫁吧，都十四五岁了，还养在家像话吗？男方的人都等不及了，反正大闺女坐轿子，总有一回的。不如快点把事情办了。爸妈小声说：让我们再考虑考虑，你先回去，过几天给你个回话。只见那个人凶狠狠地边走边说，你们不能反目，坑了我们，这事从小就定好了的，如果不嫁他家，我也交代不了，你闺女也永远得不到幸福的。你们看着办吧，我走了。过了几天，我听一个亲戚说，与我订婚的那个孩子叫程斌，从小得了小儿麻痹症，手脚很细很细，细得像麻秆那样，又矮又丑，并且心眼很坏，常常赌博，尽干一些伤天害理和缺德的事，还爱说俏皮话和下流话，我可恨死他了，不愿嫁他，我不知道该怎么办，所以今天问这关于佛祖的事。"

我叹了叹气道："好个红霞表妹，绕来绕去，你把我绕进你的圈套了。不过我要告诉你，你听不听我不管，但我只求你别告诉你爸妈，这句话是我告诉你的，你一定要保密。"

红霞坦诚地道："我一定保密，绝不把你牵扯进去的，我自有办法。"

我问道："红霞妹，你打算怎么办？是嫁还是不嫁给程斌呢？"

她有点儿不高兴地道："我自有办法，我现在不告诉你，你以后会知道的。"后来我才知道表妹并没有嫁给程斌，而是偷了钱私下广州打工找上了一个知音。这是后事。

其实，那时我对鬼神也含混不清，也不知道有无，只是听老师说而已，不说吧，显得羞人害臊，堂堂一个高中生连这些问题都不知道。这也许是我第一次在别人面前卖弄自己的才华，但是一想起后来红霞所发生的一连串事情，我又惊又喜，同时又有点儿得意。因为这几句话,使红霞悄然私下广州,让我们大家都惊呆了。红霞到了广州后,找上了一位如意郎君,谋得了生活的幸福,跳出了山沟沟,脱离了苦海。后来,红霞曾对她的丈夫丹炳说:"我嫁给你,完全是我黄良表哥的帮助,否则,我也跳不出山沟沟,来到广州嫁给你。这是我表哥的功劳,咱们也想办法帮助他一点,给他物色一个人品好的姑娘,这也算是对他的一点报答吧。"丹炳斗嘴说:"偏不呢?介绍一个风流的娘们给他,看你怎样。"后来,我到广州做生意时,红霞夫妇曾给我介绍过不少姑娘,但我没有相中,这也许是天意,或许是前生的姻缘注定吧!这真可谓:能制止别人做蠢事,能拯救别人,却拯救不了自己,找不到自己的真正幸福,为他人却能谋得一点幸福,这也许是人性本身所注定的吧!

正值我们谈得难舍难分时,父亲大喊道:"黄良,不快点添茶,跟表妹瞎扯个啥?大家的茶杯都朝天了,却不添茶,你这娃,真是成事不足,败事有余,连一点儿添茶的小事都靠不住。"父亲的责怪声,才让我记起了添茶这桩事,就没吭声地提着大壶倒水去了。

正当给表哥阿强添茶时,阿强醉醺醺地叼着一根烟,歪着脑袋拍了拍桌子,活像一个地主公子,他指着我的鼻梁道:"红霞不是南郭先生,你跟她嘀咕个啥,是打红霞的什么主意,如有点儿那个意思,我给说合说合。"

我涨红了脸,努了努嘴道:"表哥你醉了,你抽烟喝茶,我没那个意思,也不想给你解释清楚,你慢喝,我给别的客人去倒茶。"

说完我便走了,我刚到另一个桌子前,一不小心,把开水溅在了大舅的脚上。大舅幸好穿着皮鞋,否则,非烫几个水疱不可,其实我刚才倒茶是心不在焉,想着表哥当着那么多人扔给我的那几句话,才把开水倒在了长辈的脚上,在这么多人面前失礼,是那么的愚蠢,我无地自容。

父亲严肃地斜瞟了我一眼,示意我走开,我急三忙四地走了。

见大舅不高兴的样子,父亲强装笑道:"孩子他大舅,你别跟孩子一般见识,这娃从小被他爷爷、奶奶惯坏了,做事总冒冒失失,忽高忽低,没有一点儿稳重的样子,也不知道在客人面前恭恭敬敬,彬彬有礼,他就这个德行,也没啥坏心眼,你可谅解谅解,别笑话他。"

其实到现在我才明白,那是爸爸为了讨好有钱的大舅,才对他说这番话。可现在转眼一想,钱,为何物?为了钱,人们把忠诚,把本来的良好脾性卖掉,这值得吗?

大舅深深地抽了一口烟,跷着二郎腿,弹弹指尖的烟灰说:"孩子他姑父,你那孩子手脚就是笨重些,可脑瓜子比我那阿强灵活呢!还写什么诗、字之类的,说没有一点儿礼貌吧,也算不上,就是对人们不主动热情,你看我那儿子阿强,见了人就主动嘘寒问暖,热情得很呢!在这方面,黄良还差阿强一截呢!"我知道,那是大舅讽刺我、批评我,夸自己的儿子阿强,我真不明白阿强的彬彬有礼是指的哪些,是才华,是道德,还是……

我一听到这话,跑进屋子冒昧地对大舅说道:"我生下来就愚且鲁,再加上爷爷奶奶的纵容,不知礼仪,不知书达理,还望大舅见谅,但我有一点儿不太明白,想问问大舅,你说阿强的彬彬有礼、热情、主动指的是什么,有哪些具体表现?我不太懂,能否举一两例阿强的特长,让我眼见为实。"

大舅对父亲使了使眼色,父亲于是对我说:"你这娃,是不是活呆了，这是与长辈说话的口气吗？快回去，今晚上你跟阿强睡一个被窝，让他给你讲讲，够你一辈子学的。"大舅也附和着说："我不是说阿强好，你坏，手心手背都是肉，一样好嘛！"

我再也没有多问一句，我明白大舅无法答复我，是故意回避我，搪塞我而已，想早点儿把我支开。但不知什么时候，我最恼的是不把事情说明晓，而且妄大自尊，夸夸其谈的论人或事。

我揣着一颗恼怒的心回到了屋子，干脆不管提壶倒水的那事，拿起《水浒传》硬往脑子里塞，但是心不在焉，看过去什么也不知道，不一会儿便迷迷糊糊睡着了。

一阵刺耳的碟声、碗声把我从梦乡中拉回来，我揉了揉眼睛，蒙眬中听到父亲对大伙道："承蒙各位族友和亲戚的帮忙，我的一桩心事总算了却了，各位客人们都费机劳神，今天我特向大家敬一杯薄酒，以表我本人对大家的谢意，请大家放开肚量喝酒，放开肚皮吃菜，只要大家高兴了，我就高兴了，有许多地方招待不周，还望诸位谅解。"接着一片划拳猜令声掩盖了父亲洪亮的致谢声。一个个涨红了脸，满院子的酒气熏得我有点儿受不住。我安静地欣赏这花天酒地的杰作，有人哭，有人笑，有高呼的，有小叫的，这些声音和烟圈儿交织在一起，形成一幅酸、甜、苦、辣、咸的五味画谱。

父亲说完便离开了席间，坐在靠椅上欣赏这幅人群绘成的画谱。他欣赏着，思索着，两眼直直地坐着发呆，我连叫了几声，他都没吭声，我走近仔细一瞧，父亲原来坐着睡着了。我想，也许是被这画谱陶醉的缘故，也许是连日的劳累和伤脑筋的结果，我没叫醒父亲，而是用一种从没有过的眼神望着父亲这张瘦小而熟悉的老脸。

正当大伙纷纷散开，准备离开时，我赶紧推醒了父亲。父亲急忙抹了两把脸，打了一个喷嚏道："诸位亲戚们，喝得痛快吗？请大家赏个光，再吃点喝点吧！诸位，一生之中能有机会这样相聚的日子，就多饮一杯薄酒吧，我们是老实巴交的乡下人，不会说话，我也不多说，说多了，反而弄巧成拙，大家会笑话我的。今天有甚不周到的地方，还望大家谅解。再说我们农村可不比那城市，请大家别嫌弃，多动点儿筷子，多喝几杯水酒，吃饱喝足了好上路。"父亲一说完，大伙都纷纷向我们道别，我们也忙招呼大家上路。

院子里终于平静了，喧闹声少了许多，也让人感到空气新鲜多了，诸位亲戚们都走了，只有阿强、红霞和她妈没走，表妹是在城郊区待腻了，想进山沟沟玩几天再走，阿强喝醉了酒，晕晕乎乎不能走，我姑姑也是红霞她妈，见我母亲活儿忙不过来，留下来收拾收拾狼藉的桌碗。我开始清扫院子，整理桌凳、碟碗等灶具。

扫着扫着，只见院里到处是一堆堆稠乎乎的秽污，上面爬满了绿头苍蝇，在嗡来嗡去，我用扫帚往上面一抖，绿头苍蝇纷纷四下散开，我仔细一瞧，原来是阿强等酒鬼们的杰作。空气里夹杂着烈酒味、炉火的焦性味，还有那杰作散发的"芬芳味"，真可谓五味俱全，瓜子皮、花生壳、糖果纸、筷子、勺子、烟蒂、瓶盖儿、骨头儿，混合在一起布满地面，真是应有尽有。一见这，我恶心极了，恶心得直吐绿水，翻白眼儿，不住地吐啊吐，我真担心把苦胆吐出来了，我难受极了。我这人不知怎的原因，就讨厌酒鬼，最恶心的要数酒鬼的杰作，如果把一盆盆屎和尿放在我面前，我也不会这么恶心，这恶心味比屎和尿胜过几倍，一见就吐，好像是我的克星。就如同晨露惧怕太阳一样，非常讨厌，一见到太阳，便躲得无影无踪。因为我对这十分恶心,因此至今为止,我也没交一个酒鬼朋友。当我吐净了食物,吐过绿水之后,感到很疲乏,我坐在椅子上很想打个盹儿。我目送着母亲一盆一盆地把那些垃圾倒掉的时候,有种悲凉涌上心头。

六

这一天,全家休息得很迟,快十二点钟了。我和阿强睡在一起,可是整夜没合眼。一到被窝里,就隐隐闻到从阿强头上散发的酒味。我无睡意,撩开被子一看,只见阿强满身的秽污流在床单上,被罩上一团一团的,像朵朵乌云镶在蓝天上,我又气又恨,喊叫他,他却不知道。我望着灯一直发愣到天亮。天亮后阿强醒了,他回头问我:"你在望啥东西?望得这般神奇。"我有点儿不高兴地道:"我在望灯,后来灯变成了一束红影,红影化成一条狗,不幸跌入河里,后来经过人的帮助,它很费力地从河中爬上来时,那惨景很好看,浑身是一团一团的泥巴,躺在河岸上晒太阳,偶尔有一个老人走过它眼前。它凶狠狠地道:'别挡住我眼前的太阳,没看见我晒太阳吗?你这老不死的东西,一边去,不然可就自讨苦吃了。'老人喃喃道:'早知今日,想当初把你一脚踢下河去算了。'"我讲完了自编的故事问阿强:"你说那条落水狗上岸后,该不该对那老人那样的凶!为什么呢?"

阿强弹弹手指说:"它的处境真可谓,寄人篱下,应该低头,不应该这般凶,再看它那样子,狼狈得够呛,还唬别人,别人能怕它吗?应该休养生息,等晒干了身子再凶也不迟呀!"我又道:"表哥,假如人像那条狗那样,采取什么样的办法最好呢？是不是给他几个耳光？"阿强瞧了瞧身上的脏兮兮的西装，若有所思对我说："表弟是不是以物喻人，开个玩笑来笑话我呢？"

我坦然道："我可没那么高的学问。"他寻根究底地问："那你说的是什么意思，应当不回避地回答我。"

我看阿强发觉了真正含义，同时有点儿得意，便不好意思地搪塞道："我只是随口说说而已，没别的意思，你快去洗把脸，吃了早饭和我一块到外边好吗？"

阿强洗完脸，我整了整被单，这时就听见母亲十分热情地喊阿强，这声音不高不低，给人以和蔼与仁慈的感觉。一见到阿强，母亲便笑盈盈地问："阿强！起来了？昨晚这土炕睡得还可以吗？还舒服吗？快把衣服脱了我给洗洗，你俩先到堂屋中去吃早饭。"只见阿强随意的"嗯"了一声，便把衣服脱了下来扔于母亲手中，我看到母亲干涸的手，十分吃力地揉洗那衣服时，有一种无名的恼怒，我恼怒极了，想把衣服从盆中捞出来扔得远远的，可我没有勇气这样做，我怕母亲不高兴，不忍心母亲为此小事而生气。唉！人啊，这究竟是何物？为什么各不相同。阿强与红霞比之，阿强显得那么愚笨无耻，他那疯疯癫癫、忽高忽低的神态可以说得上是任何人都具备不了的。他喜欢顶嘴、犟嘴，爱当着众人面驳别人的面子，我真有点儿受不了了。那时，阿强在我家大概是稀客，所以父母总是随着他，对阿强那粗鲁狂傲的行为视而不见，总是绕弯子说阿强的好话，夸他乖巧，这使阿强更加得意，目中无人，傲视一切。有时还带点儿长辈的口吻来和我说话，甚至还批评我曾经也出过不少馊主意，喜欢看别人眼睁睁地去上当，往泥泞中走去。以现在看来，是够调皮的，但与阿强之比，我是不及他十分之一。唉！这种丑恶的灵魂实在令人呕吐！

吃罢早饭，我与阿强在村头溜达，忽然看见几个小孩子拿树枝逗弄正在埋头吃草的一头老驴玩。只见那驴，瘦得像一根柳棍，骨骼突出非常明显，无精打采，吃草时显得有点儿迟钝，口齿不灵便。孩子们拿树枝打它的屁股时，它那样的温顺，不踢不叫，更不回头，显得无动于衷，它更不会放刁撒野，好像见了老虎一样，有种心惊胆战的感觉。老驴回头一看我和阿强，双眼无光地望着我们，眼角上有一串串泪花在滚动，好像是在乞求我们："我已老了，已不能为人役使，请你们别折磨我好吗？"

这时阿强乐呵呵地说道："表弟，你骑过马吗？"我答道："没有，因为这儿大多是驴、牛，没有马，只有集市上见过，何谈得上骑过呢？那多没意思。"

阿强得意地道："我说表弟呀，你真正成了十足的东郭了，连马都没骑过，真是白来世上走。我不但骑过马，而且还在动物园骑过骆驼呢！我骑的那马膘肥体壮，生机勃勃，像小说里的战马一样，跑起来两耳生风，好快活呢！我骑的那骆驼，好雄壮呢！高两米有余，长五米见外，双驼峰像两座山峰一样突兀着，我还骑它照过相呢！你若有机会到我家，随便翻翻相夹就可看到。"

我若有所思地问："阿强哥，这骆驼二字怎么写？我忘记了，能告诉我一下吗？"阿强机灵地说："能！这可好写啦，瞧仔细了，我可不告诉你第二遍，常言说的一字值千金，就是这个道理。"

阿强在地上捡起一块石子，在地上歪歪扭扭地写下"各它"二字后得意地说："看见了吗？就这字。"我瞧了瞧说："这不是骆驼二字，而是各它二字。"阿强笑着道："表弟，你比我小多了，没见过大世面，阿拉伯人就把骆驼叫各它，这是外国话，我是写译音给你的。"

我又道："那中文'骆驼'二字怎么写呢？"

他低着头说："忘了！"但是至今为止，我始终没有听说过阿拉伯人把骆驼叫"各它"，我真不明白这是为什么？

阿强无聊地道："我们骑这头毛驴玩耍好吗？"我有点儿不乐意地说："别骑它吧！看那样子够可怜的了，不要欺负它好不好？动物也像人一样，可怜的时候最恨别人欺负它，侮辱它。"阿强抿着嘴说："哎呀表弟，你又不懂了，这畜生天生就是为人们供骑的，役使它们拉车耕地的，就如我们吃饭喝茶一样，是顺其自然的事。"阿强不听我的劝阻，朝那头驴走去。

阿强先在那里没完没了地调戏着，一会儿抓抓尾巴，一会儿抖抖鬃毛。阿强把驴缰绳硬往驴口中含上，然后慢慢爬上驴背，见毛驴很温顺，才大胆地骑上驴背。那老毛驴耷拉着脑袋，像病弱的老人一样，走起路来一步三晃。那调皮的阿强用柳棍拍打着驴屁股，驱赶它，惊吓它，总是想快一点儿，而那老驴无动于衷。打着打着，那匹温顺的老驴被激怒了，它头一仰，四蹄向后一蹬，屁股蛋一弹一弹地跑起来。阿强被颠得连连叫苦，带着哭腔喊我："表弟，快点过来！快抓住它！让我慢慢下来，我有点儿受不住了。"这驴哪听人话，一个劲地飞奔，像受惊了一样，只顾弹，不肯站住。忽而，那头老驴使劲一弹，把阿强摔在硬地上，连翻了几个滚儿。阿强哭道："真疼死我了！表弟，快扶我起来。"我便慢腾腾地扶他起来，只见一股鲜血从阿强的手腕流下来，浸透了洁白的衬衣，原来是阿强被跌在一块尖叉石上。那时我的心里有点儿高兴，认为阿强罪有应得。老驴把他摔伤，也就是灵魂上的惩罚吧！我笑道："阿强哥，当骑手要经得住摔，如果像我这样胆小，也不敢骑驴,也就永远成不了骑手,我很佩服你的勇气。"我想借此话来激他,让他拖着那十分狼狈的身子再次爬上驴背,再受一次惩罚。那时我想方设法来糟蹋这浑小子,给阿强这愚笨至极的蠢物一点颜色,所以装作很关心他的样子,目的是再一次惩罚他的灵魂而已。阿强好像把刚才摔的事忘了,经我一激,于是恐惧感消失了,他挽了挽袖口,又跃上驴背,觉得自己像骑士一样十分威风,这次这毛驴却一动不动,连一步也不走,阿强像先前那样打呀打,他打累了,便住手了,口中骂声不绝,毛驴趁他不在意,把屁股一弹,把阿强重重地摔在了地上,这次可不比上次那样,把阿强的腰给摔伤了,不能直立行走,我问他骨头是不是摔伤了,他便昏了过去。

我赶忙把阿强背回家,吓得我也不敢出声,不敢去告诉父亲,我用湿毛巾擦净了阿强身上的灰尘和血迹,给他盖上被子。过了良久,他苏醒过来,便立刻叫这里疼,那儿不舒服,我问他:"阿强哥,骨头伤着没有?"他道:"没有伤及骨头,但浑身觉得很疼。"唉!我总算逃脱了父亲的惩治而又不动声色地惩治了阿强。

阿强忍着疼痛,坐起来靠着墙,摸摸屁股蛋羞愧地说:"这滋味真是酸甜苦辣咸,五味皆全,这才是生活的真滋味。"我随口道:"这就是人们说的七彩人生,很浪漫嘛。"阿强问我:"一个瘦得要死的老驴,哪来这么大的劲,我真想不通。"我道:"这就是人们常言说的,鱼骨头也有三两油,老斧头也有半斤钢吧。即使再老的动物和人,如果给他以致命的打击,他将会骐骥一跃,释放出意想不到的能量,做出令人估计不到的动作。我老早劝你别欺负那老驴,可你不听,这也是报应吧。看你以后再欺负人不,叫别人绰号不。"

这些似乎无道理的话使阿强听了缄口不言,他借口用别的话支开这一话题。我也就不提及此话，只好找别的随便谈谈，最后我又不好意思地说："阿强哥，我只是说着玩玩而已，别当真。"他听着听着便呼呼入睡了。

晚饭罢，我便躺下休息，不一会儿就睡着了。可阿强这鬼小子，白天睡了觉，晚上便没睡意。他见我酣然大睡，便把我推醒说道："黄良表弟，你哪来那么多猪瞌睡，你可知道瞌睡没本，越睡越重，越懒惰呢？现在才九点钟，睡到明天的九点钟，不就超出正常睡觉四小时了吗？别睡觉了，跟我聊聊。"

我极不情愿地从睡梦中醒来，披上衣服，靠在床头上，用手板梳着脚趾，又热又闷的夜让人难受。

他扯扯我的胳膊说道："表弟，你有哪些特长？"我赌气道："吃、穿、玩、乐都是我的特长。"阿强又问："你在学校里有没有谈过恋爱，有没有女朋友，也就是心上人呗！跟心上人在林荫下幽会过吗？真真尝过女人爱的滋味吗？"我无精打采地道："瞎扯个啥？我连想都没想过，女人有什么滋味呢？"阿强拍着我的大腿道："唉！你呀，作为一个八十年代的中学生，连这几样都不会，还是人吗？那你来到人世间干啥，不就成了吃饭的饭桶，造粪的机器吗？说实在的，在这方面，你可向我学着点。"我愤愤道：

"像你那样不就成了流氓、地痞吗？将来不成为败家子才怪呢？这是泼皮无赖们干的事，我怎么学呢？"阿强生气地道："好！表弟，那你别当流氓，就一辈子不要谈恋爱、找对象，否则，你也成了流氓中的一员了。"

我对这荒唐之词难以对答，就硬编生造从老师那里学来的话说："阿强，趁着你风华正茂，应该发奋勤勉，将来有个好成就，一年里有三百六十五个日日夜夜，你把它一天一天地消磨了，你不觉得可惜吗？你知道你的这种品性是多么的卑鄙无耻呀！你会后悔的，大家会恨你的，你一定要改过从善，立地成佛，从现在起就要发愤图强，将来奔向一个好前程，千万不可辜负苍天给予你的大好时光。"

阿强道："你说这话有什么用，现在社会，只有金钱是万能的，没有钱是行不通的，钱多了可以使鬼推磨，可以当饭吃。你学了很多知识，它能当钱用？当饭吃？就拿我爸来说，有权有钱，送礼的人都踏破门槛了，我也沾他老人家的光，时常也尝尝红塔山香烟，所以我认为有权有钱什么都有了。你瞧自古书生，哪一个不穷困潦倒，所以人们才叫作穷秀才酸学士，手中不名一文。好啦！表弟，我当我的富流氓，你念书当穷秀才吧，我也希望你能考上大学，可是我要告诉你，不管上大学或做别的事，都要以强大的金钱做后盾。以后你碰壁回头时可别忘了流氓哥所说的话。"

我听了这话，悲伤地暗自流泪，暗恨自己出生的家境太穷，有种低人一等的感觉。我心里不是滋味，回头看看自己的被窝，就偷偷地溜进被窝里睡觉了，心中盼望着阿强快点儿离开我家。

第二天吃罢上午饭，阿强说在这里耽搁了两三天，声称家里有事，便急急收拾回城。我和表妹红霞都没有与阿强道别，只是父母再三留了留，见他执意要走，就没有强留，还送阿强很远很远才回头往家里走。经过哥哥这桩婚事，父亲和母亲像经过了长途跋涉，饱尝了风尘劳苦一般，他们都累极了，睡了两三天的闷觉。我以为父亲不知道我和阿强骑驴及发生口角的事，就暗自庆幸。

有一天，晚饭毕，父亲把我叫到饭桌前说道："黄良尕娃，你已经不是小孩子了，怎么尽给阿强难堪呢？今后你有何脸面去见你的大舅呢？不觉得害臊吗？并且你还摔伤了阿强，你知道吗？城里的娃不比这乡里的娃们，稀少得很，都是独生子女，阿强若有个三长两短，我怎么向你的大舅交代呢？我们农家贫寒，比不上你大舅家里阔绰。俗话说：'无钱理穷'，没有钱是什么也讲不通的。你就随着他们，千万别与阿强和你大舅斗嘴。因为，我们得从长计议，还得想明天的事情。假若你考上了大学，我们还指望着你大舅借点儿钱供你呢，所以不能与他们发生任何纠纷和过节。等开学时，你顺便捎袋洋芋向你大舅及阿强道个歉，低低头，认认错。咱家是靠他们借的钱才供你读书，你可不能断了财路。"

说实话，我瞧不起像我表哥阿强那样的人，但为了上学，为了改变自己的穷命运，我不得不低下头来任人摆布。

起初，我看到家境困难，为了家庭负担，我不想念书了，但回头一想，这样做只能增加父母的伤心，也不能改变家境的贫寒，就勉勉强强地进了校门。可看看现在，真是"人在屋檐下，不得不低头"。苦命人要想改变自己的命运，只能是靠自己的双手，通过辛勤的劳动来改变。不要像我这样去借别人的钱，如果那样，就连一名乞丐都不如。

听了父亲不冷不热的话，我像傻子一样坐着发愣。我十分明白父亲的心意，我懂得父亲的所思：只要我考上大学，出人头地，他这辈子受穷受苦是甘心的。

在暑假里，我若和表妹红霞连续玩上三四天，母亲对我十分宽容，一声不吭，但是父亲总是提醒我："黄良，少玩会，多学会，不要误了自己的学业。"然后对我的哥们儿就下逐客令。每当这时，我有一种羞愧感和自负感，就好几天不出门，闭门读书，做功课。

那时，我的表妹红霞爱斗嘴，喜欢问问题，我有时觉得很讨厌，但不得不给她一一讲解，阐述。有一天，我刚搁下书本，红霞就问："表哥，为什么人人希望考大学？上了大学，就把书读完了是不是？念了大学后是不是能当很大很大的官？"有时我装作没听见，听而不答，红霞就三番两次地折腾我，我耐不住折腾，就给她随意地讲："人们上大学是为了掌握更多的文化知识，更加透彻地悟到做人的道理。用文化知识去武装自己的头脑，更好地为现代化出力。假如读书的尽头为极限一米的话，那么读到大学就是读到了三十厘米左右，离读完读尽还很长很长，活到老也读不完。念了大学后不一定做大官，他们毕业后各有各的渠道，有的当老师，有的做法官，有的当科学家，有的……总之，他们上大学更多是为了人民谋幸福，不是升官发财的。"

红霞点点脑瓜子道："这多新鲜，我从来没听人说过，你真行呀！小作家先生！"

我说道："红霞妹，别把我捧得过高好不好，我可承受不住这顶高帽子，它会压垮我的，像你这种城郊来的丫头，新鲜的事还多着哩！一辈子也讲不完，因为你年纪小，没经过什么大风大浪，怎明晓大风大浪的事呢？所以听别人讲时觉得很新鲜，很吃惊，是不是？调皮的红霞妹。"

红霞撒娇地说："表哥，你的嘴很会说，像一挺机关枪似的，但我什么时候才能明晓这大风大浪的道理呢？"我稍停了片刻，很坚定地道："只有你上了年纪，并且饱览了群书，腹中有墨水时，才能明晓大风大浪的事。"

其实，在那时，我不知道这些道理，因为比较深奥，我没有亲自体验过，但为了给红霞一个满意的答复，那些话大都是从书本上搬过来的，有的是生编硬造的。没过多久，红霞妹离开了我，回家了，从此以后，我将近有十年时间没见到她的面。她为了逃避自己不幸的婚姻，偷了家中四百元钱，无声无息地走了，不知走向何方，我们整天为她的前途、命运而担忧。

七

　　转眼间,一个暑假很快过去了,我又要离开家,重新返回无忧无虑的校园。

　　临上路前,我向父母要学费时,父亲跟我说:"我跟阿强爸说了,临上学时去他家去拿,先借上一点儿,日后慢慢还,你到阿强家,可别忘了道歉。"

　　我揣着一颗忐忑不安的心,走在乡村的林荫小道上,鸟儿在鸣叫,野花开满了大地,散发着淡淡的清香,我无心顾及这大自然美妙的杰作。走着走着,心里有一种说不出的味儿,孑然一身,像一个流浪者,寂寞、孤独不断向我袭来,我总觉得太累太烦,有一种悲感在心中飘荡,低着头满腹心事地飘游在崎岖的山路上。

　　我的第一念头是到阿强家怎么说?他们能否帮我,安慰我?也许他们会强加给我一个稀奇古怪的条件,我的心里总是拨打着算盘。终于,已进入县城的柏油路,经过喧哗的闹市区,就到了阿强的家中。

　　我开门见山地转达了父母的话,并简单地说了说家中的处境,现在很困难,恳求大舅借点钱,好来交学费。大舅听了后表示很惊讶,又装得十分同情我,大舅点上一根"中华"牌香烟,然后笑眯眯地说:"黄良,你放心,这事包在大舅身上。"说完随意从皮夹克口袋中抽出一沓钞票,从中抽了两张,随便向桌上一扔道:"这二百元你先拿去交学费、支伙食,完了再找我。"说完便响起了一阵电话铃,大舅接完电话,便提着公文包,急匆匆地下楼了。

我每到一个城里亲戚家做客,总有一种讨厌、不自在的感觉,但这次,我似乎摆脱了这种不愉快的感觉。这也许是大舅可怜我的缘故,看到大舅手中那一沓钞票,转眼一想家中那十分穷困的日子,我有点伤感,并觉得十分内疚,同时我对那花钱如流水的款哥们儿加深了一层恨意。苍天!你为何这么不公平!同样的人们为什么活在不同的天地里,这难道是矛盾的两重性吗?

黄林哥哥没有结婚以前,家里有点儿宽余,并且稍带点儿那种农村的阔绰,家里总是客人不断,有客人到家,还能做些在农村看得过去的饭菜,招呼也周到,于是有许多亲戚朋友时常来串门,那些亲戚们也时常捎点儿菜,他们还夸农村好呀!农村的生活条件也不差呀!空气嘛,更比城里新鲜。来时有种难舍难了的感情,每逢节假日,都有许多人来我家做客,还问长问短。可我哥哥结婚以后,我家经历了一场经济上的空前洗礼,受了穷,来人到客,连点儿像样的粗茶淡饭也端不上来,他们大都认为没什么可沾,就疏远了我们,甚至不到家做客,乡亲们碰见了也不打招呼,碰到我们一家便绕道而行,便远远地躲着我们一家,怕我们的晦气玷污了他们,还在旁人面前说我们的短,道我们的丑。真该死的是那刁悍的邻居不让我们走路,口口声称是他们家修的,向我家索要工钱。这眼前发生的一件件、一桩桩的事情,怎能不使我掉下伤心的泪呢?

那时我在想,等我长大了,我什么职业也不干,专做生意赚大钱,挣很多很多的钱,因为钱是我最需要的东西,也是最好的朋友，最亲的亲戚，只有它，才能改变人的命运，超越自我。我要盖起比别人更加阔的小二楼，住上宽敞明亮的大房子，只有那样，那些人才会攀附我，跟我走，拍我的马屁。这也是促使我后来做生意的原因之一。可是像现在这样，那些人不仅讨厌我们，甚至连和他们沾了亲都感到羞愧。这天晚上，我睡不着觉就想这事，越想越来劲，越想越心灰意懒，就越恨那些浑蛋邻居与亲戚们。终于熬到天亮，我没吃早饭，便与舅妈和阿强道别了，带好钱，愁眉不展、急匆匆地向校园走去。

我刚走进校门口，就听见从后面传来一阵悦耳的车铃声，急回头一看，是我们的班主任张老师，张老师连忙下车与我打了招呼，便与我一道走，我和张老师一块走觉得十分约束，心情更加紧张，脸色就不太好看了。

我一声没吭地跟着张老师走着，张老师便对我说："哎哟，同学们把你叫东郭先生没错，瞧你今天这样子，与东郭先生相差无几了，你在暑假中干了些什么，功课温习得怎样呢？我听说你哥哥黄林结婚了，有这事吗？请代我向你哥哥黄林道喜，你哥哥是低我两级的老同学呢，你捎个口信向你哥问声好。你家的日子过得紧张，是不是？"

我斜瞟了班主任张老师一眼，便有点儿伤感的"嗯"了一声，便再也没说一句话，张老师见我一声不吭，便道："今天你怎么了，平时叽叽喳喳说个没完，今天怎么变成哑巴了？是不是为了交学费的事。"

我很难为情，含糊其词地答了声："是也不是，老师！今年我家经济困难，难以交付学费，我从我大舅那儿借了二百元，但我不想用这钱，觉得这钱有点儿不正道。"

班主任张老师笑了笑说："你呀！真是个死心眼，觉得不正道，先别用，日后还就是了嘛，怎么不上我这儿来借呢？这可小看了我，我先替你垫上，你先报上名！你呢，也别放在心上，过些日子再作计议吧。"

我真不该听父亲的话，去大舅家乞求他借点儿学费，我很想下个礼拜把大舅的钱还了，来摆脱心中的那种伤感。我望了望张老师的眼神说道："张老师，你家也不太富裕，还供两个孩子上学，我让你雪上加霜，怎好意思呢？"

张老师道："你看看，又来这套了，我家虽然不富裕，但垫这学费没大问题，也成不了什么大的经济负担，你就按我说的做就是了，别多管闲事。这是你高中的最后一期学习生活，无论困难多大或发生什么情况，我不能眼睁睁地望着你辍学，不能把这含辛茹苦十二年的寒窗生活最后落个败局，难道你甘心吗？连我都不甘心，你要审时度势，不能盲目行事。噢！看我这记性，差点儿忘了一件事来，你若在学校食堂里吃饭有困难，可以到我的办公室与我一起来个小灶，这样可以省点儿钱。"

我赶忙道："这怎么行，万万使不得，我怎么与你一起吃呢？学校领导看了多不好意思，再说我还可以支付起伙食费。"

张老师笑呵呵地说："东郭先生，你别管这么多好不好，今天我们是师生关系，明天也许会成为莫逆之交了，关于这个，我自有办法，你只管安心读书就是。"

我很坚决地说："老师，你看，我有钱。可以交付伙食费。"说毕便拿出两张百元大钞扬了扬，"我不需要你的帮助。"张老师见我很坚决，就恭敬不如从命了，我也没和他一起开个小灶，但是，我从内心深处，对张老师深表谢意。

张老师进了办公室，他顺手从口袋里拿出一包"兰州"牌香烟，从中抽了一根点上说："告诉你一个消息，说实话，县城不比你们乡村，挣钱比较容易，但要下点儿苦的，城里的孩子大都聘请家庭教师，我想找找看，如果能找上，我每天放学后，到那些孩子家中辅导他们，可以吃上顿饭，还可以得到一笔可观的报酬呢。所以，关于我的经济负担你不必担心，但是你要保密，学校老师问，你就说给亲戚的孩子辅导辅导。"

就这样，上学交费问题总算解决了。第一个星期六我没有回家，张老师把我叫到办公室，语重心长地说："你就吃这顿，以后别吃可以吗？"我点了点头，张老师显得十分高兴，慈祥地对我指指饭菜说："饿了吧，快点将就着吃。"

我才发现桌子上放着一碟油炸白菜，两个馒头加一碗米饭。那时，这样的饭菜对我来说，阔绰极了，我只有逢年过节什么的才能够吃上这样的饭菜。我便放开肚子大吃，吃得碟光碗净，没来得及慢慢品尝这可口的饭菜，只管大口大口往肚里咽。张老师看着我这副模样，关怀地对我说："慢点儿吃，小心别噎住了。"他一边抽烟一边望着我吃饭。我吃完饭抹抹嘴问张老师："今天的这饭是不是太奢侈了？是不是花去你很多钱？"张老师笑道："傻东郭，这算什么奢侈，那城里有钱人吃起饭来，一顿就是上千元！这点儿饭菜算什么，与他们比，真是九牛之一毫而已，何况我刚领到一点儿报酬，难道不应该改善一点儿吗？"

我惊讶地问："张老师，社会很多人挥霍无度，泼金如土，今天花费尽了，明天吃什么呢？"

张老师道："这你就不懂了，城里的大款们有的是钱花，上百上千算什么？就如我们花一二元相差无几。他们花得多，挣得则更多呢，城里人有十万元钱，还说自己是穷光蛋呢。"

我又问："他们的本事为什么那么大？那挣那么多钱，将来我若走上社会能挣那么多钱吗？"

张老师苦笑道:"哎,以我来看,你我不是挣钱的材料,再说挣那么多钱干啥呀?钱像人身上的污垢,越多越觉得生活没味,没劲呢!我们穷读书的不会挣钱的,也不忍心用肮脏的手段去赚钱。若要靠自己的双手去劳动,去赚钱,用两双手,干上五十年也挣不了那么多,这回你该清楚了吧?那些大款们,不是用双手,而是用不法行为去挣钱的,他们在某种程度上,损坏了大部分人的利益,他们有寄生性的,最终逃不了社会法网的惩治。"

我应道:"我明白了,我对这现实社会有了初步认识,我完全相信你说的。"但我暗自道:"我不相信用双手挣不了那么多钱,我一定要挣到。"这也许是我后来做生意碰壁的原因之一。

我听到张老师对当今社会上的那些款哥们儿如此直切地嘲讽了一番,我想到曾经有人说,广大劳苦大众流的是香汗,而那些整天花天酒地,挥霍无度,生活奢侈的姨太太和少爷们流的是臭汗,就是这个道理吧!我觉得自己生活在这个群体里,不免对这些款哥们儿又产生了一层敌意、仇视和愤怒。

有时,我在宿舍里睡不着觉,就伏在枕头上想这想那。有时,一只蛐蛐的叫声打断我的思绪,我听着美妙的音符进入梦乡,可有时,什么也打断不了我的思绪。我常常在想:"人为什么要活着,怎样活着才能轻松一点儿呢?为什么社会上许多人爱金不爱文?农村穷的根基关键在哪里呢?在乡下,在农村,是什么束缚着农民,使他们'宁做三年庄稼汉,不做半截书少年呢'?"这也许是守旧的观念造成的,也许是飞速发展的经济与落后思想的差距所致的。

在社会生活中,有些唯利是图分子,他们拥有的财富越多,他们学得更加油滑、狡诈,失去了人生下来所具有的善之本性。他们赚钱的脑瓜子很灵，他们死赚硬赚，为了赚钱，他们不瞻前顾后，把"君子爱财，取之有道"抛之脑后，最后落得个可悲可叹的下场。

他们这些人与穷人不一样，遇到同僚很慷慨大方，花钱随便，因为钱来得容易，花得快，来得更快，花多少，对他们来说是无所谓。

再看看那些面朝黄土背朝天的庄稼汉，一年四季都在田园里辛勤地耕耘，而到头来，就是吃个饱肚子而已。即使手头有点儿零花钱，他们个个大都惜钱如命，不肯轻易花掉一元或半元。他们始终盘算着，用这一元钱可买几斤油、盐、酱、醋之类的。他们也很少进入闹市区，觉得自己脏、臭，低那些款哥们一等，不如待在家里，少惹人家笑话。他们规规矩矩一辈子，最后带着一身累骨入黄泉安息。

唉！算了，我已没有心思再往下讲这城里人与乡下人的故事，可一看到家里爸妈那副劳累的身子骨，我的心凉了半截，无名之火又上心头，但尽管这样，我在父母面前始终没露过不高兴的样子。

我带着一种郁闷的心情，终于入睡了，在梦乡里，我拥有许多钞票，我变得呆傻了，一张一张地撕碎钞票，这漫天雪花般的票子把我压得透不过气来，我好惊好怕，不停地责骂和呐喊，但是，我始终推不掉这压力，最后窒息了。我被惊醒了，我简直像一条落水狗一样在梦乡里度过了这个夜晚。

八

一阵铃声,把我从被窝里拉了出来,让我摆脱了那困惑的梦境,我披着衣服懒洋洋地向窗外一望,见太阳老高,照着屁股了。我叫了一声"不好",往四周一瞧,只见宿舍的同学一个也不见,我便慢腾腾地寻袜找裤,我暗想:"反正迟了,就让它更迟一点儿吧。"终于,我拖着空虚的身子起床了。

我自言自语道:"今天甭上课了,好好溜达溜达吧。读书有何用呢?假如考上了大学,爸妈也供不起,不如现在来个临阵退逃,多看看这社会上的世面。要是老师问起,就撒个大谎,说有病不能上课,休息一天。"

无聊之中,我带本英语书到校园操场溜达去了,顿觉得心里爽快多了,蓝天白云下点缀着一排排树木,多美的一幅锦绣图画啊!我找了块平石头,垫在屁股下坐在林荫里,望着长长的围墙,一幢幢教室,一排排白杨树,一看这,我哪有心思去背英语单词,被这校园内独特的风景迷住了,心中有点儿快慰与喜悦,真是风景这边独好。忽而,一只麻雀飞落在我面前的白杨树梢上,随着金秋的气息,在我头顶叽叽喳喳,我很不高兴,觉得挺烦,就捡起块小石子打它,打了很多次,都没打中,它仿佛在戏弄我,不停地叫呀叫,我又打了一次,它轻轻一跳,落在我靠着的树丫上鸣叫,我人声骂了一句:"真晦气，本想着安安静静地待一会儿，可这可恨的鸟儿也烦我。"我仰望着麻雀，过了良久，我没有勇气再跟它斗，它却望着我，我仿佛听到它说："黄良呀黄良，你为何逃课？你这样年纪轻轻，不好好学习，整天游手好闲，将来怎成大事呢？像我这麻雀，还能够为人们啼叫拂晓，把人们唤醒，把太阳迎来，时时刻刻为人们役使。你到学校却不好好学习，而且逃课，你父母生你何用？不就成了装饭的桶桶，造粪的机器了吗？你还不如一只麻雀呢！你应该奋发图强，勤勤勉勉，不然，你到老一事无成，会后悔一辈子的。"

我听着听着，只觉得怒从心中起，拿起一块巴掌大的石块，"啪"向麻雀掷去。只听到惨叫一声，麻雀便落地断气了，我看着那只死麻雀道："该死！该死！真该死！谁让你多管闲事，不去自由自在地飞翔。我逃课碍你什么事了，你却对我叫喊个不停，这就叫作自讨苦吃。"

从此，在我的这段高三学习生涯中，增添了一抹黑色——逃课。我也便开始了断断续续的逃课生涯，这段逃课生涯，从高三开始也结束于高三。我所喜欢的历史、地理、语文课从不逃，而对那些单调，令人乏味的课程，如英语、数学等课程，我时断时续的经常逃课。逃课使我毁掉了自己的高三生涯，也失去了到更高一级学府去深造的机会。

现在想来，我那时不该对那只麻雀那么狠毒，似乎缺少一点儿人所具有的善性，一个具有生命气息的小小动物为人役使，而一个有血有肉的人不能想着为人们服务，只顾眼前，不求将来，活着有何用呢？广大的朋友们，千万别像我这样无知，一错再错，到头来悔之晚矣。总之，这也许是太年轻，太无知了，也许是习惯了这种浪荡的日子，导致自己不好好学习。这就是所谓的今朝不管明天事，可是到了明天，才知道灵魂被玷污了，自己被自己欺骗了，才懂得什么是真正的后悔，人为何总是后悔，那已晚了。

这天，时间过得真快，时间又把我置于后面。又是一阵电铃声，同学们放学了，该吃饭的时候到了。

我赶快返回宿舍，从食堂打来饭菜坐在床头上吃。一阵议论声由远而近传入我的耳中。王忠同学边走边说："东郭先生今天怎么了？他从来不逃课呀！这真新鲜。"接着宋林俏皮地说："谁知道他在搞啥名堂？是不是搞了个女朋友，到林荫下幽会，谈恋爱去了。"吴平正言道："别瞎扯，他不是那种人，他最恨谈情说爱，还不跟谈恋爱的男同学交往呢。"林虹大大咧咧地插言道："东郭呢，假正经，搞女朋友他是精明的老手呢，他是百发百中的神枪手，猎物从他眼中逃脱，就等下辈子吧。"接着他们一阵哄笑。

当王忠、吴平、宋林、林虹一个接一个进入宿舍门口时，我有点儿生气地大声道："你们这些饭桶，疯子们，别把人往坏处想好不好，你们的大脑神经系统是不是出了点儿毛病，是不是让我修理修理。你们呀！尽把好人往坏处想，难道不上课就去幽会女朋友了吗？"听完，他们哈哈大笑，宋林指着我的鼻子说："你们瞧瞧，东郭说得多幽默，多可爱，他肯定谈恋爱去了，要是没去谈，他不会这么说的。"林虹笑着插嘴道："是哪位校花，不要神秘，给大家介绍介绍吧。"

我气急败坏地骂宋林与林虹："谈个屁，随你俩说吧，掉在你嘴里，你说搞就搞吧！这也不是什么千古奇闻。"

王忠与吴平附和着道："看看你！承认了吧！你不该不上课去幽会情人，业余时间搞搞不行吗？可当心别误了学业，为谈恋爱而抛弃美好的前程，这不值得呀！"我大怒道："闭上你们的粪嘴，我正式向你们宣告：我不上课是我的事，妨碍你们怎的？你们总是与我过不去，时常逗弄我，拿我开心。可当心别惹我生气，否则，会给你们难堪的。我讨厌学习，我宁愿高考落榜后回家种那一亩三分地，把高考的路留给你们，你们都去吧！去吧！！都过去吧！我一点儿也不伤心，不后悔，人的命运是天生注定的，我喜欢怎么做就怎么做，以后少管闲事。"王忠见我变得如此消沉冷淡，走过来劝我道："黄良同学，你不必这么消沉嘛！你还年轻，就不想自己拥有一个收获的花季吗？你这值得吗？俗语说：浪子回头金不换。如果你从现在起，努力读书，再说你的成绩也不差，再加上同学们的帮助，你定会闯过这独木桥的，你有很大的希望，再努力一把吧！去走走，去闯闯，即使闯不过去，也心甘嘛。"

我寻思了一会儿，流下伤感的泪道："王忠同学，我谢谢你！但我不愿闯那独木桥，你们向彼岸冲刺吧！我知道自己的分量，我是不行的，再说，我爸妈也供不起我，就让这高三作为我的学习生涯终点站吧！我衷心地祝你们马到成功，金榜题名。我自有分寸的。"

在现在看来，那时我不该与同学们斗气，也恨自己不该逃课，把自己的青春年华付诸东流。现在反思，悔之晚矣！广大的朋友们，你们正值风华正茂时，为了自己崇高的理想而奋斗拼搏，不要因斗气而消沉下去，把自己的年华毁了，应该把困难化为前进的动力，更加鼓足勇气，坚持不懈地向科学顶峰攀登，把自己的人生驶向成功的彼岸，不可重复我辙，悔之晚矣！

经过这场风波，我遇到什么困难或不愉快的时候，就独自赏月和散步在林荫下。我再也没看到像那只麻雀那样精灵的小鸟，也听不见鸟鸣声，一切静得让人可怕，发抖，再也没听到过鸟儿对我的训导、启蒙，我更加觉得孤独，寂寞。这也许是我残杀生灵，不听劝阻，苍天对我的惩罚吧！我独自饮着这杯苦酒，痛心地品尝着，流着泪饮着，同时也在酿造自己人生的苦酒，却品不出人生的真切含义。

又到了星期六，当我换洗衣物时，发现了衣袋里的二百元钱，才发现自己已把还钱之事忘了，我便把衣物扔进盆里，搓着手走了。

经过一阵阵闹声的市区，面前是一望无际的麦浪田，麦子金黄金黄，粒粒饱满。我无心欣赏这独好的风景，走着走着，但见眼前的一片麦浪在晃动着，我独自思忖道："是不是眼睛出了毛病，今儿天阴不刮风，麦浪怎么会动呢？是不是老鼠在偷粮？"我揣着一颗好奇的心，轻轻地拨开麦浪，向晃动的麦浪靠近。慢慢的，离晃动区一米，半米了，一个怪物似的东西跃入眼帘中，我一看吓了一大跳。但见，阿强与一个十六七岁的少女在一起，此少女抹脂画眉，有三分风流韵味，他俩都脱得一丝不挂，浑身赤裸，麦浪里铺满了两人的裙子、西服之类，他俩在上面互相拥抱着，互相亲吻着，如胶似漆，完全进入那种所谓的神仙境界，经过一阵阵云雨，他俩懒洋洋地躺在衣服上，把人类那种最丑恶的东西暴露得淋漓尽致，女方调戏着阿强。我一看这，赶忙闭上眼睛，想要跑开时，只听到阿强赞道："曲霞小宝贝，你真丰满，真细嫩，艳得我多少次直流口水，今天终于如愿以偿了，我想，世界著名油画里的大卫，也不过如此吧！"

只听到那个名叫曲霞的又道："阿强哥，你真行，在我接触过的许许多多男人之中，你是最棒的一个。其他的都是些不中用的狗熊，你才是真正的英雄。我第一次这么激动，我好难受，再给我一次吧。"

阿强道："日月常在，以后的日子还长着哩，我会给你的，我会给你幸福，给你欢乐的，天不早了，下次再说吧。"

那曲霞撒娇地问阿强："阿强，我把最贞洁的东西给了你，你打算给我什么？用什么来报答我呢？"

阿强随口道："曲霞心肝儿，这好办，先给你一百元钱，拿去先花，完了再找我。"

那个叫曲霞的女子却变脸吼道："不行，我难道那么贱，不然，我就告你，说你强奸我，让你蹲班房，坐大牢，这条路你自己选择吧！"

阿强言语不清地答道："好！好！曲霞心肝儿我答应你，两百就两百，我给你。"说完随手从口袋里抽出两张百元大票，递与那个名叫曲霞的。

那个叫曲霞的少女得意地说："这才像话，像个哥儿们，以后有事找我，什么时候需要我，招呼一声，我马上就来陪你。"

我看了这一幕丑恶的场景，听了一段下流至极的言语，我禁不住大吼道："你们这——这两个狗东西！糟蹋了自己还不算，还要糟蹋庄稼人的劳动成果，你们会得到报应的。"我扔下这几句话，便捂着眼睛跑开了。

我的这一喊，他俩似乎出乎意料，惊慌地穿好衣服。阿强送那女的出了麦浪田，不到一刻钟，阿强便气喘吁吁地赶上我，在我面前佯装喝醉了酒，忽高忽低地说道："黄良表弟，你——你是——不是钱不够用了，是不是到我爸——爸那儿去借。如果借钱，你就别去了，我给你就是。"便随手抽出一张百元大票说："你先花着，完了再来，我爸出差了，不在家中。"我没好气地说："谁稀罕你那臭钱，我不缺钱，我是来还钱的！"阿强嬉笑道："那好，你就给我，我交给我爸就是了，别烦他去了。"我这时才明白，他是在支使我别去他家，他怕我把刚才所见到的一幕告诉他爸。我显出无奈的样子说："那算了吧！我改日再来还钱。"

这时阿强赶忙对我说："刚才所发生的事你已看到了，这是因为我喝醉了酒，路过这儿，那曲霞故意敞开胸襟，露出那两个酥酥的乳房，是她引诱我，调戏我，我才干了那缺德的事，我真该死，因为我喝醉了酒，所以控制不了自己，致使自己的理智驾驭不了情感，我真后悔，今天的事你就当作什么也没看见，我求你别给任何人讲，我给你一百元钱，你随便花，就算是给你的封口费吧，你就答应我一次吧？"我在鼻孔里"哼"了一声，没有接那臭钱。

阿强哭着求我："黄良表弟，你接下吧，我求你了！如果你告诉我爸，我爸会打死我的。你就可怜可怜我一次吧，我的好表弟！"阿强费尽心思在寻找讨好我的话。我问道："那个叫曲霞的女人和你是什么关系，你不为自己想想，也为那曲霞想想呀！怎么搞出这种见不得人的事呢？"

阿强哭道："曲霞和我是三年级时的同学，后来不知怎的，她不念书了，我也是无意中碰到曲霞。是她拉我下水的，她说她还没接触过一个男孩，说要嫁给我，曲霞还说做那事真有瘾，做了一次还想做第二次，我就好奇地答应了她的要求。我求你别告诉我爸妈，我给你磕头了。"说完便趴在地上"扑通、扑通"地向我连连磕头。我无奈地问："喝醉了还知道做那事吗？"阿强乞求道："黄良表弟，我求你别问我了，我知道自己错了，我也没瞒你，我把实话告诉你，我和曲霞有过两次。我求你别告诉我爸。我再给你磕一个头。"我无可奈何地点了点头。

我在想，阿强用这样荒唐的办法来塞住我的嘴。这种荒唐的办法也许能塞住我的嘴，但我觉得，这可恶的行为无法在我脑海中抹去，我顿时觉得这行为比疯癫更可恶，想用金钱来弥补可恶的行为，这好比用鲜花去装点牛粪，它始终遮盖不了其臭味，反而更令人恶心。用金钱去洗刷自己的灵魂，只能使心灵更加腐化、堕落、丑恶不堪。

　　我看着阿强那可怜巴巴的样子，像逃兵一样狼狈，我没吭一声，也没去接那污点斑斑的钱，我回头走开了，渐渐地远离阿强了。我越过一畦畦麦浪田，心中百无聊赖，有一种说不出的滋味。我回头望时，阿强一颠一颠地走着，最后剩下一个小黑点，在我眼帘中消失了。我东走走，西瞧瞧，最后来到一棵大树下，坐在草地上休息。我心里很烦很烦，便拿出怀中的竹笛吹起来，把心中的这种情感泄于笛声中，吹毕，我把笛子抛入麦浪田中道："去吧！去吧！跟大自然去吧！再也没有人欣赏你的旋律，我也不会再吹奏你的。"此时，时值正午，我感到浑身发痒，总想多长几只手抓挠个痛快，我发现原来是几只红蚂蚁在我身上作怪，我骂着挠着，低头一瞧，发现自己原来坐在蚂蚁洞口上，怪不得这么痒，我这可怜的肉体在遭受红蚂蚁的罪。我抓一只，用劲一捏，红蚂蚁的肚子便裂开了，点滴血迹像甘露一样洒在我手心里，可余下的两只红蚂蚁两脚用力地在趴我手心，好像对我说："东郭呀东郭，留我俩一条生路吧！你不能这样绝情，把我俩置于死地呀？"我自言道："瞧这鬼东西，真该死，成天想着怎样来糟蹋人，留你是祸患，我可不吃你这套。"

　　两只红蚂蚁用力地蠕动着四肢，好像有点儿动怒，有点儿反抗之状，好像在训我："东郭呀，你真歹毒，你连一个小小的生灵都不放过，你真有劲啊。你不高兴了，把别人给你的气通通往我俩头上扣，你还真行，虽算不上大丈夫，也称得上伪君子呢！可你别忘了，你最终逃不了狼之口。"

这两个该死的鬼东西就这样放肆地取笑我，戏耍我。我满身是红蚂蚁，痒得我受不住，我才迫不得已这样干，你俩却笑话我，我让你俩笑，气死我了！气死我了！说毕用劲一捏，把两只红蚂蚁送到极乐世界去了，随手抛入空中，随口说声："去见马克思吧！"

我脱下衣服，用力抖了抖衣服，可还是抖不下来，便光着脊梁抖，可这可恶的鬼东西们，它们越趴越紧，连一点儿也没抖下来，我显得无可奈何，窘得无地自容，十分难堪。我便把衣服向麦穗上一罩，用热辣辣的太阳烤它们，并且自言道："该死的鬼东西们，这回看你下来不？"

五分钟过后，夕阳开始西沉，我一看衣服，见上面的红蚂蚁都逃之夭夭了。我自言道："回学校去吧，那个地方我很讨厌，况且又是星期六，同学们都走光了，宿舍里只剩下一两个留宿的同学，太孤单寂寞了。到阿强家吧？阿强曾支使我，恳求我别去，他爸问我怎么来了，我又不好回答。况且阿强不愿意我上他家去，他不会给我好脸色的！"我边穿衣服边走，犹豫不决，不知向何方走去，毫无目的地走着走着，思量着边走边看吧！

我走着走着，像往常一样向树上望望，朝这里看看，往那边瞧瞧。忽而，一只麻雀在我面前跌落下来，翅膀上有血迹，它跳来跳去，始终飞不起来，最后就盯着我，忽而这边，忽而那边，我瞧这只麻雀时心里很害怕，觉得它挺像那只被我打死的麻雀。我再也没有勇气拿石头打它，也不敢看它，好像没见到似的，直往前走，忽然有人扯我，并且训我道："你想踩死它吗？你可忍心吗？小心别踩着它。"我回头一看，是同班同学王红，便问了一声："王红，干啥呀，为何这么凶。"王红连忙带有歉意道："我还把你当成刚才打伤小鸟的那个男孩呢，我看见有个男孩打伤了它，并且追赶小鸟，我就追过来了，请别介意刚才我所说的那话。"王红看了看天色，若有所思地说："天快黑了，你上哪儿呢？要不到我家去，我家离这十里地，吃顿便饭好吗？"我赶忙道："不！不了！我准备到表妹红霞家去，顺便看看姑姑，改日再登你家吧！"

王红羞涩地低下了头，忽而，王红抬起头朝我直瞪眼，她的目光刺得我有点儿痛，我窘得低下头。

王红打圆场地说："黄良同学，我恭敬不如从命，你上哪是你的事情，我管不得，随你便吧，但是我要问你，你为什么躲着我，是不是当了什么小作家，瞧不起穷学生啦？"

我委屈地道："王红同学不要挖苦我、糟蹋我好不好，我不是那种狡诈、虚伪的人，其实是一个老实、憨厚的庄稼人嘛。因为我学习赶不上去，再加上成天逃课，我觉得自己不配与品学兼优的同学交往，所以疏远了你，请你原谅。"

王红同学似乎同意了我的这种解说，她也没再问，也没训我，反而迎合我的心意说："你的文化课是有点儿不理想，但你不应该那么消沉堕落嘛！这与懦夫有何两样呢？"

我无地自容地低下了头，王红把小麻雀捧在手中，忽而大叫："黄良，你看，它断了翅膀呢，不能飞了，我把它带回家养在笼子里，等伤好了再放出来。"

我羞愧难当，我想自己无论在年龄上和体格上都超过小王红，可我那颗心永远比不上王红这纯洁无瑕的心灵，便对小王红道："王红同学，别把它带到家里，它受不了笼子的约束，反而会不吃不喝，活活饿死呢，再说它妈妈来找它，找不见会伤心的，不如放到麦地里去，等待着它的妈妈，饿了还会吃点儿粮食的，若把它关进笼子，就像我们乡下人到城里人的大楼里一样，会不自在的，时间长了，还会闷出病的。"王红喃喃地点着头,便小心地把鸟儿放进麦浪田,然后用一种乐滋滋的语调说:"你姑姑家与我家顺路,不如一块走。"

我用劲捏了捏自己的手指,不敢正眼看王红,我并不是怕她。大家都知道我平庸无能,但我稍懂得这人世间的是非挫折,既然我错了,难道还有勇气再说错话吗?我的沉默,代表着我对王红深深的歉意,向她承认自己的过错。此时我很饿很饿,那种饥肠辘辘的滋味向我涌来,我想,王红少说两句该多好,好快点儿赶路。

王红仿佛猜到我的心思,垂下眼皮瞧了瞧地下说,快走吧!我也饿得慌,我连连点头,陪着王红快快地走,她也一声没吭。王红突然说:"看这记性,大舅到我家做客,我妈让我打些豆腐来,我怎么忘了,这脑瓜子真不管用。"她带有歉意地说:"要不你先走,我打了豆腐马上赶上你。"我也不好意思地说:"不用了,我还是陪你一块去吧!"王红高兴得直点头。

走过街道拐角处,见两个十分神气的庄稼汉模样的人,东瞧瞧,西望望,似乎在寻找东西,显得十分焦急,他们一直盯着我俩,我俩靠近时,我才发现是同村的瓦工喜林师傅和一个陌生的青年人,他俩喜出望外地叫我:"黄良呀,我正愁得找不找个熟人,县政府家属楼怎么走?娃他舅找我有点儿事,我没有上过娃他舅家一次,你知道是哪幢楼吗?"

我难为情地摇了摇头,喜林师傅又怯怯地问王红:"小姑娘,你好!烦你告诉一下县政府家属楼该怎么走好吗?我们是乡下来的,不认识字儿,请告诉我俩一下好吗?"

我听到喜林师傅的话,顿觉得他俩憨厚、朴实,从他们的身上,我仿佛闻到了黄土的气息,不禁想起我那父母驼背弯腰的可怜模样,叫人难受、伤感。王红快嘴说道:"这好走,离这不太远,我正好去打豆腐,顺便带你俩去。"

小王红的这一举动,让我高兴不已。尽管人们都说"海水不可斗量,人不可貌相。"我总认为那些穿得体面、衣冠楚楚的人们的心灵是丑恶的、虚伪的、狡诈的,这回我似乎又错了,像王红这样楚楚动人的女孩子,她的心灵比她的外貌更胜一筹。走到一个铁皮大门前,王红道:"你俩把肩上的东西放下来,抽袋烟休息休息,我先去打听打听,楼上有我的姑姑,好打听,打听准了好带你去呀。"喜林师傅连声道:"谢谢你了,小姑娘,真不好意思打扰你,你可小心点,打听不准也没啥关系,我俩慢慢寻着,定会找到的。"

一袋烟的工夫,王红跑了出来,高兴地道:"大伯,打听到了,是三单元四楼,向北七〇二号便是,快点去吧!"喜林师傅道:"莫急!莫急!你坐下歇歇吧。"说着随手从行李中掏出几个梨说:"这是刚下树的,你俩尝尝鲜吧!"我正好饿着肚子,接过梨就吃,王红却很小心的:"大伯,我刚才吃了,你们还是带上吧!我不吃了。"

喜林师傅有点儿不高兴地道:"是不是嫌弃庄稼人的东西脏,不干净,还是嫌少了呢?"

王红憋红了脸道:"不是!不是!全不是!我怎么好意思吃你给亲戚的礼品呢?我绝对不是那个意思,况且我也是庄稼人的孩子。家里很穷很穷,穷得差点儿辍学,我怎能嫌弃呢?"说完便大口吃起来,她的动作仿佛在证明,你们还说我嫌脏不。喜林师傅说:"这才好样的。"王红吃得很慢很甜,仿佛吃出了庄稼汉的心泉,她也甜甜地笑了,我也笑了,我们大家都笑了。吃完果子,我们就道别了。

我俩到豆腐坊时,伙计们正在收拾东西。什么秤呀、桌子、篮子、凳子、案子、桶子、梯子等家什,忙着往里搬,只见那豆腐坊很简陋,除这做活的家什和一张床外,只有一个黑漆漆的小木匣做点缀,那大概是装钱的家什吧!我俩一动不动地站着,那伙计赶忙笑答道:"两位小师傅,对不起啦!我们已经卖完了,改日再来吧。"王红低着头道:"今天为啥这么早就卖完了呢?"那伙计憨厚地笑了笑道:"不瞒这位姑娘,今天县上开什么座谈会,把我们的豆腐全买走了,说招待什么客人。"只听到屋里有大人骂道:"春平!你这小杂种,不赶快收拾关门,瞎唠叨啥,快搬东西,不然小心扣你工钱。"伙计赶忙跑了。

这时我已饿得发慌,努了努嘴示意王红快走,她却无动于衷,我就大声道:"我快被饿死了,咱俩快点儿走吧?瞎站着干啥,迟了跟不上我姑姑的晚饭,眼下我最要紧的是吃点儿东西,我多半天没吃食物了,我饿得眼睛直冒金花,只要有东西吃,不管差点好点都可以。"

王红开玩笑似的对我说:"你先忍着点吧!要是忍不住,瞧瞧那儿,有堆豆腐渣,啃几嘴猪食吧。也体会体会做猪的滋味嘛,去吃点吧。"我暗暗地骂王红:"你这小丫头,看起来挺温柔,实则很可恶,尽跟我斗气玩,你知道我肚里难熬的滋味吗?你这调皮精。"王红似乎听到了,从口袋里挤出八角钱,递与我说:"拿着先买点儿东西填填肚皮吧。"我看到小王红跟我递钱时,惭愧地低下了头,没有去接,我想:"王红可怜得连书几乎念不起,我怎么接她的钱呢?我的良心在何处呢?"我忙说:"我不饿了,刚才是我肚子有点儿疼,我们快上路吧!"王红三五次硬塞钱给我,我没有勇气去接,从此,我加深了一层对王红的敬意。

流年

九

　　我到姑姑家时,老远就听到姑姑的哭泣声:"红霞女儿呀,你在哪里?你可——可把我的心扯碎了,你现在冷吗?如果你听见你为啥不告诉我——一声,我会答应你不嫁给程斌,你不该走呀!可把我们全家坑苦了!"一进家门时姑姑便赶忙掩饰哭容,强装笑脸,对我问长问短,我也没敢追问红霞的事,当姑父问起我的学习情况时,我吞吞吐吐,有点儿羞愧的样子,总用别的话支使开,姑父也就没有寻根究底地问我。晚饭吃得十分香甜,但我这夜失眠了。晚饭罢,姑姑指着一张光床板说,红霞走了,你就睡这儿吧,也许是因为你从中作怪,红霞私下广州了,所以床上没有铺盖儿,委屈你了。可我上厕所回来时,那张床上已铺垫了新被子、新褥子,另外还加了一层海绵,我才明白姑父是跟我斗气呢。我一揭开被子,只见一封信平放在床上,上面写着黄良哥收,我顿无睡意,赶忙拆开信,信中这样写道:
黄良表哥:
　　当你收到这封信时,我已踏上南下的路途,告别可爱的家乡,我不信神仙和命运的安排,决定去寻找自己的乐土,属于自己的幸福。我这一去,是福是祸还不晓得,我希望表哥转达我对父母的意思,不要为我的前途而担忧,也不要因我出走,全家过度悲伤。我坚信，苍天不负有心人，不久的将来，我会找到一个幸福的归宿，若你有机会到广州，我们也许会相逢的，等到他年金秋的季节，我会带着硕果来拜见父母大人的，请他们勿挂念，否则，我永远也不回来，也无脸见父母大人的，我到广州后，会给你写信的，祝你学习进步，我盼望着你高考的好消息，咱们下次谈。

祝表哥学习进步、高考题名

你的表妹红霞书与上

1983 年 04 月 17 日

我再三地读了这封信，读毕，红霞那天真活泼的容颜又在我脑海里徘徊，我暗恨自己害了表妹。一躺在床上，我感觉不到那海绵的柔软，全身觉得好不自在，三千六百个血孔里像布满了针刺，一起向外涌出，我惶惶不安，好像是睡在刀山剑海之中，久久不能入睡。

这个晚上，我像被魔鬼折磨的病人一样，忽冷忽热，天欲晓时，我才稍睡了一会儿，随着鸟儿的叫声，我就懒洋洋地醒了，只见太阳爬上窗帘，阳光洒在被子上，给人一种疲乏的感觉，我揉了揉眼窝，强挣着把自己从疲乏中拉回来，便急急忙忙穿好衣服。

我推门进入正房门时，只见姑父戴着一副老花镜在聚精会神地看一本《现代青少年心理状况评析》一书，他的眼角上挂满了泪珠。姑父见我进来，便合住了书本擦了擦泪珠，起身迎我，并让我坐下。他关切地问我："今天是星期天嘛，咋不多睡一会儿，这么早就起来呢？要是我那丫头红霞在家里，她根本没有九点钟前起过床。"姑父又捏了捏鼻子，伤心地问我："黄良，昨晚那信你看了吗？你说红霞会回来吗？我好担心呀！"我安慰道："姑父，红霞一定会回来的，我相信她。

她不是那种六亲不认的人。"姑父强装笑笑道："好！好！回来就好，我盼着那一天。"他接着又问我，"昨夜那死丫头那封信没让你睡个安稳觉？反正你已起床了没事做，到书架翻翻书看吧。我出去上班了。"我惊问道："姑父，今天不是星期天吗，咋又上班去了？"姑父有点儿伤心地说："我们做民办教师的工资低，待遇低，校长让我们补课，我也没办法啊。就补呀，有啥办法呢？"说完便整整衣服出门了，我应诺了一声，望着姑父远去的背影。

表妹在家的那段日子，我喜欢表妹红霞的那天真、活泼的模样，她曾给我开朗欢乐，使我能甩掉苦闷，好像回到十六七岁的花季一样，自从红霞出走后，一片阴影向我笼罩而来，我不知是伤或愁，心理上好像老了许多。平时，我最讨厌那种整天自负、一筹莫展、郁郁寡欢的人，此时此刻的我，也不知不觉步入此行列之中。

我喜欢和谦虚、斯文的人交往，只有与他们在一起，谈论文学方面和人生方面的东西时，才会兴致勃发，才会真正感到人生的乐趣和奇妙无穷，所以我对他们往往是留恋不舍，与他们待一个月，甚至一年我都不会厌倦，但这些人必须有某一特长供我学习。那些年轻，像阿强那样狂妄、轻浮、狡诈的人，我只能是避而远之。

这时姑姑起床了，她一起床，就不停地收拾这收拾那，扫院子擦玻璃，像一头勤劳的老黄牛，整天劳动着，在她身上，似乎把劳苦大众的特征体现得淋漓尽致。当她扫地时，边扫边瞧了瞧，问我："大侄儿，看什么书呢？看得这么入迷，这么入神。"我忙答道："是本殷夫的诗集，可有大道理呢！"接着我又问姑姑："姑父读书有什么绝招呢？你知道不？"

姑姑随口道："我常听红霞她爸说，读书像狗咬骨头一样,要死咬硬啃,把一字一词理解得透透彻彻才肯罢休,不含糊其词。大侄儿,你说像那样读书,不就成了条真正的狗吗?"我道:"姑姑,这是条好狗,不是落水狗,它有骨头啃,与其他狗天壤之别呢,只有慢慢地、细细地咬,才能品尝其味呢,如果我们真那样细细地咬,会有收获的,那样才能领略其意呢。"

我似乎觉得这是一句骂人的话,但仔细一想,从朴实人口中说出确实有其道理,只有学问深的人才能吐出这话,它像真理一样,绽放着金光。

十一点钟后,我吃了早饭,就匆匆地与姑姑道别,姑姑一直送我老远老远,最后嘱咐我:"大侄儿,别见外,以后常到我这里来坐坐,有啥困难你就直开口,别不好意思,咱们是一家子人呀!如缺钱,就尽管开口,我们虽比不上城里有钱人家富裕,但还过得去,可以给你一点帮助。"我诚恳地回答姑姑道:"我还可以维持,若有困难,我定会来找你的。姑姑,你也别太伤心,红霞妹她一定会回来的。"姑姑带着哭腔道:"我一见到你,我就想起我的闺女红霞,唉!我命真苦呀。"我依依不舍地告别了姑姑,走在乡村的小路上。

我边走边想,想着阿强一家子和红霞一家子,一边在街上四处徘徊,一边在想为什么同样一个家庭,而家庭的品质却差异很大。在阿强家里,金钱是万能的,金钱主宰着家庭,全家人的品质被金钱埋没了,不知书达理,不热情待人对事。在表妹红霞的家庭中,金钱似乎失去了杠杆作用,而那种忠厚、朴实的教养与素质支配着家庭。我摸摸口袋中那两张从未动用的百元大票,已是皱巴巴,上面沾满了许多汗渍。

下午三点多钟,我还未感到肚子很饿,但我已吃腻了学校里那猪食般的萝卜菜饭食,一看到那饭,我已恶心至极,我就决定不回学校吃饭,便进了繁华的闹市区,那儿有许多饭菜馆和星级宾馆,一个一个都装潢得十分豪华,对这些豪华的饭菜馆,我望而却步,不敢进去饱餐一顿。我口袋里的钱虽然能在这里饱吃一顿,但我不忍心几顿饭把这二百元钱糟蹋了,那以后怎么办呢?但饭菜馆里那诱人的香味叫人食欲猛增,我贪婪地往里面瞧瞧。这时,一位礼仪小姐友好地前来道:"先生,里面请,包你吃个满意,南北大菜任你选,煮羊肉随你挑,短斤少两来砸牌,先生,您请吧。"我忙推辞道:"小姐,我刚吃过饭,请你招呼他人吧。"推辞过后,我找了另一个简陋的小饭馆,那小饭馆里连一个顾客也没有,我一进饭馆,几个伙计笑呵呵地迎上前来问我:"师傅,您吃什么饭?请吩咐。"我随口答道:"穷学生嘛,吃碗牛肉面算啦,填坑何必用好土呢?"那伙计把干干净净的桌子又抹了一遍说:"你稍等,饭马上就来。"

  我吃过饭后,便急匆匆返校了,在学校没吃晚饭,夏天的晚上很热很闷,我便光着脊梁躺在被子上,那时,蚊子、萤火虫在我面前飞来舞去。我确实心里很乏,没有心思去扑打那些小东西,便呼噜噜地睡着了,睡着后便不知道蚊子叮在身上那种难受恼人的感觉。

  终于,天大亮了,同学们都纷纷起床,像平常那样一起上操吃早点,我随随便便地咬了几口馒头,便把馒头塞进书包,去上课了。

  广大的青年朋友们,那时,我并不忍心花费钱在校吃饭。我觉得万事从勤俭节约起家,而且这样做,会有好处的。但那时,我一听到红霞私下广州,我的心好烦好烦,很不愉快。这事令人惆怅满腹,只不过是吃顿便饭来泄泄当时的那种感觉而已,花费也不算太多,只有这样,我才觉得舒畅一点,愉快一些。也许大家笑话我，觉得我很可笑，一方面贫困受穷，交不起学费；另一方面却在花费那不该花的钱，哪怕是一分钱。现在我觉得，自己简直是愚蠢的笨牛，是傻子、疯子、呆子，是一个无孝无能的人。但是，这并非说我完全是一个丑恶不堪言的人。也许我在作孽，像我这样的人恐怕世上少见吧！父母为了供我读书，整天背着太阳在劳动，我却成天不好好学习，经常逃课，这就是对父母的报答吗？我真可谓："天下无能第一，古今不孝无双。"高三时的新班主任对我特好特好，我却辜负了张老师的一片心意，辜负了大好的时光，我真该死。那时的我如果与现在的心理相同，我决不会这么做，肯定一死了之。感叹现在有什么用呢？已悔之晚矣。请朋友在自己的人生路上不重覆我辙，不然，会后悔的。在那时，我那样上学，是在折杀自己的青春，造孽呀！

　　时间过得很快，真是光阴如梭，一学期又一晃而过。那时我内心的空虚，不敢正视"高考"这无情棒，越来越害怕。太担心那天的到来。为了躲避高考，为了掩饰内心的空虚，我整天逃课，成天不上课，在暗地里自责。我失去了先前兴高采烈的样子，不像一个正常人，像个瞌睡虫，成天贪睡。王忠、王红、吴平等同学的良言我都听不进去，一意孤行，后来发展为慢慢地讨厌朋友和同学们的唠叨，他们劝我时，我借故离开。我更胆虚的是不敢和他们面对面地交谈。王忠和王红使尽了办法，也没有扭转我的这种丑恶行为，他们见我破罐子破摔，就不再劝我了。我真有点儿5孤单、寂寞，但又有什么用呢？他们一个个都不理我，我觉得自己非常尴尬，同学们的这些举动不仅没使我回心转意，反而是更加堕落、浪荡。

　　我的这种丑恶行为像喜玛雅拉雅之峰的冰体，越来越坚固，越来越高，没有人能把它融化掉，这也许是我的爷爷奶奶的纵容、娇惯导致的,也许是天赐邪恶,是个祸端的根基,连我自己也不相信自己,不知道自己的形象。我变得越来越粗暴,有同学稍欺负我,我便以牙还牙,用其人之道,还治其人之身,为了枉费心机的报复,坏主意一个一个地涌上我的心头,我听从坏主意、坏点子的摆布,致使许多不该发生的悲剧成为事实,最后自食其果,独自品尝着这痛苦的滋味。

那时,我最惦念、害怕的是如何对付高考,想方设法寻找办法,怎样不至于落花流水呢?可高考是无情的,我万般无奈,无计可施,一切办法都无济于事。我一生中天不怕,地不怕,就独怕这高考。它太冷了,不给人一点点面子,不给予我一丝安慰,它一步一步把我推向绝壁,我已上了悬崖,勒马已经晚了。我怨这该死的生活,为什么在人生之驿中安设高考这道关隘呢?这道关隘也许是对我不好好学习的惩治。它的惩治使我榜上无名,脚下几乎无路可走,始终提不起生活的勇气。

当初离开学校时的那份高兴劲,一下全无了,我自愧我的恶习毁埋了我自己,我失去了驾驭自己理智的信心。我越想越不是滋味,越想越生气,越想越感到高考与我无缘,我也不敢多想。我和同学们经常争吵,甚至责骂对方,揭别人的短,扬他人的丑,后来发展为拳打脚踢,好像除此之外,别无解心头之恨的法子,我完全抛弃了生活给予我的抱负,套上了一个极端空虚、自卑的项圈,我一步步走向堕落、毁灭。

因为这样,就连平时对我特别好的张老师也都很讨厌我,不间断地责骂我,后来发展到干脆不干涉我。我曾说,我虽然恶习不少,但心眼也不太坏,这也许是我孤傲的心理驱使我走了这条不该走的路子。倘若我当初不傲视一切,不我行我素,不一意孤行,我想我的处境不会像今天这样惨的!至少不会闹到不可收拾的地步。事实证明,人生也许是在堕落与迁升之间游来荡去，从奋发走向堕落，又从堕落走向奋发的。这也许是客观事物发展的某种条件所决定的。

那时，不好好学习再加上恶习与家庭的贫困，使我变得性急易怒，缺乏正常人所具有的那种理智和自信心。这样一来，我决定放弃高考，只不过给别人凑数而已。那时的我非常可怜、狼狈，比落水狗还要惨，整天愁容满面，心中十分孤寂，在唉声叹气中把时光一天一天送走，把苍天赋予我的大好时光就这样折杀着，折杀时间的同时也折杀着自己。

我很幸运，高考的预考还凑合着通过了，这也许是命运之神对我的一丝丝安慰吧！我便得意地回家了，把这几乎不是什么好消息的消息告诉了父母，而我的学业情况和将来的打算我只字未提，也不想也不敢提，只是含糊其词地应诺着父母的言语。

黑色的七月七、八、九日终于来了，那沉重的无情棒在等待着我去挨揍。七月六日那天，我便离家上路了。天灰蒙蒙的，像蒙上了一层淡淡的黑纱，还伴随着绵绵小雨，我在这条崎岖的路上孤单地行走着，这条路我太熟悉了，走过无数遍，连有几道弯我也记得清清楚楚，丝毫不错。这时，我举目四望，除了天空之外，雨水和层山缠绕着我，路上不见一个行人，忽而，飞过一只只乌鸦，在高空中嘶叫着，我听了这嘶叫声，心中感到无限的悲惨、凄凉，同时有些害怕、畏惧，好像马上会发生危情似的，更使我的心难以平静。我忧心忡忡，觉得自己在大海中独行小舟，大浪滔天，把我卷入无边海域中，我却懦弱得没敢拼搏，与海水随之东流，再也呼吸不到这人间最新鲜的空气。一阵清风把我从联想中扯回来，我看看天色，又增加了几分紧张、胆怯。

当时我痛苦地思索了良久，这也许是名落孙山的征兆。我一定被棒打得落花流水，于是，我自己冷静不了，在山谷中放声大喊，这喊声那样的微弱、荒凉，我始终听不到高山对我的回音，仿佛觉得山也死了，水也死了，人们也死了，一切都在无声无息中离我远去了。这事实是我早已预料到的，我感到很孤独，觉得好惨好惨，无心欣赏、称赞这大自然美妙的旋律。

回到学校，我见有的同学在聊天，有的躺着在床上休息，他们仿佛一个个信心十足，用充沛的精力等待着明天的挑战，生活的考验。而我自知腹中无墨，内心空虚缥缈，没有心思聊天，也没有休息，便到街上溜达去了。

因为我经常逃课，没有学到应该学到的知识。你们也许理解，我和王忠、王红、吴平等胜券在握的莘莘学子一起时，越发觉得空虚、内疚、卑贱低下，学问少得令人可怜。我自己给自己酝酿着生活的苦酒，自己痛苦不算，有时还逼他人来饮。我——一个真正的负心人，天下最可恨的负心郎，缺乏良心的人，大家都不和我交朋友了。大家都找对自己有益或能得到益处的人交往去了。他们看中的是朋友的忠告、教诲和良言，可我不屑一顾，失去了这些，这怎能不让人痛心呢？

终于，我艰难地打发了黑色的七月七、八、九日，对别人来说，这是个丰收纪念日。我像经历一场恐怖行动，尤其在考试之后，胆儿变得也来越来越小，成天垂头丧气，愁眉不展，一个劲儿地睡了三天，别人为疲乏而睡，而我呢？为苦闷而睡，王忠、王红、吴平等同学谈论的话题我不去谈论。我不够资格谈！谈什么呢？我全明晓，自己是烤得过火了，皮焦里生，不但烧其身，而且烧其心也。

大伙儿聚在一起，商量着怎样开个小小的毕业典礼，乐上一宵呢。大伙都认为以后相见很难，都有一种难舍难了的情感，是应该聚一聚。当王忠征求我的意见时，我就说了句中庸之话："你们看着办吧！反正我都赞成。"毕业典礼上，同学们一个个心情都十分平静，相互倾诉自己心里的悄悄话，相互祝福，我只是应付应付，觉得没有脸跟大家谈，因为考得好惨，加之心情不好，就静静地听着大家的欢歌笑语，大家谈理想，谈打算。

王忠第一个道："同学们，你们还没忘我们的启蒙老师杜振红老师吧？她成天勤勤恳恳地教书，你们还记得她的教诲吗？还能哼出她交给我们的诗句吗？我记得我们大家送别的情景，我们都流泪了，一个个都说要好好报答，一转眼八年过去了，我们应该拿出实际行动，用实际行动去证明自己说的话。可那些王八蛋手中一有点儿权力，便为所欲为，把可怜的杜振红老师撵出校园，你们说这可恨吗？我想报考政法学院，别的我一概不报，今年考不上，明年继续报考，直到考上为止，我要做一名公正的铁法官，把那些惩治杜振红老师的王八蛋一个个拉下来，接受人民的审判，我要为杜老师出口恶气，这才是我最大的心愿。这也是我的理想，只有这样，我心理上才能平衡一些。"

接着吴平道："我是从山沟里走出来的，我要回山沟沟中去。如果条件允许，我想报考师范院校，做一名像杜振红老师那样的教师，我们山里人祖祖辈辈受穷，一辈子守着一亩三分田，靠老天爷吃饭，年景好点，还吃个饱肚子，若遇个天旱灾害的，几乎要挨饿。我认为必须转变观念，把眼光向山外面看，不至于在市场经济条件下端着金饭碗去讨饭，这必须从娃娃抓起，从教育着手，我要把我的一生奉献给我的故土，用知识去武装穷山沟，不久的将来，这穷孩子会变成祖国的栋梁。我的话讲完了，谢谢大家。"接着王红发言，她流泪了，此时此刻，我马上想起小时候王红可怜的模样，流着泪替林虹搞值日、背书包的情形。

她悲哀地道:"我有条件能够考上大学,但我不想去读书。家里太穷了,我无法承担那高昂的费用,再说家里还有个小弟弟在小学读书,我不想因为我,而使我的弟弟停止学业,我听从命运的安排,回家里去,发展种植业,好使我的弟弟安心学习读书。我的最大心愿是将来成为一名农村致富能手或企业家,赚很多钱,用它去帮助像我这样念不起书的学生。这样,我才觉得不愧于时代,但这只是想象,能否成功,还要看将来了。谢谢诸位同学过去对我生活上的帮助,请不必为我的前程而担心,我的话完了。"

林虹接着道:"我知道自己考不上大学,但是,我哥哥当兵后转了城镇户口买了工作,而我呢,我爸也说高中一读完就找个工作干,混个一官半职的,我的想法很简单,我不想谈将来,我就谈谈我辉煌的过去吧!我小时候为所欲为,我成年后一切自作主张,我在家里很放肆,我常常打电子游戏,赌博,还会打麻将,抽烟喝酒,我爸妈不管我,只要我乐了他们也很高兴,我成天打趣我爸妈,他们听见了只不过笑笑,我玩得越有劲越有刺激味,爸妈觉得我越有味儿。我结交了很多朋友,成天花天酒地,上星级宾馆,下低级录像厅,公园里幽会女朋友,我无所不为,我无所不能,我天天那么玩乐,爸妈给的钱不够花,就拼命偷家里的钱,偷了就去游戏室赌,看电子游戏机和小霸王学习机,后来我家里还有游戏室,我就把哥儿们招到家来,打累了有喝有吃,好自在呢。诸位同学,你们哪一位的经历比我更浪漫,更有趣呢?到今天这个地步,我也知足了。"林虹一讲完,大家都没有鼓掌,气氛十分紧张,连林虹自己也觉得非常尴尬。

接着马强道:"我想跟随父亲做生意,我这点儿可怜的成绩，我也自知考不上大学，我爸妈送我念书的目的，不是考大学，而是将来做生意时脑瓜子灵活一些，会计算账务，所以我在学校里不大重视学习，得过且过。我打算将来继承父业，上拉萨搞大生意，使我家族的产业更加广阔，以后若老同学们干这一行当，就招呼一声，我会给予方便的。"

轮着我谈时，我看了看顶棚，毫无兴趣地随口道："同学们，我吗，家穷底子薄，没钱做生意赚大钱，我想当个兵或者是学个手艺，挣点血汗钱，最后讨个老婆，顺顺当当养活全家，以后供儿女上学，若家境好点，有点儿存款，就做些小本生意，好养活自己家。乡下人嘛！没啥好的打算，大家别见笑我谈的。"

大家点头笑笑而已，宋林接着又道："谈我的理想吗，我没啥好谈的，我也考不上大学，我爸是开麻将馆的，全市有名的，他每场必赢，很多赌钱人都败在他的手下，后来我爸嫌工资少，就辞掉公职，专开麻将馆。我呢，从小受父亲熏陶，我也精通麻将，偶尔替爸妈打几把，成年后，我的名气也不小，一些老头子们也败在我手下，像林虹那样的，做我的徒弟还不够格呢！人们送我一个美名叫：百战百胜，我们一家子真可谓博彩之家，我想走向社会后，在博彩上大战八九年，最后赢它个四五十万，我就买套楼房，娶个媳妇，安度一生算了。"大家惊讶地听着这一句句话语，都把舌头伸得老长老长，接着一个又一个叙述着各自的打算，直到最后一个。我们怀着不同的心情度过了最后一刻。

流年

十

终于,我们这群一同飞行多年的小燕,都带着春的气息向四方寻找属于自己的归宿,各自展翅飞向四面八方。我像一只无头小燕,在黑暗中嘶叫,在孤独中徘徊,艰难地寻找着自己的归宿。

十一年的寒窗辛酸,读书生活,我就这样轻而易举地毁于一旦,最后落得个青春流逝,一事无成。那无情棒打得我好疼,心如刀绞,隐隐作痛,我真有点儿受不了,回到家里,父母问这问那,最后气得父亲直骂我:"你这该死的小冤家,难道你不知道供你读书的艰难吗?你却不好好念书,最后落得个榜上无名,这——这——就——是你给我的报——报答吗?我如何在乡亲们面前抬起头,你想也没想!这就——是我的报——报答,是也不是?"

父亲把我骂得昏天黑地,只觉得眼花耳聋,听着听着,骂得也不入耳了,变得麻木了,两只耳朵火辣辣的,眼睛不敢正瞧父亲一眼。我母亲见我可怜,就过来劝父亲:"别骂了,骂也没用,骂能当饭吃吗?眼下最重要的是替娃找个职业,这总比闲待在家里强。"

父亲涨红了脸连说带骂:"找职业,找个屁!连拿书本本学都学不了,还想找职业干,不如找些粗笨的活,学点儿手艺，总比其他强百倍，就找个瓦工、木匠之类的活做吧。这都能很好地维持生计。"

我心痛地问父亲："你能不能让我学个家电或汽车修理的手艺？现在家电和汽车多了，很能赚些钱，还可以用上书本本上的一些东西。"

父亲沉重地说道："那手艺是庄户上有钱富裕人家孩子学的，他们学好了，将来开个铺子能挣大钱。你即使学了家电或汽车修理手艺，我们拿什么来置那套工具，开啥铺子呢？再说你念书花了很多钱，欠人家一屁股债务，不想偿还吗？"

我伤心无奈地说："爸，你就看着办吧，你考虑考虑，我能不能去当个兵，到营中去锻炼锻炼，说不定还学个司机什么的好手艺，再说国家包吃包住。"

父亲严肃地道："你若去当兵，讲十万个理由我也不答应，我不希望你去吃军粮，这个行当，你爷爷吃够了苦头，你就死了这条心吧。俗语说得好：好男不当兵，好铁不打钉，你想去当兵，简直是瞎扯淡！"

我道："我们这个年代的兵，可比爷爷那时的兵有很大的差距，在和平年代里，没有什么危险或意外的，就让我去吧。"

父亲果断地道："不行！不行！你应向你哥看，学个瓦工，将来有一技之长，好养全家，安安稳稳地过乡下日子，别想那么多。我仔细琢磨着给你找个好师傅，再过两三天跟着师傅到县城去干活，这比那吃粮的强多了。以后你要尊敬师傅，多长几个心眼，脑瓜子得学着灵活一点。"

那天夜里，我伤心地哭出了眼泪，用泪水洗刷过去的错误和现在的痛苦。眼下看到将要到工地上做苦力活的处境时，不觉有点后悔不已，但这已无法弥补过去了。

那时母亲见我非常可怜的样子，就央求父亲别把我送往工地上，说我还小，身子骨单薄，经不起那繁重的劳动，先别让我学那手艺，在家里待一两年再说，并说那手艺是受苦的把把，挫磨人的圈套，不如晚点再说。这回父亲可铁了心，他对母亲的话不屑一顾，还狠狠地责备母亲："在父母的眼中，孩子永远也长不大，难道我俩一闭上眼，他就长大了，就会飞了，现在不好好地锻炼自己的翅膀，将来会怎样飞翔呢？不跌落才怪哩！"

这时，父亲在鞋帮上扣了扣烟锅子，准备给我去找师傅去了，临走时他说："黄良尕娃，你先安心地歇息一两天，过几天你要出远门了。我准会给你找上一个艺高心善的好师傅。"说完便哼哼唧唧地出门了。

那时，我原先对父母的那种拗劲一下子全消失了，我也知道父亲说这话是下了很大决心的，他的意志非常坚定，我只有屈服。不过我还是不死心，于是背地里对母亲说："你劝劝爸，让我在家里待一个月行不，让我好好休息休息。"经过母亲的央求，这回父亲爽快地应诺了，并得意地自言道："这还像个话，像个大孩子的样子。到时候你师傅带你去时我送送你。"

终于，父亲把我赶向工地。父亲背着行李把我送上汽车，喜林师傅小心翼翼地坐在我身旁，当汽车启动时，母亲显得伤心，有点儿舍不得，赶忙千叮咛万嘱咐地说："到了工地里小心着凉，当心身体，挣钱是小事，身体是最重要的。"父亲也赶忙说："到了城里去阿强家串串门，领了工资别忘了先还他们家的债务。"随着汽车的急驶，父母的身影被远远地甩在后面，一路上，我和喜林师傅都没吭声。我在汽车上暗暗地想："我这一辈子无法摆脱干苦力的活了，我只能听从命运的安排,得过且过,做一天和尚撞一天钟吧!"

啊!一到工地时,我简直不敢想象,一幢五层楼上面的水泥等材料,一群群人在人来人往地往上一页一页地搬砖,那时没有现在这样的机械,即使有,工头为了省钱,也不肯花高价去雇用那机械,到处是碎石砂料和木材。工棚是红砖垒起的,上面盖着油毡,没有窗和门之分,窗是门,门是窗,地上什么都有,破瓶儿、烟蒂、毛巾、烂电筒、发霉的麦草、脏袜子,一切脏脏的东西应有尽有,这哪里是人睡觉的地方,简直是猪窝。

我终于忍不住问喜林师傅:"大伯!我们就住这儿吗?和他们一起住吗?这哪儿是人睡的地方?"

喜林师傅装满了一锅子烟道:"就这儿没错,这儿比我们年轻时的'天为被子地为床'的情形好得多了,这儿可不能与家里的暖被窝比呀!"

我有点儿不高兴地说:"那就听您安排,将就着住吧。干上几天算几天,现在叫苦也没用,真是喊天天不应,叫地地不灵。"

喜林师傅把烟锅子插在腰带上,关切地对我说:"以后你一直跟在我屁股后面,我叫你干啥你就干啥,其余人说的话,你装作听不见,全当耳旁风,不要理睬他们。不然,你不会累死也累得生病哩!"

傍晚,喜林师傅脱了外衣,把烟锅子搁在床头上,与我一并靠在墩子上说:"我也为你父亲的守旧、固执而感到遗憾,我也不知劝了他多少次,我那老哥总是不开窍,不开通,非要把你送我做徒弟,我也毫无办法。黄良!你这样干上一年半载,把所学的知识全忘了,这岂不是白白浪费了十二年吗?学个动脑筋的技术总比这锨把的艺人强百倍啊!动脑筋的技术还可以用上一点所学的东西，它虽然难些，啰唆些，但前途是比较广阔的。或你到其他公家单位找份临时工作干干，先当他三四年临时工，往后自己努力，与领导搞好关系，也许能端上个铁饭碗，最后落个轻快身子这也好嘛！不要像我这样到头来苦弯了身子骨，还带了一身病，这个下苦力的活实在不适合你，再说这手艺人多活少，也很不好挣钱，下的苦力最重，而得到的报酬少得可怜，因此你把眼光放长远点，把脑瓜子放灵活一点才行，为自己的将来思谋思谋吧！"

我流着泪道："大伯！其实我来工地是父亲固执地逼我来的，并不是我心甘情愿的，我也对父亲提及过那些动脑瓜子的职业，可父亲就是不同意，我只好跟您来了。"

喜林师傅安慰我道："你先安心地干几个月再说，以后我多劝劝你父亲，明年定不会让你来工地，他想通了也许会答应的。"

我恳求喜林大伯："那就麻烦您老人家多说几句好话了，我就耐心地干一年，等着您的佳音。"

这几句安慰的话使我欣喜若狂，我的心绪稍微开阔了一些，头脑稍稍冷静了一点儿。

早晨七点钟，有个代工的叫牛军，年纪三十上下，黑脸短须高个儿，耳朵皮上始终夹一根过滤嘴的香烟。这个牛军像猪似的在工棚周围号叫："起来！起来快干活！懒虫们，再不起来就不给你们饭吃，扣工分了。"随着牛军的谩骂声，一帮可怜的穷哥们儿拖着疲惫的身子，挣扎着从被窝中抽出酸痛的双腿，稀稀拉拉地开始起床，那情景应有尽有，找袜子的、寻裤子的、叠被子的、穿鞋子的、卷烟棒子的、打喷嚏的、系腰带子的、敲缸子的、倒水的、呻吟的、唱的、跳的、骂的，乱糟糟的混成一团，此时我想，东南亚那些贫民窟中的情景，也不过如此吧！我们这群人真可怜，整天在楼上楼下做跑步运动，稍有怠慢，便会遭到代工牛军的谩骂："你这小子要打懒，是不是不想待了，不想干就给我回去，我有的是人，也不缺你这一两个人，你快回去，到年底来算工钱就是。"像喜林师傅那样上了年纪的人，也会点头哈腰地说："我实在是尿急得不行，想放放，我不是不想干，请牛工体谅体谅。"代工的牛军把脸一黑道："快去快去，我给你两分钟时间。"小伙子或老头们飞跑着奔向茅房去解小便了。

我的活儿是从楼下往楼上搬砖，喜林师傅砌砖，我每次搬十页砖，每页砖有五斤重，十页砖足有五十斤重，喜林师傅见我累了，就关心地说："你先歇歇气，先和些浆，我慢点儿砌，然后再去搬，如果不停地砌，你不停地往上搬，会把你累死的。"我会意地点点头。有时代工牛军来逼师傅快点砌，喜林师傅就假装答应快点砌，等牛军一走，他老人家就慢慢地砌了，多亏了我师傅，不然我会成为什么样子，我也说不清。第一天劳累下来，我的两只手都长满了茧，并有点儿隐隐作痛，我累极了，一钻进被子就呼呼入睡了，那些脚臭味、狐臭味与腥臭味都被瞌睡驱逐了，睡得很沉，很死，每天早晨喜林师傅都喊我起床。

唉！这岂不是人间的胡乱折腾吗？为什么我的命运这样苦。是苍天的安排还是神的旨意呢？为什么山里人、庄稼汉，要祖祖辈辈守那一亩三分田呢？难道命里注定了贫贱富贵。无穷的烦恼和忧伤涌上心头。

每到收工后，许多民工们都泡一杯浓浓的粗茶，都到工地外的人行道上去溜达溜达，或依墙蹲下，看街上那些风度翩翩的城市贵族们或者谈一些无聊的话，或者谈论着各自的风流鬼事。有的谈老婆，有的谈庄稼，有的说孩子，有的道家务，有的品烟卷，有的掏耳垢，有的挠虱子，有的打盹儿，有的做一些下流荒谬的动作。而我时常坐在一块水泥板上，没有语言，一坐就是大半个小时，我在这无聊至极的地方，把光阴一天一天地向后推移。

有时我在脑海中乱想，那些阔款哥和小妞挽着腰相倚而行的情景，他们千方百计找乐，专找花钱的场所或寻求怒骂打斗的刺激，从而一饱眼福。而我们这群人呢？整天像老驴拉磨盘一样，整天在楼上楼下转来转去，时时还要遭到牛军的白眼。一身脏兮兮的，穿的衣服是补丁加补丁，吃的是洋芋萝卜汤，到头来一无所有，若有哪天拉不动这磨了，老了，不中用了，代工的就一脚将我们踢开。然而，穿像样的衣服，去踏踏那平坦的柏油马路，吃上一顿可口的菜，这样的机会一生中能有几回呢？我们拥有的太少了，少得叫人可怜。若要想阔绰一次，恐怕要付出两三个月的劳动代价，我们能忍心把这汗渍渍的钞票向外扔吗？如果扔了，那吃什么，穿什么？怎样应付人情世故呢？我一想到这些，总有一点儿心理上的不平衡，有时怒极了，就把砖头往破里摔，我在暗暗寻求心理上平衡的法子。我一进入城市，一看见这些，我好想农村的舒畅，我的心马上飞向农村，无尽的烦恼和忧伤滚滚而来，这是放眼望眼前，怒潮逐浪高，我无法抑制这难以平静的心情，我想放声高呼，却千呼万唤不出来。

我和喜林师傅的关系很不错。他时常讲许多通俗而富有农村哲理的故事给我听，也经常嘘寒问暖，对我像亲儿子一样，这也许是普天之下苦命人心连心的缘故吧？他还讲他年轻时的经历，或讲一些新奇见闻，我从喜林师傅的身上，看到了一种山里人高贵、纯洁的品质，这叫我一辈子也学不完，一辈子也享受不尽。在喜林师傅的眼里，他从不把我当未成年人看待，而是把我看成是同伴，几乎没有师徒之分，夸张地说，简直成了父子关系。

有一天，我被砖头砸伤了脚趾，我的心里很不高兴。喜林师傅随便用丝袜子扎扎我的伤口，然后语重心长地对我说："你得忍住，挺住，别叫代工的牛军看见，不然，牛军让你回家休息，牛军嫌弃我们干活慢，白白吃饭呢！"我一声没吭，就按照师傅的意思去做了。

有一天我对喜林师傅说："我有个问题一直未弄明白，你能否给我讲讲？"

喜林师傅没抬头一边砌砖，一边随意地说："说说看，也许我知道，也许我也不知道。"我就问道："为什么城里人富贵，不受穷受苦，而且不种庄稼也能养活全家？而我们山里人始终贫穷，整天像黄牛一样辛勤劳动，到头来才填个饱肚而已，而遇上个天灾人祸的却不够吃，到头来却一辈子受苦呢？"

喜林师傅吃惊地抬起头，看了看我说："这你可不懂了，人家城里人做大买卖，赚大钱，有了钱什么都可以买到，因此能养活一家子。我们山里人心眼死，只知道种田，认为地是刮金板，可谁知道越刮越薄，我们的土地自从下放以后一直到现在，几乎没有增加，而生儿娶媳的添了许多人口，人增地不增，再说我们的种法和管理太落后了，还处于传统农业状态，增产不大明显，你说我们不受苦受穷吗？"

我傻乎乎地又问师傅："大伯！从你看，怎样才能摆脱这穷根基，可以赚许多钱呢？"

喜林师傅眨了眨眼睛，指着自己的脑袋对我说："就靠这家伙，用脑瓜子，脑瓜子灵活了，思路也就广了，生财之道也会多了，就会做生意发大财，定能赚大钱，人家城里人的脑瓜子就是比山里人的灵活，好使，所以活得比我们充实、富贵，只有从脑瓜子中去掘取财富，这才是唯一的出路，生财之道。"

我听了喜林师傅的这些话，就忽然想起历史老师尚老师讲"戊戌变法"时曾说："康、梁变法是为了摆脱晚清的大危机，他们变法的根本点是：穷则思、思则变、变则通。"这些话在我脑海中一闪而过。我自己思量着："一个民族是这样，那一个家庭是不是这样呢？我能否用脑瓜子改变全家的处境呢？"一连串的问号在我脑海中徘徊。随着一声粗鲁的"收工了"的吆喝声，把我从联想中拉回来，我美妙的构思随之灰飞烟灭，脑海中空荡荡的一片，什么也不知晓了。

光阴如箭，转眼三个月有余。这天下起蒙蒙细雨，我向代工的牛军借了两百元钱，顶着蒙蒙细雨，准备上阿强家还钱，顺便看看大舅。一想到这，我真有点儿惭愧，快两年了，还没把借的钱还上。我感到有点儿对不住阿强爸，恨不得三步跨作两步，快点儿把钱还上，我一阵风地跑着。

十一

我穿过一道道马路栅栏,掠过一幅幅广告牌子,老远就看见了阿强家的那幢银白色大楼。我加紧脚步,飞快地向大楼靠近。

我一走进厚厚铁皮的铁大门,大老远望见阿强家的阳台窗户开着。忽而,有一个十八九岁的姑娘不时地向外张望,我看不清她的脸孔,只见她长着一头乌黑的秀发,长长地披着。一看这姑娘,我的脑海中便迅速地浮现出去年下半年阿强和那个叫曲霞的少女所干的风流鬼事。

我想着走着,快靠近大楼时我向上一望,没错,果然是那个叫曲霞的姑娘。一看到这,我没有上楼梯,在花园边徘徊着、想着:"阿强是不是趁他爸妈不在家,又把那个叫曲霞的姑娘带到家里,是不是又干那风流事了?"我望了望阳台想:"是上去呢?还是不上去呢?"正在犹豫不决时,忽然见大舅向阳台外张望。我一见大舅,便立刻拿定了主意,急匆匆地顺着楼梯往上走。

我一按门铃,门开了,见开门的是大舅,我便赶忙打了声招呼,向大舅问好。大舅先是一惊,而后强作镇静,赔笑着对我说:"是黄良小外甥呀,我还当是谁,吓我一跳,快请里面坐,你爸妈的身体还硬朗吗?我听说你没考上大学,你也不必难过嘛？想想办法，找个工作或干别的，路总是有的嘛。"我刚喝了一口茶，忽见从卧室中冲出一对中年夫妇，那女的很泼辣地说："你看看，刚才所说的条件你答应不？"阿强爸赔笑着说："好说！好说！一切好说。你先回去吧！让我想想，过两天给你个答复。"那中年妇人撩了撩裙子，露出了白皙皙的大腿，风流十足地说："我说你呀！尽放屁话，不说一句明确的话，你想把我们当作三岁孩子耍，那没门，你那儿子糟蹋了我的闺女，还强行发生了男女关系，沙发上的这位小哥哥是亲眼所见，你让我的女儿怎样做人，你要么答应我女儿曲霞与阿强结婚，要么给我一万元钱，你自己选择，若不答应其中一条，我们就不把胎儿弄掉，到单位里去给你曝曝光，我看你怎样当领导，做局长，你家阿强也真缺德，为什么要把我曲霞的贞洁毁了，他想玩女人，可以找别的女人嘛，让你的阿强舒服舒服嘛，何必伤害一个少女呢？"说着那妇女用手捅了捅她的裙子，继续不知羞耻地说："你们上来呀，玩我呀，我让你舒服舒服，怎么一个个都成了脓包，不中用的东西。"那曲霞也上前指指自己瘪瘪的肚子，对阿强爸说："你看着办吧！反正我已怀了你家的骨肉，是公了还是私了你自己选择。"那妇女又骂："你们净干伤天害理的事，为何不替我娘俩想想。"我气得无可奈何地说："这位嫂子，你看上去三十岁左右，怎能生下二十岁左右的姑娘呢？这可能吗？况且世界上最年轻的妈妈都十三岁怀孕。"那荡妇骚劲十足地说："我十岁时和曲霞爸偷情，不小心怀上了曲霞，世间的事情，你不晓得的多着哩，别多管闲事。"说完那夫妇才拉着肚子瘪瘪的曲霞出门了，阿强爸慌忙陪送，口里直说："一切好说好说，我会答应你们的。"曲霞她们出去老远，还喋喋不休地唠叨。

一回到家里，阿强爸就一屁股坐在沙发上，呆呆地眨着眼睛。不一会儿,阿强哼着调儿,醉醺醺地叼着烟来了。阿强"砰砰砰"直敲门,我赶忙开了门,阿强与我打了招呼。大舅一见阿强,"腾"的像弹簧一样从沙发上跳起,顺手拿起啤酒瓶,向阿强掷去。瓶子擦破了阿强的头皮,落下来打碎了花盆,大舅指着阿强骂道:"你这畜生!浑蛋!浑蛋!给我滚出去,滚得远远儿,越远越好,你不是我的儿子,我也不是你爸,你这窝囊废,净干坏事,不干一件像样的事。"我赶忙把阿强连拖带拽地拉到门外,把刚才的情景告诉了他,他吓得变了脸色,出了一身冷汗,结结巴巴地说:"怪不得爸今天发这么大火,我已付给曲霞很多钱,事情不是解决了吗?他们为何还找我的麻烦。"阿强说着下楼去了。我回身劝了劝大舅,大舅有气无力地说:"黄良,你看怎么办好呢?"我直言道:"我看他们一伙是骗钱财的,是群社会上骗钱财的,不如报告派出所,把他们抓了。"大舅连连摇头说:"这不行,这会出大乱子的,到时候我的局长也当不成呢?"我就应诺道:"那您老看着办吧!您经历的事多,经验也广,怎么好就怎么办吧!"

　　大舅叹了叹气说:"我别无选择,只能答应给她们一万元钱,这钱去了还可以赚,可官一旦丢了,就难爬上去呀!"说毕大舅又大骂阿强:"你这浑小子,为了那一个女子,竟把我多年的积蓄全花了,我好心痛呀!我非揍死你不可。"这事就这样草草地解决了,那曲霞一伙后来勒索大舅多次方才罢休。后来我才知道曲霞一伙是先拉你上船,后诈你钱的诈骗犯,被公安部门逮捕后,分别判处有期徒刑。为了赚钱,曲霞一伙不顾人格,在出卖自己肉体的同时也出卖着灵魂,为了钱这东西,曲霞一伙最终失去了人生最宝贵的东西——自由,这是他们的报应,罪有应得。

　　古人云:"君子爱财,取之有道。"在现今社会中,极少数人为了自己谋福利,不顾他人的死活,千方百计,不择手段地诈骗、勒索,不知道什么是道和义,认为赚钱不讲道德,道理,赚了就是理。认为赚他人的钱财,不管采取任何手段,都是讲得通的,认为赚钱其实没有道理。

唉!人啊!为了钱,何必自取灭亡呢!

那一天,我从阿强家中回来,时间已很晚了,大家都在打扑克,赢对方的钱,闹哄哄的一片,我看了一会儿,便钻进被筒筒,那冰凉的被子刺激得我直打寒战,我的心在咚咚直跳,没有一点儿睡意,听着他们嬉笑怒骂的声音,听厌倦了,就进入梦乡。终于,随着一阵阵鸟儿的鸣叫声,拂晓便陪伴而来,向窗外一瞧,又是一个大晴天,我叹着气暗自道:"唉!是个雨天该多好,可以睡个长眠之觉。"紧接着在牛军的怒骂声中,大家都慢腾腾地起床了。

这群人一起床就吵吵闹闹,抢着打洗脸水,喧闹声、铁桶的叮当声、小鸟的叫声连成一片。墙角里,一桶桶的粪尿上,爬着一团团苍蝇,散发着一股股腥臊味,这味儿叫人呕吐,他们一个个都成了疯子,把一泡泡尿、一团团屎撒在四周,满地皆是,稍不小心,就会踩上星罗棋布的"地雷"。这些家伙们没有一点人性,在光天化日之下,都当着面撒尿拉屎,不知道什么是羞耻、肮脏。有时,他们一个个把头发留得像凶犯一样,很长很长,遮住了自己的目光,头发上沾满了一层层的油垢,脸上像涂了锅台灰一样黝黑,简直是囚犯,是一群群改造服役的人。有时他们成群结队,一个个把头剃得铮亮,在阳光的映影下,光芒四射,简直成了一个白炽灯泡,上面挂满了一颗颗汗珠,与少林寺的和尚相差无几。你瞧,他们的样子多么可怜,惹人好笑。要是命运不安排他们到这里来,他们绝不会当这苦力。你可别看他们老老实实,一本正经,似乎觉得心眼实，脸皮薄。其实，那些人个个都是十足的下流货色，业余时间不误正事，尽干些缺德事。他们的脸皮比汽车轮胎可厚多了，若子弹打在脸上，它会反弹过来，不小心还伤着发射子弹的人呢！因为我痛恨他们的那些行为，他们就不和我待在一起，时常成群结队跑到外面望女人，可笑至极的是还给女人们打什么标准分数呢。长得苗条一点，穿着薄一点，屁股大一点，样子性感的，他们会多打几分，打个高分，在这荒唐之中寻找乐趣，他们简直像一头头色魔，一只只发疯的公猪，干这个行当，他们个个是精明老练的老手，有时过路的靓女这样骂他们："你们这群地痞、流氓、无赖，闭上你们的粪嘴吧！回家给你妈打分去吧。"对这样的回敬，他们不仅不恼，反而高兴地说："人说打是亲来骂是爱，这个货色还真有点儿滋味！骂得好！骂得值得！痛快！再骂两句让我们饱饱耳福，别走呀！小妞！再骂两句呀！我们爱听呀！"有时，我在他们身旁开导他们时，他们不仅不听，反而骂我："黄良小杂种！你这浑小子，连个女人都不敢叫，这么胆怯，她们能吃了你不成，你将来不就成了怕老婆的吗？媳妇把尿浇到你头上的。"我真是自讨苦吃，好气好恨，也无言以答。这些人简直比市井无赖、恶毒的流氓更难对付。因此，我提醒朋友们，尤其是女士们，在晚上行路时，最好有个伙伴，不要独自在夜晚徘徊，不然，这些粪桶似的嘴会向你开射过来。

这群人，有时干活十分卖力，两三昼夜拼命地干。干罢呢，不去休息，又去玩这滑稽至极的游戏。他们一个个都讨厌代工牛军，牛军总是想方设法给他们找活干，不让他们闲着。他们每次外出，都是背着牛军偷偷地溜出来。若牛军知道了，马上停他们的口粮，不给饭吃呢。牛军的管束尽管这样严格，但他们仍然是我行我素，继续寻找乐趣，寻求刺激，下低级录像厅。有钱时,这帮穷鬼们爱耍点儿阔绰。每当领到零用钱时,他们要大吃大喝一顿,买几包带过滤嘴的香烟,还要买些当地产的白酒,他们吃喝玩乐,一醉方休。他们的思想意识是有了闹一顿,没了饿一顿。有时喝着喝着,酒疯上来了,竟"啪啪"甩出十几元钱又去买烟买酒。在这群人眼中,把不抽烟、不喝酒的男人看作狗熊、脓包,缺乏男子汉大丈夫的风度,不可交为朋友。没钱时,这群人像可怜巴巴的乞丐,在这要烟卷,在那儿讨洗衣粉,有时干脆称上一两斤便宜的烟叶子,有时买不起,便收拾些干了的榆树叶子,抽那些散发着浓浓的烟味儿,抽得可有劲了,一口气就是三四根,达一两个时辰,简直成了一个名副其实的大烟鬼。

我看着这一幕幕情景,思味这一桩桩工地所发生的人际关系、人们的道德,我好悲愤,我在想:我们之所以干着繁重的活,是为了改善今天的这穷日子,使明天的日子更加幸福,甜蜜些,把今天所拥有的稀饭变稠一些,香甜可口一点,是为将来有个好日子而干这繁重的苦活,流血、流汗是为了明天。可这群人,到底是为了什么呢?他们今天大吃大乐,有一顿吃一顿,真可谓:"今日有酒今日醉,管它明天喝凉水。"那明天吃什么呢?难道喝西北风去不成。这群人如何能摆脱这受苦受累的穷根基呢?也许眼前一两天的阔绰日子,会给他们的明天埋下更加穷困潦倒的阴影。

有时,这群人喝醉了酒借故不干活,躺下来白白吃饭,可是代工牛军,要从他们那少得可怜的工资中扣下饭钱的。就是因为这样,许多手艺再巧,干活再勤的匠人和民工们,到头来都把钱砍掉了一大半。又是像离家时那样,带着一套铺盖卷,再加一个孤零零的身子骨,回家去了。成天空手在老婆、孩子面前发愁,发牢骚。

这些人真可怜，若他们没成亲，拿什么去结婚，去承受这高昂的彩礼呢？因此，山里许多年轻人打光棍，穷得没法讨老婆。假若是成了亲，结了婚，拿什么去养孩子、养老婆拉家务呢？这样贫穷的情景，给孩子的童心留下多么糟糕的阴影，是可想而知的。这些人也永远摆脱不了穷根基，因为脑瓜子之中的思想太落后，太守旧了，甚至是一辈子都当别人劳动用的工具，改变不了眼前面貌，也永远跳不出这穷山沟沟，到外边闯大世界。他们只求腹中有物，衣服遮体就行了。他们的孩子呢？一到夏天，个个都光着屁股，也不送去念书，一个个都缺少教养，脑瓜子里只有野蛮、愚昧，最终像老子一样一事无成，一生贫困。我真可怜这群孩子，同时也恨孩子们的爸，更为孩子的明天而担忧。

　　可怜、憎恨有何用呢？我的劝导他们不但不听，反而嘲讽我说："黄良尕娃，傻小子呀！我们人老经验广，你懂得什么？把人的一生看得不要太真切。饭要半生半熟地吃才有味，这人嘛，就要糊里糊涂地活才有乐趣。人是一盏破油灯，迟早会熄灭的，我们今天活着，说不定明天会闭上眼睛什么也看不见，为什么要为明天想呢？就为你自己的眼前，现在的命运想想吧！"

　　夜已深了，一切都显得非常宁静。他们催促我说："瞌睡虫！赶紧睡吧，别来打扰我们，我们要上班了。"说完便点上一根烟，开始打"牛九"牌赌钱。他们也时常吓唬我说："黄良，若是你到外边说我们赌钱，我们会给你点颜色看的。"赌博像往常那样越赌越凶，下的赌注也越来越大。我趴在被窝里，无聊地看着这情景，忽而瞧赢家高兴的脸色，忽而观输家丧气的神情。当我看他们干这勾当时，我便在良心上无言地制止他们，责骂他们，但这是发自我内心的，对他们都无济于事。

　　那时，我不敢多看他们那副凶狠的脸色，看的时间长了，他们会拉我，且对我说："起来！别睡呀！学着点，往后玩几把，也好消遣日子啊！"我无动于衷，便把头往被窝中一缩，蹴在被窝里。有时，他们会把我从被窝中拉出来，脱光我的衣服，净出我的洋相，然后用阴毒的眼光盯着我，他们的眼光特别凶狠阴险，一个个都睁圆了眼睛，叫人心惊胆战，心中十分胆怯，他们真是下流至极，阴毒透顶。我最害怕也最讨厌这种恶毒的神情及行为，我像一只小兔子，那样子非常可怜又很可笑，我有点儿怒不言。

　　有些赌徒输光了，一声不响，气呼呼地便钻入被窝，毫无睡意地硬睡了。有些赌徒赢了许多，兴奋得不得了，久久不能入睡，不时给这个敬烟，给那个讲自己运气好。有时吹嘘说："哥儿们，今天我真走运，大家赏个光，就多抽几根烟。改明日，若我走运，发了大财，我会买包红山楂，给你们尝尝鲜呢。"可是这荒谬的梦想能成现实吗？简直是白日做梦吧！

　　这些赌徒们个个出言不逊，信口开河，没有点人所具备的教养。整夜胡作非为，骂声和下流话从口中流，没有一点人性，似乎是一个狂妄之徒，好像天生邪恶、厚颜无耻、游手好闲、下流至极的孽种。有时输红了眼，就打起架来，用下流、不堪入耳的话攻击对方。赌徒们的绝技，在他们的身上发挥得淋漓尽致，合情合理。

　　广大的青年朋友们，你们千万不要成为赌徒，即使偶尔打几把麻将，也不要玩，不然会堕落，成为一名失足青年，说不定会留下什么千古恨事的。千万不要卷入赌场中去，若一不小心被卷进去，你们就会一生悔恨不已，必然导致灾祸横生，我奉劝年青的朋友们不要造自己的孽。

这将近一年的工地生活，我简直是在坐牢，蹲监狱，我怒不可遏。我盼望着瑞雪纷纷的寒冬早日来临，那时我们可以收工回家，过几天舒舒服服，像样一点儿的日子。

流年

十二

回家后,经喜林师傅的再三劝导,父亲守旧的思想终于开窍了。父亲应诺我找一个别的职业,不再干这种拉磨般的苦力活,我很高兴,暗自庆幸自己避开了那种皮肉之苦的体力劳动。我很感谢我那可怜的喜林师傅,这一切都是他劝导的结果。

经过一冬的忙忙碌碌,父亲托人情,找旧知,总算谋到了我向往已久的职业——跑买卖,下海赚钱。

很快,通过喜林大叔的介绍,我与同村的黄继宏一拍即合,准备做点儿药材生意。我们各拿出两千五百元钱做本,打算收一些当归、党参等中药材,运贩到广州去经销。我俩听说广州的药价比我们这儿高出好几倍,这才选择了这条生意路子。我和黄继宏赶集镇,跑市场,总算收了好几吨药材,每斤收价为二角钱,再经过托人情找顺风车。很快找来了一辆"跃进"牌双排座客货车,司机是给公家开车的,他正准备下广州去拉电器,见大有油水可捞,便与我们以六百元的价格成交,就是有一点要求,路上我俩还要包吃、住。经过傍晚四个多小时的装车,一切准备妥当。到了第二天黎明时刻,车总算满载药材,离开了家乡。

此时此刻的我,心中又惊又喜,好久不能平静。喜的是这药材收得容易，顺当；惊和怕的是一到广州，万一药价跌下来怎么办，搞不好会连本带利一块赔呢。我的心很烦很烦，随着汽车的颠簸和震荡，我便不知不觉睡着了。

一阵清脆的喇叭声把我从梦乡中扯回来，我抬头一看，只见司机和黄继宏正在聊天，谈的都是些无聊至极的话题。你听听，他俩竟夸夸其谈老婆的大腿及身材来，都是关于自己老婆的事或风流鬼事。

汽车经过弯弯曲曲的沙子路，奔驰在平整的兰郎公路上，忽一抬头，两旁是高大的钻天杨和高低不平的山丘，公路犹如巨龙一般，盘旋穿梭于山丘之中，车外的万物显得十分安静，只听见发动机的运转声。偶尔，把头置于玻璃窗外，一阵阵冷风迎面而来，刺得人不禁要打个寒战。我有意识地摸了摸我下身的口袋，只觉得瘪鼓鼓的，我才放心下来，那里装着500元钱，是喜林大叔偷偷借与我的，怕生意滚烫了，也好让我有钱回家。我看一切正常，仍然不在意地向外望去，汽车在平坦的大道上急驰，此时此刻的速度已达每小时八十公里。因我心里很急躁，便觉得汽车很慢很慢，就催司机再快点。司机却摇摇头，似乎有点儿生气地说："小伙子！你是不是神经有毛病！这车再不能快了，这不是高速公路，两旁没有路栅，来个横穿公路的人或车，躲避不及出了事故谁来担待呢？"我自觉有点儿失言，于是无奈地搓搓双手，顺便从口袋里掏出包带嘴的"大前门"香烟，然后有意识地把帽子往下压了压，就随手点燃了烟。在心底里"一辆，两辆"——数着车窗外的汽车，我大概数了五十余辆车吧，忽而带着一阵阵倦意，昏昏欲睡了。突然，随着一声紧急的刹车制动声，汽车便停在路中央不动了，我抬头一看，好像是个检查机动车辆的检查站，我仍然把帽子压了一压，沿着帽檐，偷偷望着来人。

流 年

只见从值班室中走出一位全身武装的警察，挺年轻的，他朝这儿走来，斜着眼看了看车上的货物，然后抬了抬大檐帽，硬邦邦地扔过来一句话："喂！开车的！下来交过路费，别挡住后面的。"可司机推推我说："小伙子！这货物是你的，快去交过路费吧！"我抬了抬帽檐，有点儿生气地道："不是明明白白讲好了吗？把货物拉到广州，就付你六百元，怎么这费也要我去交？"司机也没好气地回敬我说："你不去交，那我就停着，谁也别交。"那警察见我俩唠叨个没完，就连说带骂道："交不交，不交把汽车开到检查站来，咱们慢慢说，看你什么时候交我什么时候放你过去。别啰唆，把车开到那边去。"我见警察生气了，便极不情愿地从口袋中抽出十元钱，赶忙赔笑着对警察说："老师傅，你别生气，有话好说嘛，我这就去交。"说完便跟那警察办理手续去了。那警察把钱往钱柜里一扔，顺手给我撕了两张桌上的票据说："一张是报销凭证，一张是验单，你拿好！别丢了！洞的那边收查验单呢。"我接过票，瞧也没瞧地装进口袋里，又赶忙抽出一根香烟，递与警察说："师傅，你辛苦了！抽根烟，没事我过去了。"那警察见我有点儿大方的样子，赶忙往前凑上一步说："喂！小兄弟，往后多注意点，路上收费的关卡多着哩，遇了面千万别顶撞，否则，你会吃不了兜着走呢！祝你一路顺风，平平安安。"我会意地笑了笑，说了声："谢谢。"便头也没回地上了汽车。我带着一肚子气上了车，见司机还不启动，就带气骂了声司机："不走等什么？等你娘呀！"司机也不理我这话，便慢腾腾地启动了车，飞快地向洞那边穿去。

第一次做生意，刚出门就遇倒霉事，我自认为不是好兆头。抬头遥望广州的行程，千里之外，是那么的遥远，不清楚收费的路卡有多少，真担心自己带的钱不够用，我有点儿担心或恐惧。不过看了看身旁的黄继宏，我简直有点儿高兴，暗恨交费时竟没想到生意上的师傅黄继宏，我估计他也带了几百块钱，若再遇上路卡，他可对付一阵，我就这样打着如意算盘。

汽车抵达陕西境内时，天已漆黑黑的一片，像涂上了锅灰一般。我们把车开进一个较隐蔽的大旅社内，那里的场地很大很大。其中零星停着许多载货汽车，乱糟糟的一片。有的人在装木材，有的人在卸皮子，在一阵阵粗悍的吆喝声中，把那粗而沉的圆木往车上一寸一寸地滑上去。我们的汽车刚停稳，脚还没落地，这旅社的服务员早已春风满面地迎过来，娇声娇气地道："先生们！辛苦了！把行李给我，你们这边请，晚上把汽车开进车库，包你们万无一失。"说完便把眼睛滴溜溜一转，好像是暗送秋波，仿佛增添了几分风骚，几多柔情。她把我们领到登记处后，便按照旅社的惯例，一一做了详细登记，然后有意识地笑了笑问我们："大老板们，你们要普通房、标准房还是高档房间呢？"我一听这话，便望了望黄继宏，他就给我使眼色，意思是让我做主。我就小心翼翼地说："服务员，我们是跑小本生意的就来个普通房间吧，三个人挤在一起将就一宿就行。"那服务小姐听完我这话，故意摸了摸自己酥软的胸脯，又嗲声嗲气地说："哎哟！一个做大生意的老板，怎能住那种房间呢？那是穷鬼们的猪窝，你们怎么住那呢？你们太小心眼儿了，不就是多几个钱吗？让外人听了非笑掉大牙不可，那普通间可没有专人提茶送水的，要你们自己动手呢？这高档的房间可好哩，服务周到，晚上还有两块酥酥的大面包吃呢！包你们吃得又鲜又可口，下次还想吃呢！包你们满意呀！怎么样，老板们？"我没好气地说："住哪儿是我们的事，你少管闲事好不好，我们是山里出来的穷鬼们，哪有那么多钱去住这样的标准单人间，我们可没这福分呀！"那服务小姐有意撩了撩厚厚的呢绒裙子,露出一双雪白丰满的大腿,用纤纤的嫩手在上面弹了弹说:"哎哟!瞧你们这些人!心眼太实了,怎么把我的好心当作驴肝肺呢?我从住址上看出你们是从临夏来的,我也是临夏人,看在同乡的面上我才介绍给你们的,你们咋这么不买同乡的账?我可劝劝你们,比上南方的大城市,你们吃过什么?用过什么?风流过几回呢?你们要想开些。该风流时就风流他几回,别把男女之间的那种事看得太认真,钱多了管个屁用?说不定哪天你一闭上眼,后悔可晚了。你说说,一个男人连女人的滋味还未尝到就去了,这不可惜吗?老板们,我的话够多了,你们住哪儿,自己选择,我用不着管你们,可一点,我希望你们别亏着自己。"这个风骚至极的服务小姐简直是一个"话王",动不动就无为地扯淡,谈她自己的事,又爱打听我们的事情。她说她叫春芹,小时候家里比较富裕,只念了五六年的书,又说她在学校里没心思念书,在学校里陪男同学浪荡成性,成为十足的校花,十七岁时,她为了闯荡一下这多彩的世界,偷了钱只身下陕西来。后来,经过再三的转折,她才找到这份工作,还很快成为旅社经理的秘书,是块招人住店的活宝,经理非常赏识她,给她的月薪也很高;她讲了许多。我们都听烦了,加之一天的劳累,她的那些话哪里入得耳去?我们就懒得理她,只是装作点头应诺,她的屁股真是又大又沉,一坐就是半小时,我们催她快带我们去住的房间时,她这才慢腾腾地从一大串钥匙上抽出一把,却仍然不肯挪动那肥大的屁股,好像是大屁股把她坠住似的,她又来盘问我们,问我们到哪儿去,是干什么生意的,生意做得怎样,又问我们是哪个乡的人,我非常讨厌她,懒得给她一一答复,就敷衍了一下了事。她简直像个发疯的快嘴猫,一句接着一句连着索问。我们都闭口不言,她却不以为意地笑着说:

"吆！大老板们呀！请别介意，请别怪我多嘴，你们也露露笑脸嘛，弄得我一个人好尴尬，多不好意思呀！"

经过再三的催促，春芹终于把我们带到二〇七号房间，推开门不以为意地说："你们愿意受罪就受吧！我是无能为力的了。"进入房间中，我向四周瞧了瞧，房间里的灯光很暗很暗，放射出微弱的光芒。三张床位布置得乱七八糟，横一张，斜一张，中间一张，我一望那铺盖卷儿，我就恶心得直流口水，差点儿晕过去，那被褥脏兮兮的，枕巾也掉落在地上，小铁炉中的火苗有气无力，似灭似着，我一看到这，就暗暗叫了声"苦呀！"这哪儿是人住的地方。春芹却讽笑着对我们说："大老板们，让贵体屈尊了，需用热水或什么的，楼下一切便当，就请各位费身了。"说完便下楼去了，随着一阵高跟鞋与水泥地板的撞击声，这讨厌的女人就消失了。

我们三人放好行李，便到外边胡乱地吃了一顿便饭，就回房整了整被褥，然后捅了捅炉子，围在旁边聊天。黄继宏道："凭我往日的经验来看，那风骚十足的服务小姐，她口口声声称我们为老乡，却是个拉客的小姐，我们得提防一点儿才是。"我俩便默默点头称是。

不一会儿，那个叫春芹的服务小姐又拎着个热水壶进来了。满脸仿佛刚才修饰了一番，像一个十足的妖精。她往我们三人脸上瞧了瞧说："喂！老乡们呀！你们简直成了死人，为啥不把炉子生得旺一点儿呢？"我没好气地回敬道："这七八月的大热天，还能冻死人不成？"她便摆出一副极为热情的样子说："这不比家里。后半夜冷着哩！再说床上没电热毯，晚上恐怕受罪哩！"她又从铁簸箕中捡起几块石炭，用火铲倒进不太旺的火炉中，然后她又开始说这说那了，又要烦得我们头涨了，这时幸喜楼下有人在叫："春芹死丫头！唠叨个啥，来客人了，快点招呼，别让人家久等。"春芹好像有点儿失望的样子，望了望我们三人，然后无可奈何地跑下楼去接待客人了。

春芹走后，司机点了根烟道："我看这个春芹，不像是个正正经经的闺女，定是一位风流十足的猎人，想要捉我们乡下来的狼呢。这旅社八成是个黑窝子，我们得小心谨慎，千万别中了她的美人计。"我和黄继宏点点头。

第二天天刚放亮，我们三人就起床了，一个个都暗自庆幸昨夜没发生任何意外，我们刚要结账时，春芹便匆匆跑过来，拉住我们三人的手说："大老板们呀！看在同乡的面上，我求你们帮帮我。我在里面备了一桌粗茶淡饭，不妨进去说说好吗？"说完便泪如雨下。

我们三人不太高兴地跟春芹进去了，只见桌上放着三个茶杯和六个白馒头，再加一盘葱炒鸡蛋，这一切显然是早就准备好的。司机一看这些，拿起筷子，认定那炒鸡蛋拼命地吃，好像饥饿了好几天似的，我看他这样子，知道他会来个底朝天，觉得有点儿尴尬。春芹又端上一盘说："诸位多吃点，吃好了好上路！"她又拿出五瓶干啤酒，一杯杯地向我们敬酒，自己也一杯杯地往肚里灌。这个真该死的春芹，一会儿祝我们一路顺风，一会儿祝我们生意兴隆，连连替我们斟上酒，说什么要赏老乡的面子，好像要把我们三人灌醉似的，我们不得不提防，眼看酒和饭菜全部底朝天了。春芹这才甩了甩乌黑的秀发"扑通"跪在地板上哭泣着求我们道："大哥大叔们！看在同乡的面上，我求求你们了！帮帮我吧！就把我一块带到广州吧，好不好？这个地方我好怕！好怕！再也不想待一刻钟了！"她哭泣着，不住地给我们磕头，不时地用手帕打我的手。我们三人无动于衷，相互看着各自的眼色，他俩都不肯出声,都给我使眼色。我实在憋不住了,一把拉起春芹便问:"春芹姑娘,昨天你不是告诉我们工作还好吗?月薪也高呀?依我看,出来打工的人,能找到这样高薪工作的人不多呀?我看你还是安心地干吧。"春芹一听我这话,便哭成泪人,开始叙述她的事来:"昨天我是撒谎的,我怕经理听见了又折磨我,所以不敢说事实,我十七岁那年,被一个中年女人骗了,她说带我到广州,给我找一个好工作,钱好多好多,我相信了她。我就私自离家跟她下了广州,可一到广州,我几乎被惊呆了,哪是什么工作,是让我半裸着身子当陪浴小姐,晚上还要陪人上床睡觉,我死活不干,她就打我,吓唬我,我也就以死常常唬她。后来她拿不转我,就把我卖到这里来,来这儿以后,我简直成了旅社经理的情妇,我若不跟他上床睡觉,他就不给饭吃,我只好随他任意摆布,他把我玩腻了,就用了我。逼着我每天勾引客人,和客人上床,敲诈客人的钱,经理每天给了我一百元的任务,要上交他,我好怕好怕,我的命咋这样苦,我求求你们了,把我带到广州吧,我要找那中年妇女,你们发发善心,修点德吧!"我看着春芹这失魂落魄的样儿,就小声地问:"即使你到了广州,你能找到她吗?这不是大海捞针吗?是何等的渺茫。再说这经理发现了,我们也不好办呀!不是我们不帮你,而是心有余而力不足不是吗?请你谅解。"春芹抹了一把眼泪说:"经理不会发现我们的,他怎么也想不到我会走的,今天他又带情妇游公园去了,一切都托付于我,这个你放心,我自有分寸和办法的。"我摇了摇头,难为情地说:"这不是让我们作难吗?"春芹见我没答应,更加悲伤地哭泣道:"在你们眼中看来,我的确是一个下流的妓女,贱货,但是,你们要明白呀,是命运迫使我如此,我也无法呀。求你们了,发发善心,同情我这火坑中的女子吧!"在春芹万般无奈的乞求下，我们也迫不得已，出于善意之心，就答应了她的要求。

　　至此，在我们旅途中的男人堆里，又增加了一位妙龄少女，这个女人的同行，使我们说话有点儿不自在了，做事也有点不方便了，路上还要处处照顾她，真叫人费心。

十三

在路途上增加了春芹这个女人后,黄继宏和司机再也没有谈风流韵事的机会了,一个个都闭口不言。可春芹总是唠叨个没完,说这道那,我和黄继宏心里都烦,没有心思去应付这些无聊的话题,春芹见我不太高兴,就没趣地止住了唠叨。

经过繁华的闹市区,汽车沿着平坦的公路急奔,不知把多少绿水田野和青烟农家抛至后边,驶过一座座高大的环形山,穿过一个个村庄,汽车在大平原上飞驰,而在此时,春芹仍然把头置于窗外,用惊惶的眼神望后边,害怕那个经理追来。

我们正要进入高速公路时,忽然有两个警察招招手,示意我们停下,司机便慌忙踩了一脚刹车,汽车便摇摇晃晃地停了下来了。这时个头矮一点的警察走过来骂道:"不交费,瞎跑个啥!"我吃了一惊,赶忙招呼司机下去。此时两个警察都过来了,矮一点的紧了紧腰带,高一点的按了按警帽说:"喂!下来说话,从哪里来,到哪里去了,要在这高速公路上行驶,不知道交附加费吗?"我只得老老实实地说:"同志,我们是初做药材生意,打临夏来,到广州去经销,我们是第一次走道,不知道走公路还要交费的!请你可怜可怜我好不好?我实在没多带钱,你就放我们过去吧?我们回程给你一块交。"他们仿佛从这话里听出我是在狡辩,看了看我狼狈的样子说:

"喂！小伙子，别装蒜啦，出来做生意的，哪一个还不知道交高速费的？老实点，别啰啰唆唆，快交吧，总共二百元。否则，我们把汽车开走了，可别怪我耽误了你的生意，我们是在执行公务，交不交由你选择。"

我难为情地转眼望了望黄继宏说："宏哥，这回你先垫上吧？咱们回头一起算好吗？"黄继宏瞪了瞪眼睛，好像讨厌我似的说："良小弟，你先交上，你先垫付，你拿好票，咱回头一起算吧！我也知道你带了一点钱的。"于是我点了点头，也没多辩，便从口袋中抽出两张百元大票，递给了矮个子警察，那个警察接过钱，撕给我一张票，便嘲弄我道："小伙子，在我面前想要小聪明，你未必太嫩了吧？这样的事我经得多了，快点走吧，注意时速一百公里，别妨碍后面的车辆，小心点，别鲁莽。"

我揣着一肚子气上了汽车，暗骂那个警察，也恨一毛不拔的黄继宏，只是没有言表罢了。汽车在平坦的高速路上以每小时一百公里的时速飞速前进，车速相当高，但我一点也感觉不出颠簸，我心中那种不愉快的冰团，随着两旁迷人的风景，便慢慢融化了。此时的春芹，大概了解了我的心情，一路上也悄然无声，默默地注视着窗外。汽车绕过几道弯，驶上一段抬升路面。我通过汽车的玻璃，向外望去，净是些层层叠叠的林子，我东张西望，没有村庄和房屋，也没有半点儿人烟，只有野兔偶尔穿梭于林子中。

我才感到把春芹这个伙伴带上后，经过几天的行车，她只给我们增添了许多麻烦，除此之外，没有任何的收获和快乐。然而对于春芹来说，却高兴得不得了，因为她摆脱了水深火热的地带。我们也真担心她的情夫追上来，把我们截住。如果像那样，那么我们这下全完了，我们岂不帮人不成反害己吗？也暗恨自己为什么带上这个女人一起上路，想到这儿，我的心始终悬着，有点儿胆怯、发抖，这有什么用呢？

经过几天的行程，我们早离陕西老远老远，已驶入安徽的地界上。不知怎的，我觉得路好像越走越长，恨不得马上到达广州，以高价把药销了，好赚一大笔钱，高高兴兴地回家来。此时此刻，天已蒙上一层淡淡的黑纱，路灯像萤火虫似的，迎送着过往的车辆和行人，在一个不大的郊区，我们老远就望见一块"停车住宿"的招牌挂在电线杆上，我们打算在这里过夜。

我们把车开进旅店时，旅店里的几盏路灯散发着微弱的光芒，微光照射下的旅店，更加显得荒僻、凄凉。我们顺着路灯的指引，走进值班室的房门。一个大胖姑娘躺在床上睡觉，头发乱蓬蓬的一团，给人一种不整洁的感觉。办公桌上零乱地放着两个啤酒瓶和半袋王中王瓜子，有几粒散落在地上，那大胖姑娘大概是喝醉了吧？她见我们一行四人进来，挪动着迟钝的身子，努力挣扎着从床上爬起来，赶忙用手理了理蓬乱的头发和不整的红色套裙，有点儿不悦地问我们："先生们！住店吗？"这时站在我身后的春芹抢着答道："是啊！就是住店的，林姐！怎么当了大老板，就不认识我了。"那大胖姑娘一看是春芹，便"哇"的大叫一声，互相拥抱起来，各自都激动地流下泪来。

春芹就对我们把这位大胖姑娘做了一番介绍，说道："她叫林玲，今年二十五六岁吧！是我在广州浴室中一块受难的姊妹，后来与我一样，她也被拐卖了。"林玲转过脸，向我们这边仔细瞧一瞧，可把我吓得面无人色，她那眼睛像毒蛇一样，脸色蜡黄蜡黄，面孔非常阴森、可怕，像吃人的魔鬼那样恐怖。林玲见我们三个男人吓成这样，便摆摆手道："三位先生，请坐下，朋友们，我不是吃人的母老虎，不会吃你们的，我也不是母夜叉，别胆怯，我被拐卖后，那男人一直把我绑在琴房里，一天给我两个白馒头、一盒香烟加一瓶啤酒，这就是我一天的伙食，他们怕我吃饱了反抗，就给我这一点点吊命的鸟食。在那里，我不知道度过了多少黑夜与白天。到了晚上，我简直成了那男人发泄兽欲的工具，叫我疼痛不堪，我几次都想死，都没死成。那男人整整三年都把我锁在空房中，由一个瞎了眼的婆婆看管，我在孤独、寂寞和痛苦中熬了三年。我生了儿子后，丈夫和婆婆对我的管束稍松了一些。有一天，我趁上街买菜，便跑了出来，我不知道天东地西，四处漂泊，总算逃出了苦海，最后流落到这里，找到了这份差事做。有时做别人的情妇，但我也心甘情愿，总比关在房中强些吧？做情妇还有一点自由，大吃大喝，也算好过，但我始终改不了每天要喝啤酒和抽包烟的习惯。我若遇到那王八蛋，非活剥了她的皮，生吞了她的肉不可。"伴随着怒骂声，春芹走过来对我道："大哥，看在我的面上，把林姐也一块带上吧？我也好寻那个婆娘。"我坚决地回绝了春芹的要求。那个林姐也来个顺水推舟道："算了，我也不打算回广州找那王八蛋，也不想牵连大家，春芹妹！你若见了那婆娘，一定给我报仇呀！"春芹失望地点了点头，就应诺了。

林玲把我们四人领到一间较为高档的房间中，房间布置得十分豪华，四壁贴了几张美女裸体照片。桌上放着一副闪闪发光的夜光麻将。林玲抬了抬嘴皮子说："今儿哥几个就住这儿，算我请客，包你们吃住，我有的是钱，有的是财宝，大家尽情地欢乐一宵吧！我呢，也陪陪几位玩玩，重操过去的旧业，就打几圈吧！"

吃过一顿丰盛的饭餐，我借此机会便钻进了浴室，好好洗了洗身子,这在乡下是难得的,总算享了一次城里人的福。从浴室出来后,我便躺在床上看着他们四个。

司机、黄继宏、春芹和林玲相继围在桌子的四周各就各位,准备开战。林玲点了根烟,然后把外套脱了,从口袋中掏出一大沓人民币,弹了弹富有弹性的大腿说:"哥们儿,我知道你们是从山里来的,没有多少钱,我输了给你们一百元钱,你们输了给我一元就行,大家凑凑热闹,乐和乐和吗?若我输光了,我可以把身子做赌注,再输了,今晚这身子就属于你们了,听从你们的摆布,你们输了,钱可以还给你们,不过要听我的摆布呢,我的花样可多着呢。"说着说着,麻将大战便拉开了序幕,打了一小时后,林玲便开始讲她自己的故事。

"诸位,你们可知道?我的乐事可多着哩,我是一位大老板的独生女儿。我出生那天,我爸妈可乐坏了,含在嘴里怕化了,放在床上怕冷了,对我十分疼爱,整天爱不释手,庆贺不已。我没有吃母亲的奶长大,父亲给我找了个保姆,是吃维生素食品和奶粉长大的,这也是我胖的缘故之一吧?那是我还很小的时候,爸常把一些不三不四的女人邀来家中打麻将,打累了,那些女人们一个都不回去,全都住下过夜,都想尝尝爸爸的滋味,临走时,爸给这些女人们的钱很多很多,那些阿姨们也时常疼爱我,还拿我逗乐。当十三四岁时,我便从爸妈手中学会了打麻将,他们亲自教我,我偶尔能胡一把,爸爸就说我有出息,将来必成大材,我也乐得常抿着嘴。我妈呢?常听妈骂爸:'老不中用的,你怎么不为我想想,真是无用的东西。'爸还是一声不吭。因为这些生活方面的事,妈时常不回家,常在外过夜,爸也不管妈。那些时常来我家打麻将的阿姨们,便把我亲昵地称为'麻将天使',使我有点儿得意忘形。后来爸妈都犯了罪,双双入狱了,我无依无靠,就跟着那个婆娘到广州找工作，最后落得这么个光景，你们说说，你们当中有哪一个的经历比我曲折、惊险、多彩呢？"司机和黄继宏都没吭声，仿佛没听到似的，只是专心地打麻将。

春芹见无人发话，便抹了一把麻将，接着谈道："林姐，你的算什么曲折，无非就是说些谈情说爱的罢了。我的经历可惊险、曲折、动人呢？甚至还让人掉眼泪呢？我是个乡下人，我出生后一岁多时，我妈便去世了，留下我和父亲两个人，爸爸特别宠我，从来不打我骂我，时常把我带到喝酒的酒场中去。爸爸特别爱喝酒和抽烟，每天都要消耗一包烟和半斤酒，常用酒来浇他内心的忧愁，后来经人介绍，有一个中年妇女和我爸结婚了，成了我的继母，这下可把我苦了，这继母好凶好凶，简直是个十足的母老虎，她看准的不是我爸，而是爸的几个臭钱。我爸不在家时，继母时常虐待我，经常不给我饭吃。有一回时值冬天，继母很早就起床了，她见我睡得死死的，便把一盆冷水倒进我的被窝，并骂我：'小妖精，看你往后起来不，明日若再不早起，老娘就要打断你的腿。'事后，我把此事告诉给我爸，爸只是无奈地对我说：'春芹呀，你忍忍吧，千错万错都是爸的错，我不该找这个女人。'听了这话，那时我气得不得了，爸也拿她没办法，任她随心所欲，继母主宰着这个家，她成了家中的母老虎，女皇帝，统治着一家，我和爸都很害怕。"

春芹继续说："常言说得好：'母爱是最伟大的，母爱是最温暖的。'失去母亲，将永远得不到这些，这些确实不错，我根本没得到过母爱，不知道温暖在哪里。只有痛苦和挫折等待着我，我一步步向它靠近。继母从不把我当人看待，不让我闲一刻钟。成天让我喂猪、做饭、挑水，我只好忍受，再无别的选择。那时我父亲一味地贪酒，天天喝得醉熏熏的。再后来，经过爸爸和继母的长期争吵，才把我送到学校，后来没念几年书，继母迫使我辍了学，等我长到十六岁那年，继母打算把我嫁给她娘家的聋大侄，有天她大侄到了我家，继母便把我关进房里，凭她大侄调戏，胡作非为，随之我失去了贞洁，为了逃避这桩婚姻，迫不得已，十七岁那年，我背着继母偷了她的钱，就只身走了，可一脱离火坑，又跌入水坑。我被那中年婆娘骗到广州，准备叫我当陪浴小姐。我死活不干，后来就跑到陕西了，幸喜这几位大哥帮忙，总算把我拉出了火坑，否则，今生今世就在水火坑中永起不来了。"

春芹说毕又推了推司机和黄继宏，让他俩也说说各自的经历，他俩推辞掉了，没说一句话，这四个人唠叨着，打着麻将，打累了，说乏了，便各自回房睡觉了。

第二天，我们终于摆脱了这不人不鬼的林玲，检点货物，收拾行李后，便急匆匆地离开了这店。车子启动时，我通过车窗向外一望，只见林玲呆滞地站在门口，一头乱发遮住了目光，不时地向我们招招手。司机推推我的大腿说："回过头来，别理那丑娘们儿，你若同情她，世上值得同情的人多着哩，那些都是轻浮浪荡的人，若被这些人勾引上了，会把你毁了的。"我却没吱声。只有春芹反驳道："喂，老师傅，别把天下的乌鸦看成一般黑好不好？自己的路自己选择，我们也有我们的难处，请你们别嘲讽我们。"司机带着气道："看看你！你又来这套了，是不是又触了你们这些人的伤疤，你给我说说，那个叫林玲的姑娘，她哪来那么多钱？不都是从腿缝里赚来的吗？"听了这话，春芹羞涩地憋红了脸，又气又羞，低头推了推司机的大腿说："喂，大哥，我求求你，请你别再玷污我们这些落魄的人好吗？"

我耐住性子听他们谈论，听了后面这些话，我好气又好恼,很想打司机两个耳光。气恼也没用,我不想为了别人的小事,闹得双方都矛盾,不如先忍着一点,让他信口胡说吧。我只是不情愿地说了声:"喂,诸位,别吵闹了好不好?我好累,想睡一会儿。"说完便进入梦乡了。

十四

这次跑生意的广州之行,差点儿把我闷死,烦死。自从带上春芹这一落魄的女人后,好像又增加了负担,我几乎没有露过几次笑脸,我整天屈指盘算着到达广州的时日,真是人急车也慢,路程好像越走越长,越没有尽头。算着算着,后来就随心所欲,不想这些了,因为算也没用,岂不是白伤脑筋。我就装作若无其事,没有心事的样子,便随着他们三人说说笑笑,尽管我内心一点儿也说不出笑不出,但碍于司机和黄继宏的面子,我就装得特别像模像样。有天黄继宏开玩笑地说:"诸位,黄良是不是与先前变了样,出来时的那样子全无了,这也许是我们几个人的开导和熏陶吧?一下子摆脱了那种天真、活泼,变得精明、老练多了。"我也只是应诺着点点头而已。

经过二十多天的高速奔驰,汽车这才跨进灯红酒绿的广州地段,南方的农村,正沉浸于碧绿的麦浪之中,风光娇艳迷人,天气非常炎热,使我们几个几乎受不了,恨不得马上脱光衣服,任一缕缕清风吹拂,但这一切都是不可能的,我只好忍耐而行。气温越来越高,我的心越来越慌,无心欣赏大自然的美妙。我的心里忐忑不安,不间断地抽烟,可不知怎的,总是想着生意的事来,焦急地盼着药价涨高些,到了药材市场赚更多的钱。

流　年

　　汽车驶到广州东风西路的流花湖公园附近,春芹便下了车,与我们一一道别,并和司机相约在南汽车站碰头,顺便坐着车准备回家去。她执意给我们两百元钱,我们一口拒绝了,并劝导她说:"春芹姑娘,找着了那个拐卖妇女的老婆子,可别莽撞行事,去派出所报警,别惹出什么大乱子来,广州的天地比较混乱,自己多提防着点儿,小心出事,上坏人的当。我们都等待着你有一个好消息。"春芹微微地点着头,向远去的我们不停地招手送行,司机便踩足油门,直奔药材供销市场。

　　一进入供销市场,我和黄继宏便住进了一个较大的药材旅店内。里面大都是从南方来的药贩子,什么当归、党参、秦艽等之类的中药材应有尽有。这里的场地也十分宽大,整个场地都是用料半封闭的,给市场添了不少光彩。我俩是初来乍到,也不知道行情行规,没有把药材包装在纸箱内,只是零散地装了一车。而陈列在我们面前的药材,都是箱装,并且外表十分好看,药名标在药箱上,一个个图案十分精美,放得很高很高,像一堵墙似的,给人以新奇的感觉,有的还标了英文字母,还等着外商来购买呢。一看到这,我俩目瞪口呆,就迫不得已地在地上铺了一大张塑料布,把药材倒置在上面,然后又在上面盖了一层塑料布,便向店老板娘讨要了一间房子住下,这房租真高,每月要八百元的房租,我俩没法子,只好先欠了房租,就搬行李住进去。

　　我俩傻乎乎的,不知道拉客商的袖子,只是死守着主顾。我曾听乡下的老人们说"货到地头死",你自己找来的主顾,他不会出高价钱,反而是主顾自己来的,兴许还能卖个高价。我俩死守着乡里的这一教条,白白地消磨时间。依着市场的商情来看,散药每斤只能四角钱,如果以这个价钱抛出,除掉各种费用和伙食,我俩会亏很多很多。我和黄继宏都束手无策,眼睁睁地看着主顾去买别人的药材，两人都心急如焚，不住地抽烟，以此来解闷气。

三天过去了，药材没卖出一斤，我俩光吃饭就花掉了很多钱，钱只出不进，慌得两人大汗淋漓。到了第四天清晨，药材市场管委会的人来了，要我们马上交二百元的管理费。否则，勒令我们把药材拉到别处去卖，我俩求情无用，只好老老实实地交了管理费。交了这费，我俩口袋中的钱已所剩无几了。那时我俩绝望、可怜的样子不堪回首。

那时我俩的情景可惨了，有的老板们看了中药材，便带着不南不北的强调说："哟，我说老哥们儿，这样的劣质药材是哪里收来的，上面还带着泥巴，我看你俩挺难出售，就不如每斤四角钱给我，快回家吧？"并用那些生僻饶舌的词语吓唬我俩，口口声声说药这儿不好，那儿太差。我俩气得没法子，便没好气地回答说："老板！我俩的药太差了，不符合你的要求，请你到别处选择吧！"即便是这样的回答，那些老板们还要戏弄我俩几句，我俩直气得吹胡子瞪眼，很想打他几个耳光，可转眼一想身处在别人的家门口，只好捏捏拳头罢了。

我俩不但没有赚钱，反而受到别人的嘲弄，都怒不可遏，耷拉着脑袋。有些主顾出低价购买时，我俩便没好气地回绝他们。药没卖出一斤，老板娘却整天跟在屁股后要房租。我俩出于无奈，只好乞求讨饶："老板娘，你发发善心吧！我们还没卖一斤，药卖了一并给你结账吧。"老板娘便没好气地哼着说："赶快卖吧，可卖出去了别偷着溜，若那样，我叫你俩尝尝我的厉害呢。"我俩只好点头称是。

尽管我俩在生意场上处处不顺，叫苦连天，但有些好心的北方老乡们，有时也帮我们一把，帮我俩出谋划策，说你们把药材赶快抛售，不然的话，市场价格会跌下来的。有位上了年纪的老乡对我俩说:"傻小伙子,别瞎等了,把药材就按每斤六角钱卖出一点儿吧。然后你俩购些包装箱,再盼着卖个高价吧!把本钱赚回来再说。"束手无策的我俩,听了这些话,便觉得有道理,再加上老板娘三天两头催账,我俩只好硬着头皮准备卖出一半,打算把房租先交清,免得老板娘整天跟在屁股后面要钱,也免得她再来烦我,找我俩的麻烦。主意打定,我俩总算轻松了许多。

到了第二天,我看守着药材,黄继宏托老乡去买包装箱了。经过三天多的折腾,药材卖出去了少半,总算买来了百十个包装箱子。我俩便小心翼翼地把药材一箱箱地装好,然后包装好了,高高地垒在一边,等着大老板来购买。

过了几天的一个清晨,有个身着青蓝色的西服,戴着一副镀金眼镜,手提公文包的青年人走进药材市场,向我们这边走来。我简直有点儿高兴,认为他是个买药的阔老板。那青年人走近向四周看了看,也瞧了瞧高高的药箱,然后随手从口袋中掏出包"红塔山"香烟,抽出两根来,上前递给我俩各一根,然后笑着说:"两位师傅请抽根烟,麻烦你俩打听点事儿,劳烦二位了!"我接过烟,点上后便随口说:"老板!你说说看,我们俩若知道的,一定会告诉你的。"

那个青年人便直言道:"你们知不知道从甘肃临夏来的北方药商?我想找他们谈点事儿,不知道也没关系。"

我和黄继宏听了便异口同声地说:"我俩正是从甘肃临夏来的!老板有啥事,尽管直言吩咐。"那青年人便高兴地叫道:"正是踏破铁鞋无觅处,得来全不费功夫,苍天啊!你真有眼啊!那好啦,咱们明天见,我会找你们的。"说完便迈开步子要走,我和黄继宏急了,便赶忙拽住那青年人的袖子说:"老板!我们是从北方来的,出来做生意不容易,你就帮我俩一把吧！买了这些药材吧？"那年轻人却不慌不忙地说："两位师傅，我不是跑药生意的，是搞科研工作的，不过你俩也别急！我找找看，我的一位老同学是中药炮制厂的负责人，我回去打个电话联系联系，看他帮不帮这个忙了？你俩就等着好消息吧！"听了这几句安慰的话，我和黄继宏几乎绝望地望着那个青年人走远了。

这天夜晚，我和黄继宏都没有睡意，趴在床上不断地抽烟，两人都悄然无声，内心都是一样的不平静，真是心急如焚，度日如年，一夜如三秋，夜是那么的寂寞，悠长。我们恨不得马上与那个青年人会面，把药材拉到炮制厂卖了，赶紧回家过几天舒坦的日子。

终于，随着启明星的催赶，天不情愿地亮了。那是一个蓝天白云，晴朗的日子，那是一个给我惊喜，给我快慰的日子，那是一个丰收纪念日。直到今天，我也无法忘却那个日子——七月三十日。

晨露一洒到大地上，药材市场的人们都和往常一样忙忙碌碌，拆去盖药的塑料布，把药箱摊在广阔的场地里，又开始等待一天的收获。

等呀等！差点儿把我俩的心急出来了，时间已到了中午二时，那个年轻人还没有到，我俩等不住了，就暗骂那个青年人是骗子、流氓。夕阳西沉，夜幕马上就要降临了，我俩开始在绝望中收拾药材。我俩像败兵一样，有气无力地搬运着药箱，暗恨自己不是赚钱的料！不该冒这么大风险来广州，这时我想起老师对我说的一段话："你我不是赚钱的料——"想着想着，越想越恼火，痛苦地望着蓝天长叹。

下午六时，药市又恢复了昔日黑夜来临之际的平静。白天劳累的药贩子们，大都在房中休息，谈论着各自的收获。我和黄继宏心里很烦，没法静下来休息，便呆傻地坐在房檐下发愣，一口接着一口地吸烟，此时此刻，心潮逐浪高，俩人都失望、委屈和束手无策，屈指数着晚霞的薄薄红纱。突然，随着一阵刺耳的喇叭声，一辆黑色的伏尔加轿车开进药材市场，飞也似的向这边驶来，然后"嘎"的一声，车子便稳稳当当地停下来了，随后从车上下来一个青年人，我仔细一瞧，心里明亮了许多，"没错，是昨天那个青年人"。我简直高兴得不得了，那个青年人十分抱歉地说："真对不起两位师傅，让你们久等了，我下午到中药炮制厂跑了一趟，他们说药已收够了，暂时还不收药。我看你俩别急，慢慢找熟人，托人情，办法总是有的嘛。"我一听这话，似乎气得喘不过气来，有点儿窒息胸闷的感觉，耷拉着脑袋望着。正在这时，只见那青年人向车里招手喊道："喂！红霞，你下来和这两位师傅谈谈吧？他们兴许知道你老家的情况。"我一听到"红霞"这字眼，心里好震惊，不敢相信自己的耳朵，赶忙问那青年人："老板，你刚才叫什么来？"那年轻人没来得及回答我，只听见"表哥"二字又塞入我的耳朵，我呆呆地望着，根本不相信自己的眼睛和耳朵，良久没有反应，只是呆愣愣地站着，那位喊叫我"表哥"的少女，用力握打着我的手，大声喊着解释道："表哥！我是红霞表妹呀！你怎么啦！怎么啦！难道不认识我？你快醒过来呀！"这时我的神志才慢慢地清醒过来，胆怯地问："你真是红霞？真是我的表妹？"表妹连连哭着说："是我！是我！是红霞！这是真的，不是梦！"这时我才仔细一瞧：没错，真是姑姑和姑父时常挂念的红霞，我激动地拉着红霞的手说："表妹，自你离家出走后，一直到广州，一向可好吗？"表妹连连点头，又哭着问我："舅舅和舅妈他们好吗？你咋也跑到广州来啦？"我抹了把眼泪说："托你的福，他们身体还算硬朗。我本想赚大钱，就搞了些药材，也来广州闯这大世界了。"我说毕，悲痛的泪水哗哗而下。

红霞安慰我说："表哥，别难过了！咱们先到我家里吃顿便饭，然后慢慢谈吧。"我也只好点点头，显出无家可归的模样儿，和黄继宏打了招呼，便乘着伏尔加跟他们俩一块奔向红霞表妹的家。

十五

　　坐在伏尔加轿车上,汽车在平缓地行驶,而我的心却怦怦直跳,一点儿也没有那种坐高级小轿车舒坦的感觉。我透过茶色的玻璃车窗向外一望,只见平坦的马路上人来人往,车水马龙,沉浸在一片灯红酒绿之中,一群群穿着时尚的少男少女们在大街上徘徊,七色的服饰像盛开的花朵,显得有点儿娇艳夺目。这与北方乡镇,简直是天壤之别,一排排雁阵似排列的高楼大厦,在七彩灯的映射下,显得更加雄伟、美丽,路灯像一颗颗明珠,高挂在大街两旁。此时此地我在想:"这也许是人们向往的天堂吧?"我的灵魂被这迷人的景致带到一片快乐无极的世界,我尽情地看啊想啊,沉浸于这种美丽的旋律之中。

　　汽车刚驶过一个拐角处,由于惯性的作用,红霞朝我怀中跌了一下,她见我这种呆滞的样子,用手指弹了弹裙子上的灰尘说:"表哥!你瞎想个啥!别胡思乱想了,你说这儿好不好?"我赶忙赔笑着说:"这儿真美,你看这儿的街道多宽广,汽车那么的多,人们更是那么的潇洒,朝气蓬勃。我也有几分羡慕之感呀!"红霞不好意思了,羞涩地说:"表哥,好是好,但不知道怎的,我总是想念家乡的农村,那儿有新鲜的空气,美丽的麦浪田,潺潺的溪流,欢乐的鸟叫声,不像城市里闷死人呀!"我随口道:"这就是住不惯的原因吧?"表妹红霞又努了努嘴,好几次想说什么但未张开嘴,经过几次努力,这才羞答答地说:"我给你介绍介绍吧!开车的这位是我的丈夫,他叫丹炳,是搞科研工作的,我来广州后多亏他的帮助,否则我还不知道会是什么样子呢。我觉得他人挺好,挺忠厚,我就答应嫁给他了,他给我在一家大公司找了个差事干,这辆伏尔加是市政府奖给他的,还有那套楼房。"我赶忙道:"那我代表我们全家,向你俩祝福道喜了,愿你们白头偕老,幸福美满。"丹炳朝后一扭头,微微地笑了笑说:"表哥,都是自家人,别那么客气了。"红霞又追问我:"表哥你结婚了没?新嫂嫂还好吗?"我憋红了脸说:"没——没——我还没有结婚呢,再说年岁也不大嘛,等几年再说吧。"红霞责怪地说:"都二十四五岁的人了,还说小,那什么时候长大呢?难道到了三十岁才娶新媳妇哩?你在这里多待些日子,让丹炳给你物色一位。"丹炳笑着点头说道:"好!好!红霞早已说过几回了,这回见到你了,我准会给你物色一位对象,我认识的农村姑娘也挺多的哩,我也是打农村来的。"我羞涩地没吭声,只听着红霞和丹炳耍嘴皮子。

　　终于,汽车驶入了一个铁皮大门,停在花园附近,我和红霞下车先行离开了,丹炳把汽车朝车库开去。我和红霞并肩顺着楼梯边聊边往上走,经过约五分钟时间,就到了第八层楼道,红霞指了指一个装有防盗门的房门说:"到了!表哥!这就是我的小鸟窝。"红霞说着开了门便让我进去,我便不推辞地大步走进去了。只见整个房子好大好宽,客厅的地板砖滑溜溜的,墙壁上的大水银镜把整个陈设给倒过来了,各个房屋之间用铝合金框夹玻璃间隔着,阳台也很大,光线十分充足,给人以快慰的感觉。彩电旁的角框上装有遥控数字电话,我看了这,又看了那,觉得样样都新。可低头一瞧两脚脏兮兮的泥巴，顿时觉得十分尴尬，窘得不成样子，便十分别扭地说："表妹，你看看我，两脚泥巴把地砖弄脏了，我该怎么办呢？"表妹红霞却笑了笑，没有一点儿抱怨我的意思说："没关系呀，脏了多拖几下就行了，你到睡房那边去，门后有几双棉拖鞋，你穿上就没事了。"我赶忙换上了拖鞋，便小心翼翼地坐在皮包的沙发上，我置身这种环境中，几乎被陶醉了，有点儿飘飘然的感觉。

正在这时，表妹红霞端上一碗柿子鸡蛋汤说："表哥！你先填填肚子，充充饥，待会儿我再做晚饭吃。"我赶忙说："红霞！都是自家人，干吗这么客气，我又是常客嘛。"红霞笑着说："这哪里是客气，这是做人的常理大道罢！"我便扯个话题说："你的家这么宽敞，这么明亮，依我看，比阿强的家要阔绰多了，真是神仙居住的地方呀！"红霞抿了抿嘴，用手指轻轻撩了撩额前的头发说："唉，我们还算是可以吧，真是比上不足，比下有余，能活到这份上，我也知足了。"话未毕，门铃响了，我赶快起身去开门，可是左拧右拽都不见开，就急忙转身对红霞道："表妹，还是你自己来吧，这洋玩意我可干不转。"表妹笑着给我解说："你看，是这样开的，先把这个拉手往外一拉，再旋转这个，然后把这个拉手往下一拉，再旋转这个，门就开了。"我会意地点了点头。

丹炳气喘吁吁，带着一捆啤酒和几个大包进了门，慌忙对我说："表哥！你坐呀！我们自己来，你是稀客呀。难得来这儿坐会儿，你就听听我们的盼咐吧！"我只好看看电视，品品茶。红霞和丹炳准备晚饭去了。偶尔，从厨房中传出一阵阵笑声，真是夫唱妇随，小两口的日子挺和美的，一切看得那么顺眼。

经过半小时的忙碌，一顿丰盛的饭菜准备好了。红霞和丹炳真是手脚不闲，一碟碟、一碗碗地往饭桌上端，摆了满满一桌子，总算忙碌罢了，丹炳和红霞这才坐在沙发上，我赶忙抱歉地说："红霞表妹，干吗不简单些，这是不是太阔绰了，花费了很多钱吧？"丹炳不在意地说："表哥！哪里哪里！这与款哥和阔老板们比起来，算不上什么，就凑合着吃吧。再说不单单是为你准备的，也是为了庆贺我和红霞结婚一周年纪念日嘛，你就多吃些，来他个碟光盘空。"丹炳说着，又不间断地向我的米饭里夹肉丝，并劝我多吃一点，吃个大饱肚子。

晚饭快要结束时，丹炳斟满了一大杯啤酒，端过来对我说："表哥，为你父母大人的身体健康，为你的生意兴隆，我敬你一杯。"我推托说从不喝酒，也不会喝酒，但由于丹炳和红霞的苦苦恳求，我便无奈地喝起啤酒来了。

我也斟满了啤酒，一一向他俩敬酒，并向他俩一一祝福，我们三人畅饮畅谈，喝了好几瓶啤酒，我一喝起来便不可收拾了，喝着喝着，觉得有点心闷脑涨，红霞和丹炳见我喝多了，也就没再劝我再饮几大杯，便赶忙收拾了酒器。大家便开始坐着聊起来，表妹红霞故意逗我说："表哥，你打算找一个什么样的女人呢？""阿炳，你也打算介绍怎样的姑娘呢？"

我便沉不住酒气，毫不迟疑地直言道："我娶的女人要高一点、苗条一点，要相貌端正的姑娘，皮肤要白皙富有弹性的，而且对人温柔一点，体贴一点，对事业要勇敢一点，泼辣一点，不要那种忠实、憨厚、碍手碍脚的毫无性感和柔情的女子，那样的女人给我，我也不要。"丹炳便应诺我道："好！表哥！你真有眼力，这个大千世界也算是没白闯，还是很能观察女人的，这个你放心，我一定能办到，包你满意、高兴，你就等着我的好消息吧，到时候我给你约个时间，你俩独自谈谈吧！"我便禁不住酒气，一个劲儿地点头。

半小时过去了,我的酒慢慢地醒了,大脑也清醒了许多,我走进洗手间,赶忙用冷水洗了把脸,回来问表妹:"红霞,我刚才说了些啥?可能有点儿失雅,请你俩别介意,我是说着玩呢!"红霞表妹笑弯了嘴说:"别的没说啥,就是关于你找对象的事,别大惊小怪好不好?"我便羞愧地低着头没吭声。这时我忽而一想,这才记起留在市场的药材和黄继宏,便赶忙朝丹炳的书房走去,只见书架上塞满了许多书籍,也有几本零散地堆在地下,大都是关于玉米、大豆之类的书本,我无心顾及这些,连看了几眼正在写文章的丹炳,望着望着,有点儿沉不住气了,刚要叫他时,丹炳仿佛看到了我的存在,便搁下笔来,请我落座后,点起根香烟说:"表哥,什么事?站了这么久怎么不开口呀,有事你就直说嘛!我若帮得上,定能帮你的忙。"我吞吞吐吐地终于说出了口:"就是关于药材的那事,到广州快一个月了,若再不出售出去,怕要赔哩!"丹炳笑了笑说:"这个你放心,我保管你卖出去,我明儿个找中药炮制厂的负责人,他不看佛面也看僧面,我让他准会把药材买下来的。"听了丹炳这话,我好像吃了颗定心丸,悬着的心总算放了下来。

第二天经过丹炳的再三奔波,药厂负责人总算答应收购我们的药材,我把这一消息告诉给黄继宏时,高兴极了,两个人总算露出了笑意。丹炳陪着我俩在药材市场一起装药,老板娘一见丹炳,便赔笑着说:"哎哟!丹炳!这两位是你的朋友呀?以前冒昧了。请你多多海涵,以后我一定关照关照。"丹炳随口应诺了一声:"老板娘!以后多给予一点儿方便吧!"老板娘把头点得像哈巴狗一样,那样有力。经过几个小时的折腾,一车厢的药材总算装完了,我们赶快离开药材市场,直奔中药炮制厂。

大约有四十分钟的路程，汽车就开到了中药炮制厂的大门口，丹炳下车与值班室的人员去打招呼，守门的老头子忙赔笑着说："丹炳！快点去吧！厂长等了好长时间呢，过一会儿说不定要开什么会哩。"我们直接向中药炮制厂的收购库区开进，厂长早已等得不耐烦了，汽车刚一停稳，厂长走过来赶忙打招呼说："老同学！你真是事业有成啊！听说你得了市政府的科技大奖呢。奖给你一辆伏尔加哩！有机会我坐上兜兜风去吧？"丹炳给厂长敬了个烟，并一一做了答复。最后笑着对厂长说："老同学，我是无事不登三宝殿，给你介绍介绍买卖做，我这表哥是从甘肃来的，到这儿人生地不熟，没卖出药材，就请老同学关照关照，收了这些药吧，好让他们早早回家。"厂长摸摸脑袋说："这个好办，我准会收的，你的表哥也是我的表哥嘛。不过我的要求挺严格的，要当年鲜的、干的，那些陈年的、烂的或湿的，我一概不收。"我听罢这话，心里又紧张了一下，赶忙回头问黄继宏："宏哥，这药材是不是鲜的、干的，我没做过生意，也不认得哪是陈年的。"黄继宏笑着说："我俩的药材就是鲜的、干的，包他们满意，别担心。"我赶忙弯着腰把这些告诉给厂长。厂长一一做了开箱检查，然后高兴地对我俩说："好药材！真正的好药材！以往那些药商，大都在药里掺沙子，可把我们坑苦了，我不得不一一检查，你俩的药真正是上等的，我以本厂的最高价收购了，以每斤两元钱收了，你俩说咋样？"我俩高兴得直点头。

终于，积压了一个月有余的药材，便倾箱而销了，我和黄继宏那高兴的劲儿甭提。此次广州之行，我俩总共赚得八千余元，除去各种支费，纯利润高达六千元，我和黄继宏各自以三千元分成，余下的钱下了一顿高级餐厅。当我第一次揣着这么多钱时，高兴得简直疯了，似乎成了真正的大老板，有点儿飘飘然之感。黄继宏声称有急事，便与我道别，急匆匆回家了，我便在表妹红霞家待着。

在表妹家待着的日子里，他们大部分时间都上班去了，留下我一个，我成天看电视和杂志，有一种说不出的感受涌上我的心头，我好闷好闷！像一只关在笼子里的小鸟，在一百四十多平方米的房中间踱来踱去，心中很急躁，有点儿待不住的感觉。此时此刻，我才明白了城里人为什么把自己的家比作鸟窝。真可谓金窝银窝，比不上自己的穷窝好，还是自己的穷山沟沟里新鲜、快乐。在无聊、难耐之中好不容易熬过几天，终于盼来了一个星期日，那是一个春光明媚的日子。

吃罢早饭，丹炳过来对我说："表哥，这几天一个人待着，是不是觉得很闷，今天我带你去溜达溜达吧？我顺便做了个好事。"我高兴得急忙应诺了，连声叫好，又去问丹炳："你去办啥好事呢？"丹炳神秘一笑说："到时候你会知道的。我现在还不告诉你。"我和红霞与丹炳一块乘坐伏尔加，很快来到了市郊的大公园里，看到了公园里迷人的湖光山色，我的心顿然舒畅了许多。

我们漫无目的地走着，忽而迎面走过来一位穿裙子的姑娘，对丹炳道："表哥，你们终于来了，可把我急死了。"丹炳便大大方方地一摆手说："阿梅表妹，很抱歉，让你久等了，多不好意思。"说完便把我和阿梅相互做了介绍。

我们四人在林荫下的石椅上坐了许久，大都说些各自的前程。约半个小时，红霞和丹炳声称要参加一个朋友的生日典礼，让我陪阿梅溜达溜达，又说过两小时后来接我俩，说完便一溜烟地开车跑了。林荫下的石椅上，只有我和阿梅默默地坐着，彼此都没有言语。只见远处的人影在蠕动着，湖边的小草在倾听着波涛的音符，一切都在悄然之中，我一直把目光极力向远方望去,始终没有看阿梅一眼,好像她是我的上级一样,与她待在一起,是那样的窘。

而此时的阿梅,不间断地偷瞧我几眼,好想找个话题扯扯,试着努了几次嘴,都没有说出口,她也无聊地揉搓着裙子,有时把冰激凌的塑料壳捏得哗哗直响,她把空盒子抛入湖中,用手理了理头发,然后有点儿羞涩地道:"黄良哥,你的身体真结实,我从表哥丹炳那里知道你是从北方来的,是做药材生意的,生意做得还顺当吗?"

我害羞地没抬头,捏了捏自己的拳头说:"你说得对,我是从北方来的,是贩了点药材,我们是农民嘛!做不了甚大的生意,就凑合着过呗,这次多亏丹炳帮了大忙,否则,我的结局可惨着哩!也算是老天有眼,怜情我吧!"

阿梅弹了弹大腿说:"其实我和你一样,也是从北方来的,家乡远在肃北,我也是通过丹炳哥的托情帮忙,才有机会来到广州打工的,我的家境也很穷很穷,都是出来混口饭吃呗!"

我叹了叹气,点了点头说道:"唉!一个女孩子出来打工,是不容易的,也够难行的了。你要自己照顾自己,这广州的世面可乱着哩,要小心一点,千万别出意外。说实话,我们北方人穷得也够可怜的。"

阿梅语重心长,非常悲痛地说:"我也是没法子呀,这才到广州来的,家里年老的父母无法供幼小的弟弟念书,我只好走了这步,给弟弟挣几个学费,好让他安心读书。我坚信,只要我付出汗水和代价,我会闯出一份属于我自己的天地,你别担心我,我会自己照顾自己的。"

听罢,我无奈地点了点头,静望着蓝蓝的天空,想着自己如果能化为一只雄鹰该有多好,在无际的天空中自由自在地飞翔。把这人世间的痛苦与悲痛隔离出去，活着真是烦死人了，有人却说拥有痛苦和悲伤也是一种欣慰，而我一点儿也体会不到，这是为何？难道我缺乏常人的理智或生活体验吗？我简直不敢想象。有人也说，一个人来到世间，本身就是幸运、幸福，而我却不以为意，时常体会不到这些，痛苦和烦恼常常折杀着自己，活着觉得毫无意思。与其拥有这种幸运或幸福，不如莫拥有它吧！不来到这人世间该多好。

我正在这种忧虑中沉思时，阿梅叫了一声："看！黄哥！有只小鸟落在地上了。"这叫声打断了我的悲叹异想。阿梅推了推我的手，便飞快地向前方跑去。我斜视着她离远了一点，这才抬起头来迎面看她，只见她苗条高瘦的身材在舞动着，一身齐脚的白纱长裙，像一片薄薄的白云罩在她身上，显得她更加天真、活泼，有一种未摆脱童年幼稚的样子，长长的秀发从上而下，在平坦的脊梁上一倾而泻，跑动时像黑色的瀑布，直至腰际，我被这情影看呆了，有点儿不相信自己的眼睛。内心中反问："这不是传说中的白雪公主吗？"看她均匀的身材，乌黑的秀发，纤纤的柳腰，在我所结识的女性之中，她是无与伦比的。我有点儿羡慕，简直有点儿想拥有她，我已不知不觉中走入感情的世界——这块黑色的土地，一棵无名的根芽在我的心中悄然破土而出，但我极力控制自己，使自己莫要过分地冲动。最终，理智战胜了情感，我没做出任何有失大雅的事来。

那只小鸟也怪，忽东忽西，阿梅始终捉不到它，它好像故意逗着阿梅似的。阿梅有点儿急了，憋红了脸招招手喊我："黄良哥！快过来呀！帮我快捉呀！不然它就飞了。"我听了这喊声，便不太情愿地走过去，帮阿梅捉鸟。这鸟忽左忽右，在我俩脚下乱转圈圈，我俩使了好大的劲，还是捉不到它。这时小鸟"扑扑"飞到一棵向北的小树下了,阿梅便扑过去捉,可她一不小心,被一块石头绊倒了,绊得她直号叫:"黄良哥!快!快——拉我一把呀,我的膝盖骨跌断了。"我赶忙上去扶起她后便问:"阿梅,你能走否?"阿梅却娇娇地说:"你扶扶我吧!我好疼好疼,你扶着我,让我慢慢走。"我便不好意思,就用手挽着她慢慢走,可谁知阿梅刚走了两三步,说疼痛得不能走,便一头扎进我的怀里,依在我的胸前。此时此刻,我的心紧张得"怦怦"跳,脸也涨得很红,束手无策,站着一动不动,任凭阿梅依着,阿梅昂头望了望我,撒娇地说:"黄良哥!你答应我吧!让我嫁给你好不好!我是真心爱着你呀!"我无动于衷,被这句突如其来的话语惊傻了,一言不发,只是望着这张俊秀的脸,心怦怦直跳,阿梅极力把那张杏红小嘴往上凑了凑,将要亲吻我的脸蛋,我着急了,使劲捏了一把阿梅肥大的屁股,阿梅疼得"哎哟"了一声,用手去摸她的屁股。我一推阿梅说:"瞧!丹炳和红霞来了,快离开点。"阿梅便推揉了我的胸膛,赶忙站好了,连忙理了理有点儿凌乱的头发,羞涩地走向一旁,只见伏尔加轿车缓缓向我俩这边驶来。

　　红霞和丹炳下了汽车,笑盈盈地走过来问我:"表哥!这里的景色怎么样?你俩玩得高兴吗?太阳快要落山了,咱们赶快回家吧?"我一声没吭地点了点头,便乘伏尔加出了公园。在公园的不远处,阿梅便下车了,我也记不清楚那是什么街道或什么地方,只听见阿梅甩下一句话:"明儿是我的生日,请你们三人一定光临我的生日晚会,晚上八点我在丰城酒楼门口等你们,可别忘了。"我没吱声,只有丹炳和红霞不住地点头说:"一定准时!请你放心!"

　　一回到红霞的金色鸟窝,我又开始不自在起来,觉得挺乏挺累，一屁股坐在沙发上看电视，不知怎的，就呼呼入睡了。到了晚饭时刻，丹炳便推醒了我，让我吃晚饭。饭桌上，红霞嬉笑着问我："你看今天的那个阿梅，还算可以吗？她的人品和相貌你满意吗？你若真对她有点儿好感，让我转达你的诚意，往后多交交心嘛，若相中了，你就带她到你家做媳妇就得了，都这么大岁数了，还害羞啥呀！我看那阿梅也够温柔、勇敢、忠厚的了，是位难得的好姑娘呀！表哥！你说呢？"我羞红了脸，不好直言表白，就含糊其词地搪塞着没有给红霞一个明确的答复，显出一副难为情的样子，丹炳见我这一情形，忙打圆场说："表哥，先别急表态，你今天晚上仔细考虑考虑，明儿再说吧？"我有点儿不高兴地问丹炳："丹炳，今天这事儿，为什么不先告诉我知道？让我也有个心理准备嘛！"丹炳用手指了指红霞说："是她主使我这样办的，她说这样妥当些。"红霞却撒娇地说："表哥呀！我是怕你知道了不去，才不告诉你呢，你就考虑考虑嘛，别太犹豫了。"

　　这个夜晚，天很闷热。我浑身上下汗淋淋的，心里有点儿烦躁，考虑着明天如何回话，丹炳和红霞早已进入梦乡了。我毫无睡意，静静地站在阳台上，整个广州的夜色沉浸于一片宁静之中，失去了白天的喧闹，给人几分安静。红红绿绿的彩灯点缀着整个夜色，把高大的建筑物投影在平坦的马路上，映得金碧辉煌。偶尔，从远方的卡拉OK厅传来一阵隐隐约约的歌声，增添了几分音乐色彩。路上的行人极少极少，一切都置于这种欢乐中。我点上一根烟，百无聊赖地回到房中，也无心翻阅那许许多多的书本，便一头扎进浴室，脱光了衣服，把开关拧到最大，然后呆呆地站立着，哗哗的流水从头而下把我洗刷，我懒得自己动手去洗，只是淋着。我很想把一天的劳累洗去，好想把这一辈子的痛苦与烦恼洗掉，静静地站着，觉得挺舒服，任水花四周流溅，洗着洗着，我甩了甩两手，在淋浴下静静地思虑起来，我的内心是极其的矛盾：这桩婚事该不该答应呢？看那阿梅神采奕奕的样子，温柔和顺的性格，再加上她那张俊秀的笑脸和一头乌黑的秀发，还有她那种对男人特有的柔情，是一位难得的好伴侣，有人想求还求不到这样的美女呢？何况自己是出身低微的农民，能讨到这样的女人，简直是癞蛤蟆吃到了天鹅肉，还有什么理由不答应人家呢？何不拥有她呢？可转眼一想那些山沟沟里的人们，我真有点儿害怕，我若把阿梅带到了家里，乡里的土老帽们会骂我："你看黄良那小杂种，带来了个不三不四的女人做媳妇，真他娘的没本事，连一个正经的媳妇也娶不上，不如撒泡尿淹死去吧！那婊子也真贱，为什么非要跟个乡下人呢？"这样的骂语，在别人身上我听了很多次，我真的恨死这些人了。记得小时候，喜林大叔从山外带来了一个女人，那女人挺好，不要喜林大叔一分彩礼，准备给喜林大叔做媳妇。可这帮土包子骂喜林大叔，骂得比这惨得多，最后骂得喜林大叔没办法，只好把一个好端端的媳妇推掉了，害得喜林大叔一辈子打了光棍。现如今我把阿梅带回去，乡里人会不会仍然指着我的脊梁骂我贱呢？骂阿梅是婊子呢？我不忍心把阿梅这个好端端的姑娘这样糟蹋了，还是回绝她吧！让她拥有幸福的家庭，让她的爱情之花常开不谢。我下定决心，极力控制住自己的感情，只好打定主意回绝她。美丽的阿梅对我来说，只能是一朵盛开的刺梅花，可望而不可即，我只好忍痛割爱，做一位负心汉，把阿梅抛弃。打定主意时，我的心好痛好痛，这比上刀山下火海难受得多了。

我主意打定，便用劲把水龙头关了，擦干了身子，熄了浴室微弱的灯。披着衣服躺在床上，这个无月的黑夜我想了很多，想家里，思阿梅，可这一切，都没有改变我回拒阿梅的念头。这也是我在广州的第一个不眠之夜，落下了男儿少有的几颗眼泪，浸湿了洁白的枕巾。

　　第二天我不知道天啥时候亮的，起床时都快十一点了，红霞表妹见我起床洗完了脸，就问："表哥，昨夜你想好了没？快告诉我吧！"我有点儿不高兴地说："表妹，我已想好了，现在我可以告诉你们了，我和阿梅毫无缘分，她也不是我心目中羡慕的那种女人。今天晚上阿梅的生日晚会，你俩去参加吧！我就别去了，你俩就给阿梅撒个谎，说我有事外出了。"红霞表妹听了我这话，把舌头伸得老长老长，吃惊地对我说："表哥，这大概不是你的心里话吧？这样的姑娘你都相不上，那你的要求也太高了，怪不得都二十四五岁了，还找不上个合适的对象，你也真是的。"

　　我有点儿难言地说："这都是我心里的实话，我的要求是高了一点，可阿梅绝对不是我向往的那种女人，你放心去回绝好啦！"红霞表妹无奈地耷拉着脑袋，撩了撩额前的秀发，不大情愿地说："那好吧！我去回绝阿梅就是了。这婚姻大事，我们是强求不得的，你自己再选择吧！"说完便出门去了。我总算摆脱了这种不该有的苦恼，身子好像轻松了许多，但我的心却久久不能平静。

　　又过了七八天，我声称有急事，要离开广州。无奈红霞和丹炳强挽留我，我又住了四五天。这四五天里，丹炳又给我物色了四五个对象，让我相相看。其实由于家乡风俗的原因，我不找外边女人，我也只是逢场作戏，就一一做了敷衍。他们见我一个也没相中，也就死了这条心，再也没有给我物色对象。我离开丹炳和红霞时，红霞托我给她家中捎了封信和一盒子滋补品，并吩咐我对她妈说她很好，别挂念，过些时日会回家看她老人家的，我便一一牢记。刚要起程时，丹炳气喘吁吁地抱来一台十二英寸的黑白电视机，赶忙对我说："表哥！把这个带到家里，去瞧瞧新闻，开开脑瓜子吧，也好做生意赚钱。"我再三推辞不要，可丹炳一味说："带上吧！别客气，在南方这已成了垃圾，你带回去看吧，它没花多少钱。"红霞也帮着腔说："表哥！带上吧！别不好意思，这也是我们的一片心意嘛。带回去留个纪念也好嘛。"我也就不好再推辞，便带上了这台黑白电视机。

我们边走边聊，丹炳不时嘱咐我："以后做药材生意，你只管去找中药炮制厂的厂长好了，只要你收的药材好，他定会全收的，有什么困难，只管来找我好了，我兴许能帮得上忙，生意场上小心一点才是呀！"我不住地点头，他们一直把我送到汽车站，直至我上了汽车，我便通过玻璃，向他们招招手，与他们道别了，我怀着收获的激情北归了。

广大的少男少女们，写到此时，我要奉劝大家一点，千万不要因家庭背景和追求奢侈，追求过分的妄想，离开自己温馨的家去闯世界，去打工，那样你们的下场就与春芹与林玲的遭遇毫无二致，像红霞这样幸运的人，是千百万打工族中为数不多的几个罢了。请相信自己脚下的土地，它也能使你飞黄腾达的，莫要轻易地离开属于自己的热土。否则，你的命运比春芹和林玲更加惨呢。

流 年

十六

  我坐在公共汽车上，心里盘算着到站后改乘火车北上。随着汽车的"隆隆"声，很快把那繁闹的市区抛得老远老远。一切都显得那么清闲、新鲜，路旁的小鸟在欢唱，小草随风摇荡，池塘里的青蛙叫声连片。远处的田野里，农民背着烈日在收割秋的喜悦。偶尔过来一个牧童，骑着高大的黄牛，手舞着竹笛，大摇大摆的，我好像置身于江南水乡或山村的小桥流水之畔，嘴里哼着小调儿。随着车轮在前进，我按了按装钱的口袋，见它稳稳地卧在里面，便有点儿兴奋地点了一根香烟，心里盘算着归家的日期。

  经过四个多小时的跋涉，汽车就进了客运站的大门。我下车后便坐在候车室里焦急地等待着下趟列车的到来。等烦了，便在候车室里踱来踱去地徘徊着，不时地张望着马路上的行人与汽车。列车终于来了，我便急匆匆地提着两个大行李包直向售票处奔去了，经过十几分钟的你拥我挤，我气喘吁吁地总算买到了北上的火车票，我紧绷的心总算放下来了，我顺手往口袋里一摸，我几乎被惊呆了，带在口袋里的五百元零钱不翼而飞了，幸好我把钱分别装在几个口袋里，否则，我将被小偷洗劫一空，气得我直跺脚，直骂小偷的爹娘，骂有什么用呢？我只好自认倒霉了。

我怀着气愤的心理,提着沉重的两个大行李包,正要吃力费劲地上列车时,忽而,一个声音传入我的耳朵,我赶忙转眼一瞧,是那位与我们一起乘车南下的春芹姑娘,她用手招招我,并喊我:"黄良哥,你上哪儿呀?"我只好站在列车门口回答:"我回家呗!你咋乱奔跑到这里来了。"春芹跑到我的面前,急忙拉着我的手说:"黄良哥!大后天与我一起回家好吗?我一个人在外面好怕呀!"我难为情地指指手中的车票说:"春芹姑娘!你看这!我已买好了车票,还是我先走,你后天再走吧?再说我提着两个大包,东奔西跑很不方便,还是我先回吧,再说我已买好了车票,人家恐怕不退吧?"春芹赶忙从我手中夺过车票说:"我去说说,看能退不。"过了四五分钟,她高兴地拿着钱喊我:"你放心吧!我已退掉了。"我真是无可奈何,又被这厚颜无耻的死丫头缠上了,真是冤家路窄,想甩也甩不掉。

春芹过来帮我提那个大一点儿的行李包,她使劲掂了掂说:"黄良哥!这里装了啥东西呀!这么沉呢?"我随口说:"是朋友送的一台电视机,没啥好东西,带回去给山沟沟里的父母开开眼界呗。"春芹却调皮地耍嘴道:"是不是你当了大老板,那些客商们拍你的马屁?讨好你才送你的吧?"我有点儿生气地道:"傻丫头,别乱说,谁当了大老板?谁还拍我这个穷光蛋的马屁?是表妹他们送的。"我吐了一圈烟卷说:"唉!真倒霉,刚才买票时稍不留神,被小偷借去了五百元钱,这小偷,可把我弄惨了。"说这话时我带着一点儿哭腔。春芹听后,便帮我骂那个小偷,然后同情我说:"黄良哥!你有没有回家的钱,若没有,我先借给你一点。"我赶忙说:"不必了,我还有一点儿呢。"遇到春芹后,可把人烦死了,那个调皮的春芹接二连三地问我:"那你表妹他们是做大生意的老板了？不然，他们能送这么贵重的礼物。"我良久闭口不言，最后耐不住她的折磨，这才随口说："我也不知道他们是干啥的，好像是搞什么科研工作的。"春芹也就没有多唠叨。

那天晚上，我和春芹住在一家较普通的旅社。吃罢饭无事可干，我俩就闲扯，我在无聊的言谈中问起春芹："你不是在流花湖公园附近下的车吗？说好了与运药材的司机一块回去的，怎么又跑到这麓湖路来了？"

春芹嗑了一颗瓜子，有点儿娇气地说："我和司机在这儿等你，路上有一个好伙伴也使我不感到寂寞，害怕嘛，你情愿陪我一块北上吗？"我冷笑了一声说："不单单是为了等我吧？恐怕另有其事吧！别耍嘴皮子，快告诉我，我可有急事，我明天一早离开这里。"

春芹这才赶忙对我说："黄良哥呀！别着急嘛，我会慢慢告诉你的，着啥急呀！"我听了这妖里妖气的声音，恶心极了，好像是一柄带毒的剑刺中我的心，我简直怒不可遏，但我极力克制了自己，只是在鼻孔里哼了一声。那时我在想，春芹假若是我的亲妹妹，我非给她几个耳光不可，打得她血流满面，看她还妖精不妖精，妖气不妖气。但碍于她是春芹，我只好捏捏自己的拳头，没有勇气去打她。

广大的青年朋友们，请你们在自己的生活之路上，在别人面前，尤其是在异性面前，不要妖里妖气，不要用卑鄙的手段和父母赋予你的胴体去换得别人的亲近。如果这样，你只能使对方更加讨厌、反感你，反认为你下流至极，是一个荒谬轻浮的人，永远讨不来对方的欢喜和敬慕。亲爱的朋友们，不要以肮脏下流的举止赢得男人的心，这样的女人，也许很容易被男人接受，但是，男人甩掉她时，也轻而易举，因为你作风不正。像眼前这位春芹姑娘，她已处在堕落的境界，多亏我们的帮忙，命运之神把她拉出堕落的地带，但她仍不能改掉堕落时那带有的花花绿绿的酒气味。广大的朋友们，请用纯真的言行荡起生活的双桨，只有这样，这只生活帆船才能有正确的导向，这条生命之河将永远流淌幸福的甘泉水。

春芹斜躺在床上，跷起二郎腿，用手轻轻地抖抖烟蒂，然后口吐了几个烟圈，这才娇声娇气地说："想死我的黄良哥呀！我现在就告诉你吧！我从流花湖公园附近下车后，我东打听，西找找，都不见那三个可恨家伙的踪影。后来我听人说她们三个人最近在花园大酒店附近，我便追踪过来，还是不见那三个鬼东西的影儿，这帮浑蛋！连找都这么费神。我百无聊赖之中听熟人说：最近有一对夫妇和一个少女因拐卖妇女卖淫被抓进公安局，明天要开庭审判呢！那些人有今日的下场，也是老天爷长眼啊！所以我把你留下，明天一起去听听呗！"

此时，我好像有点儿被春芹戏耍的感觉，我极不高兴，便挠挠头说："这事与我毫无关联，你自己去打听好了，我听顶屁用，你因这样荒唐的事把我留下来，简直太不像话啦！"

春芹抱歉地说："好了！黄良哥！全都是我的错，我这就给你认错道歉了。可无论如何，你就跟我走这一趟吧！我好怕好怕，也好孤单。我求求你了，可怜可怜我吧，你索性帮人帮到底，送佛送到西天吧！你先走了，我怎能回家呢？"我耐不住这烦琐的求告，只好答应与她一起去法庭当听众。

这个死丫头春芹可把我坑苦了，光两人一晚上的住宿费就花去一百多元钱，当我把这钱交给旅社服务小姐的手中时，我有点儿于心不忍，不忍心把辛辛苦苦跑生意赚的几个血汗钱这么抛出去。不掏腰包吧，我怕那服务员小姐笑话我："一个男子汉，尽让一个女人给他掏腰包，是不是有点儿太脓包，没大丈夫味了。"我思前顾后，但碍于自己的面子，只好忍痛掏钱，吃了这死丫头的狠狠一刀。我简直是哑巴吃黄连，有苦说不出。

　　那一天天气非常好，天空中没有一片白云，蓝天是那么的明净，也望不见一只北归雁儿在飞翔。我和春芹穿过熙熙攘攘的人群，越过一个个高大的广告牌，总算绕到了人民法院的院内，法院内里里外外都是人，围了里三层，外三层，真是人山人海，人们在交头接耳地谈论着。

　　这时，一名女法官挥挥手说："诸位，静一静，我作为本法庭的审判长，我宣布现在开庭。"那声音庄严而洪亮，很快使整个大厅处于一片肃静之中，大页帽下面那束黑色的秀发，使那位女法官显得更加美丽，更加威严。稍后那位女法官巡视了一下会场四周，便又开始宣布："现在带罪犯秦林、马红、曲霞出庭——"一听到"曲霞"这个名字，我几乎不相信自己，自己反问自己："真是那个与阿强发生关系的女孩吗？"三名罪犯依次走上法庭后，我一眼就认出他们三个，就是敲诈阿强爸的那几位。至于曲霞，我似乎有点儿不认得。她两眼毫无光泽，脸色青肿，干涸的长发蓬乱地坠在她脸前，掩盖了大半个脸面，使人难以分辨出她的面孔，我仔细一瞧，还是认出了她，她的衣服有点儿凌乱，身体失去了往日的那种均匀、丰满。

　　紧接着女法官念道："现根据中华人民共和国有关法律规定，对秦林、马红、曲霞三人犯罪团伙的判决如下：

　　秦林，男，现年37岁，籍贯河南。无业农民，先后流窜到甘肃、广州等地拐卖少女。先前曾以盗窃罪被判入狱两年，释放后仍不改恶习，多次与马红等人拐卖少女，敲诈钱财。根据刑法规定，对秦林判处有期徒刑二十年。

　　马红，女，现年32岁，籍贯甘肃，外出打工时与秦林结识，其后主动合作参与秦林的拐卖妇女活动，教唆妇女和少女，敲诈他人钱财，还从事卖淫拉客勾当，现根据刑法有关规定，判有期徒刑十七年。

曲霞，女，现年24岁，籍贯甘肃，无业青年。外出打工时经马红教唆，被秦林拉下水了，后来不但不揭露秦林、马红的犯罪行为，还参与秦林、马红的犯罪活动，用淫秽、下流的语言调戏干部子弟，然后骗其强奸来敲诈钱财。现根据刑法有关规定，判有期徒刑十三年。

若上述三名被告不服，限十五天内向高级人民检察院上诉，若不上诉，立即执行。现在休庭。"

在一阵洪亮的宣判声之后，全场爆发出一阵雷鸣般的掌声，我也使劲地击掌，为曲霞的应有结局而高兴，认为这就是最好的惩治。

出了审判庭后，春芹说时间还早，便约我到麋湖公园散散步，并声称请我的客，我便跟在她身后随她入了公园，去欣赏公园里的风景。公园里游客不多，显得有点儿冷清。偶尔，林荫下的男男女女们在互相窃窃私语，相互接吻、拥抱，享受这属于年轻人的那份快乐。我毫无心思，便跟着春芹草草转转了事，春芹见我不大高兴，便也没过来问这问那地烦我。不到一小时，也许是我俩都毫无兴致，便急匆匆地出了公园的大门口，又穿过那条繁华的街道，顺着早晨来的路，很快到了旅社。刚一进旅社门，服务小姐便含情十足地笑着对我说："先生！你怎么不多陪大姐转一会呢？这里的风景还算可以的，干吗这么早就回来了？"我便搪塞了她几句，支开了服务小姐，赶紧开了房门，一屁股跌在床上，斜着身子躺了下来。

这天下午我无聊极了，心中盼望着明天的太阳快点升起来，可越盼总觉得时间越长。真是一秒似一年，一分如三秋，望破窗外青天，思断腹内愁肠，时间总是戏弄我似的，明天总是缓缓不来。此时我又恨这死丫头春芹，一路上拉拉扯扯，没有个正经的，简直成了我的包袱，想甩也甩不掉，我不嗑瓜子，也不抽烟，装作睡觉，没有和这死丫头说一句话，她见我这样，自觉得也讨了没趣，便呆呆地坐在凳子上，不一会儿，便打起盹儿来，我趁机悄悄地溜出房来。

一出房门来，我点着烟在走廊上踱来踱去，望着高高的天空和远处隐隐约约的层林，突然，一个念头在我的脑海中浮现："把这死丫头扔在这里，悄悄地把行李偷出来，搬到别的旅社中去，明儿个早早溜之大吉，看她烦不烦我？"我想好了，便打定主意，轻手轻脚地推开房门，来到行李旁，然后回头瞧了瞧春芹，我见她仍然睡得很香，赶忙把装电视机的行李包从床下抽出来，放在床上，背好了另外一个行李包，准备抱着电视机刚要走时，只听见春芹"哇！"的一声大叫，我便吓得丢了魂似的，把电视机给掉在床上了，幸好荧光屏没有触及床面，否则，不全碎也会半残的。我失色地看了看身后，只见春芹揉了揉眼睛说："黄良哥！我刚才梦见你变成了一条大蛇，慢慢地从脚往上爬，快要到我下身部位时，我好怕好怕！这才被惊醒了，你在干啥呀？我好怕好怕，不想离开你一步。"

我极力掩饰自己的惊慌说："春芹姑娘，别怕！有我呢！我刚才看你睡着了，我闲着没事做，想打开电视机看看，可乱七八糟的没有一个好看的节目，我便又包了起来！别傻想，我不会甩下你走的。"春芹见我这样解释，便很相信似的对我说："好厉害，哥！我帮你放到床底下去吧？"我忙说："我自己能行，不烦你了。"

我的这次北逃计划全部破灭了，我显得更加忧郁，有点儿窒息的感觉，认为精神正在遭受无情的折磨。我有点儿愤怒，但还是克制着自己，没发什么大火，去伤害春芹残缺的心灵。

艰难的一夜终于熬了过去，第二天天刚放亮，我俩便早早起床，随便吃了一点，就结账出了旅社的大门口，直向火车站奔去，因为是回家，我的心情有点儿兴奋，走起路来也特别快，有时把春芹甩得老远老远，不时等等她。这回我不想独自逃跑了，我只好与她在一起，陪在她的身旁。

这次北上的列车票是春芹去买的，她声称她要去买票时，我也没有阻拦她，因为两天的食宿费再加上小偷的光临，我已付出得太多了，我也不情愿把白花花的钱往外扔。每人九十二元五角，两人光在车票上就花去一百八十多元，这些都是春芹付的，我便有点儿得意。

我坐在北上的列车厢内，听到车上服务员说，到达甘肃需要三四天的时间，我便无聊地耐着性子等。真是"归子心切，如上弦之箭"，恨不得立刻回家。

在列车上，经过三四天的乘坐，我简直累得跟散了骨架似的，屁股有点疼，简直比那干体力活还要劳累，既不想吃，又不愿喝，好困好困！而春芹却好像没有一点儿事似的，不知疲倦，一味地追问我："黄良哥！你到底多大年岁了？家庭还富裕吧？成家了没有？"问一些乱七八糟的事儿，问得我不耐烦了，便生气地说："我年岁多大，家庭富不富裕，成亲不成亲，关你屁事。我又不和你搞对象谈恋爱，你何必枉费心机地详细了解我呢？"

春芹不知羞耻，却娇滴滴地说："黄良哥！我准备与你处对象呢！你愿意否？"

我生气极了，便怒不可遏地连说带骂："死丫头，你怎么不知羞耻？请你正经一点好不好？难道你想当第三者不成？我希望你不要提及此类事情，否则，我会对你不客气，给你难堪的！"春芹见我生气了，便一声没吭，只顾着自己嗑瓜子。

大约半小时，我累得不行了，有点似睡非睡、迷迷糊糊的感觉，便闭上眼睛想静一会。不多时，不知怎的，我有一种说不出的感觉，好像有一条蛇在我身上蠕动，缓缓地从我的背部向腹下移去，那种感觉很轻很轻，刺得我浑身有点儿痒。我顿时没了睡意，大脑清醒了许多，我便微微睁开眼睛，似睁也不全睁，从眼缝里往下瞧，只见是春芹的手在我身上蠕动着。很快，她那只手向我的钱袋那边移去，我吃了一惊，很想打这小偷一个耳光。但我很快又镇静下来，我想她把手伸进口袋，那时我连钱带手一块抓住，看她怎么给我解说？看她羞不羞？春芹的手在我的口袋的边缘来回转了几圈，但没有伸进去，却向下边滑去，她把手放在我的大腿上，轻轻地抚摸着我的腿部，手不时地向阴暗角落里移去，又怯怯地拉回来，她显得有点儿亢奋，涨红了脸，不时小声呻吟几声，脸上汗淋淋的，气喘吁吁，很快，她用双手捧着我的手，轻轻地来回抚摩，而后低头吻我的手，我的手背像被蚂蚁叮咬一般，痒得叫人难受，此时她亢奋极了，把嘴唇靠近我的脸面，眼看着要吻我的上唇，我急了，便装作猛地惊醒，把放在车窗上的右手一甩，重重地打了她一个耳光。春芹"哎哟"了一声，便赶忙问我怎么了，我慢条斯理地解说："刚才我做了一个梦，梦见有条毒蛇在我浑身上下蠕动，后来从我的腿部爬向我的脸部，我害怕极了，就甩手去打那条毒蛇，没想到打了你一个耳光，这多不好意思，春芹姑娘你别介意呀！"

春芹把头点得如捣蒜一般说："没啥！没啥！做了梦的人大都说梦话，梦中打人哩！这是常有的，我不会介意的。"她过去拿了茶杯，故意把茶杯在腿上蹭了两下递给我说："黄良哥！你口干了吧？先喝点儿茶吧！"我不好意思地接过茶水喝起来。那时，我的口舌几乎失去了知觉，不知道茶水是苦还是甜，就憋足了气一个劲地喝。

她便嗲声嗲气地道："黄良哥呀！说句心里话，我非常羡慕你也很爱你，你可知道吗？我想你想得心都醉了！我要给你做媳妇，你就痛快地答应我吧？我求求你了，你的救命之恩我无法报答，就以身相许吧。我会给你幸福的。"

我摇了摇头生气地说："你这死丫头！我早不是跟你说过了吗？我已有了媳妇，你不要纠缠我好不好？"

春芹把裙子一抖，露出白皙的大腿说："哟！黄良哥！你哄别人兴许信，可你来哄我，真是鲁班门前卖斧子，不知高低。从你的言行和行动上来看，你还是个未跟女人上过床的处男，别来骗我了。"我听了这话，又羞又气地道："春芹！我求求你了，我真的有了媳妇，别来烦我好不好？"

"黄良哥！你说实话，你是不是知道我失去了处女的贞操，而不答应我呢？其实我告诉你，失去贞操的女子才没那么可怕，更懂得生活的经验！"

听过这没有什么道理的话，我也只好将驶出的愤怒之舟拉回平静的心港，便对春芹关切地道："春芹姑娘！你要相信自己，你会找到一位属于你的爱人，那人也许比我更加适合你的，请你相信自己，不要因失去了贞操而再堕落，相信自己，不要自暴自弃。"她听完我的话，羞愧得良久没抬起头来，把头搁在双膝上"哇哇"直哭，泪水像梅花瓣一样，洒落在她那粉红的长裙上；泪水像一朵朵娇艳的玫瑰镶在长裙上，好看极了。但愿她能找到属于她的那朵红色玫瑰。唉！这一天就在这种吵吵闹闹中度过了。

北上的行程中，我无聊至极就问春芹将来打算怎么办。她好像有点儿茫然，十分悲观地说："我想做一个欢欢乐乐的人，平平安安地过一辈子。可不知道那些人们，到那时能否原谅我，能否认为我是一个无辜的人。"我便鼓励她说："春芹！人们一定——人们会原谅你是无辜的，人们的眼睛是雪亮的，容不下一粒沙子，也折杀不了一棵正在生长的小草，人们的眼睛是最公平的，往后就看你如何做女人了！"她不住地点头。

我又问及关于林玲的事来，我问春芹道："林玲的意志为何那样消沉，为何不重新做人呢？"春芹有点儿不高兴地给我解说道："唉！这个你可不懂了，失魂落魄堕落的人，她已过惯了那种花花绿绿的刺激生活，早已习惯了。林玲认为做个正经人比做下流鬼还要难，不能自行其是，她受不了常人的那种节制和约束，在她的眼里，男人只能是她石榴裙下的猎物，一旦猎获一个，她就有吃有喝，想怎么要就怎么要，先把你拉上船，把船开到河中央，然后来诈钱财，她在心灵上受到了很大的折杀，似乎不存在什么人性。她宁教天下人负她，可没有理由叫她去负天下人。即使你作为一个优秀的法官，也只能把她锁进大牢，你却没有本事去唤醒她已窒息多时的那颗心，任何人也改变不了她那荒谬的梦想。在你的眼中，她是那么的堕落，下流至极，可她看待你如何呢？是一个白痴、蠢牛，不知道什么是生活的废物。那种奢侈、荒诞的床笫之欢支配着她的意志，永远也改不了的。这也许是父母离异，家庭破散后给子女造成的恶果吧？"我听完这话，良久地望着窗外一片片的绿色田野，沉思于这无言的结局之中。

我奉劝年轻的父母亲们，为了使你的孩子永远幸福和欢乐，坚定不移地给孩子母爱和父爱吧，不要因家庭中的某种不和，去寻找新的欢乐，把孩子抛弃。请不要轻易离开这个属于自己的乐园，用彼此的真诚、理解去浇灌它，使每一朵花在欢乐的花园中常开不谢，最后成为祖国的花朵，祖国的骄傲，21世纪的接班人。

  经过四五天的行程，火车翻群山，过小河，穿隧洞，终于稳稳当当停在了兰州这座西部城市。下了车，春芹说了一大堆话，总算和我分了手。我终于摆脱了这烦得要命的死丫头，我高兴极了，提着两个大行李包，晃来晃去地乘上公共汽车，直奔自己的家乡。

流年

十七

一回到家里，父母问这问那，问这台电视机是从哪儿买的，又问为何没有和黄继宏一块回来，说他们要急死了，差点儿急出病来。我便向父母重复了这段生意经历，父母听后，都高兴得合不拢嘴，整天笑呵呵的。

自从家里有了这台电视机，到我家串门做客的人也渐渐多了起来，没了往日那种冷冷清清。一到晚上，村上的男男女女、老老少少都来我家，盘坐在炕头上看电视，指手画脚地议论着，评说着，不时地也奉承我几句，说我有本事，将来能挣大钱。我也在乡亲们的面前逐渐开始崭露头角，也慢慢地抬起头来，觉得挺愉快。

可那邻居家的秦大叔，本来和我家不太和睦，自从我家有了电视机，他从来不上我家，也不让他的小女孩到我家看电视。孩子嘛，挺好奇！偶尔有一次，小女孩偷偷地来看了一会儿电视，可一回到家里，秦大叔便在院子里追逐打骂小女孩。有天秦大叔坐在房檐下发誓，声音老高老高，都传到我家了，秦大叔恶狠狠地连说带骂："哼！你家有什么了不起，不就是有台破电视机嘛？等我过几年攒了钱，我定会买台彩色电视机，看谁家强！死丫头，倘若再上隔壁家，我定会打断你的腿！你先忍耐几年，等过些年我给你买一台瞧，他娘的！"小女孩听了，吓得躲在角落里不肯出来，一晚上都蹴在那里。这个秦大叔说起来也可真怪，他嫉妒心很强，看到别人家有个啥东西，他也要千方百计地争着买，他也不管有钱没钱，硬是硬着头皮买。倘若他买不起，就说别人家的东西这不好，那不好，声称以后要买一个好一点的，他在背地里骂我们，议论我家，说我家的短，道我家的丑，乡亲们听得多了，便把他的话全当作耳旁风，连理也不理。我家的电视时常放到很晚很晚，大伙儿见屏幕上出现"再见"二字，才有点儿不乐意地离开我家。可秦大叔这人呢，他既不上我家瞧电视剧，听听新闻，可又不肯早早地去睡觉，坐在自家的大门槛上"吧嗒吧嗒"地抽烟，一直抽到大伙儿从我家出来，他这才慌忙把烟锅子往腰带上一插，赶忙拉住大伙儿的手问这问那，问得多了，大伙都不理他，直奔自己的家去睡觉了。秦大叔有点儿于心不忍，于是跟在与他气味相投的哥们儿后边，一直跟到别人家的炕头，在炕头边一直听大伯们的讲解，把新闻和电视剧的情节全告诉他，秦大叔这才叹气离开上自己的家，此时已鸡叫两遍了，他这才拖着疲惫的身子上床，一直睡到太阳老高老高，耽误了许多活。秦大叔发誓一定要买电视，不知怎的，他还是没买回来，后来秦大叔的小丫头出嫁时，他向男方死要硬要一台彩电为彩礼，男方迫于无奈，这才答应了他，可那时节，村上的人大都有了录像机、影碟机之类的。像秦大叔这样的人，在乡下可多着哩，他们自己没本事，却很嫉妒先富起来的人家，背地里说别人的钱来得不正道，说别人的东西不是正宗厂家的货，说这家的新媳妇不是处女，说那家的寡妇很不正经，还经常外出呢！在那些人的眼里，只有苦守着一亩三分薄田，才是作风正派、忠厚老实的人，否则，他们就会对你抛来许多流言蜚语。他们不知道什么是改革策略、富民思想，也体会不到富民政策赐予他们的温暖。他们简直是历史的垃圾箱，肚囊里全是些老四旧，简直叫人不可思议。

自从这台电视机到了我们家后，给我家增添了新的欢乐和烦恼。喜的是看到了从前八辈子都看不到的东西，来的人也多了，乡亲们突然对我们亲近了许多。烦恼的是我家几乎成了俱乐部，每天来看电视的人很多很多，那些老头子们不管你活忙活闲，总是有空就来看。这可不算个啥，但对我家来说递烟敬茶的支出太大了，每晚差不多要抽掉两包香烟，每月要称好几斤茶叶，我总是不太乐意，要唠叨父亲几句。我们碍于面子，只好硬起头皮顶着。父亲常劝我说："人嘛！活着本该这样嘛。要把度量放大一点，不要在小事意思上计较。"我只好无奈地点点头。直到后来，我和我哥分家时，迫于这种烦恼，把电视机分给了我哥，我家才解除了这种不必要的麻烦。

时间过得真快，我又把一个瑞雪纷飞的冬天打发走了。我和黄继宏约好了四月份到广州去，仍跑几趟药材生意。我打点行李，准备五六天内启程时，可父母百般阻拦，我没能如愿去广州。

一天晚上，我们全家吃了晚饭，母亲忙着收拾饭桌，嫂嫂洗刷锅碗去了，哥哥一抹嘴去看电视了。我身边只剩下父亲一人，他老人家装了一锅子烟，抽了良久后，便语重心长地说："黄良尕娃，你暂时别下广州了，下半年多跑几趟就好了，我托人说情，给你物色了个媳妇，那姑娘我见过好几次，谈不上好，也说不上难看，就是身体胖了点儿，个儿矮了一点儿，我看那姑娘还挺温柔，老实忠厚的，家境也不算太穷，还读了小学，会算一点半点儿的账呢，就是她家偏僻了一些。我看那姑娘蛮好的，就给你订了亲，再过两三个月就准备着结婚吧。结了婚再下广州，做父母的也算完了一桩心事。"

我满脸不高兴地说:"爸!我就只去一趟,赶结婚时我回来就好了嘛!"父亲紧绷着脸说:"不行!这下由我决定了,不能凭你胡来,我知道你一去不回,一去就是多半年,在外四处飘荡,那我可怎么办?别骗我了,你就死了心吧!"我只好求饶着说:"爸,那好!我答应你,可你答应我去广州邀请红霞来参加我的婚礼好吗?我快去快回还不行吗?"父亲又装了一锅子烟说:"别绕弯子了,说什么也不行,你就给红霞写封信,让她回来就是了,何必千里迢迢去请她呢?"我连忙改口道:"我忘了红霞表妹家的地址和门牌号,这可怎么办呢?"父亲努了努嘴说:"那——算啦!红霞是小辈,待结了婚告诉她也不迟呀!"听完父亲的话,我有点儿愤怒,我绝望了,彻底地失望了。

我毫无心思地问父亲:"爸!那姑娘叫啥名字?"父亲听我问这些,却笑呵呵地说:"给你说的那个姑娘叫阿秀,年岁比你小两岁,我听媒人说她挺能养殖,特别是养猪,还会种庄稼干农活哩!"我有点儿怒不可遏地问父亲:"爸!你是不是老糊涂了,你怎么给我找个不大识字,专会养猪的姑娘做媳妇呢?这不要我的命吗?叫我怎样活人?怎样在朋友面前抬起头呢?"父亲却很高兴地道:"这阿秀姑娘哪一点儿不好?你若娶个识了字文化高的女人,不要你的命才怪哩。那识了字的女人大都是妖里妖气,能安安稳稳待在家里过日子吗?你稍有怠慢,她会惩治你的,我和你娘能管得住妖里妖气的女妖精吗?你说这阿秀,身体挺棒,心眼儿老实,忠厚,你整年在外边奔波,我和你娘也有个依靠呀!你说这几年你顾家了没有,家里没有个劳力行吗?再说阿秀过了我们家,可发挥她的特长,办个猪场,叫她一年喂上几十头大肥猪,也好挣几个钱,这样的好姑娘别人求都求不到呢,你还嫌她不好。"我听了父亲这荒唐的解释，我一个劲儿地摇头。父亲见我这样，便破口大骂："小杂种！不知羞耻的东西！你想过没有，你姐下个月就要出嫁了，你姐一出嫁，过上一半年，你又和你哥分家，没个照顾家的行吗？看看你，干柴棒似的身子骨，能支撑住这个家？所以我专给你找了个胖媳妇，我是铁了心的，说别的也没用。"

我无言地溜了出来，悄悄地到了母亲身旁，这回我在母亲面前流了泪，这是我第一次在母亲面前哭泣。我乞求母亲道："妈妈！你劝劝爸吧！我暂时不想结婚，等我挣了很多钱再结婚吧，我也不想要那个大胖姑娘，我讨厌那粗笨如牛的姑娘，她实在不适合我呀！"母亲见我可怜的样子，就去劝导父亲，我便倚在窗前偷听，只听得里面传出母亲的声音："孩子他爸，孩子他还小，就等几年吧？再说孩子他不大愿意，就让他混几年吧？兴许能找到一个合适的姑娘，你就别勉强他吧？"父亲便连说带骂地回母亲："小个屁！都二十五六了，还小？如果我答应了他，由娃胡来，错过了年纪找不上媳妇，这个责任你担当得起吗？你说别让娃结婚，好！我答应你，那以后我可全不管了，你看着办吧！"母亲一听这话急了，便无奈地对父亲说："娃他爸！这样的大事我管不着，你看着办吧。"

就在这个晚上，我嫂子做了房，给我们家生了个大胖小子，我们全家高兴了好大一阵子，父亲乐呵呵地给侄儿取名叫平平。在这大喜的同时，由于父亲的固执，我只好一步步走向"包办婚姻"的殿堂。父亲没有因平平的降临而改变他对我婚姻的策略。我只好用痛苦、绝望和泪水走向人们所谓的"幸福之源"，苦涩地吞咽着其中的苦水。这导致了我后来常常飘游在外，有家不归。

过了两三天，说亲的媒婆来到我家，父母忙着为她沏茶敬饭。那中年婆子悠然自得地对我父母说："黄良他爸，他妈，姑娘的父母想要看看未来的女婿哩！说你娃到她家来一趟，她父母听说黄良长得俏，他们要亲眼相相看呢！到底长的个啥样？你父子俩就抽空上一趟马龙沟吧？他们等着哩！去时别忘了给黄良买件像样的衣服，你们就买套西服吧！穿着阔绰些，让女方家不要小瞧你们，再有一点就是礼品要好一点，女方的规矩是双四色，你就来个双八色礼品。"父亲挠挠头，难为情地问媒婆："那什么好呢？"媒婆子咧咧嘴笑着说："我给你参谋参谋，带两瓶醉春风，两斤袋装冰糖，两斤春尖茶，两个葡萄大罐头，两斤鲜点心，两斤大苹果吧？你看黄良他爸，这行不？"父亲直点头说好。最后媒婆子挪挪屁股说："女方要五千八百元的彩礼，你出了五千二百元，你俩别再讨价还价，我商议好了，就以五千五为准吧？往后过门来她对你们乖一点，干活卖力一点，你看这不值得多花几百元钱吗？"父亲装上烟锅子，边听着边应诺着。接着那媒婆子又把阿秀的勤劳、精明等吹得天花乱坠，不知道天东地西，说阿秀的养猪本领如何的好，唠叨了半天，这才出了我家的门槛。媒婆子前脚一出门，我便追过来问父亲："爸！这桩婚事我看还是退了吧？我去年是挣了一点钱，但哪有这么多钱去支付昂贵的彩礼呢？女方光要彩礼就是五千八百元，加上要这要那，我看光女方那边没一万元下不来哩！再加上自个儿办宴席，要很多很多的钱呢！不如趁早退掉吧？别要这乡下的千金小姐，过几年再说吧？"父亲努了努嘴说："你懂个啥？钱是个啥东西！它就是身上的污垢，来了又去，去了又来，反反复复地转来转去。不够我想想办法，你别担心，我去借一点儿呗！反正讨得这个姑娘就行，你别劝我推掉这婚事，我是死了心的。关于钱的事儿，你也别费心思，我去借好了。"听完父亲这话，我便彻底绝望地迈出了房门，回到了自己的小房中，无聊地躺在床上想着一切。我很希望把时间的双腿折断,让它慢些走,看到一天天流去的时间,我好怕那个黑色婚日的来临。

这天晚上,我又一次失眠了,趴在枕头上,在绝望中思索,直骂阿秀的娘:"她娘的!这乡下人究竟是什么东西?要价为何如此高,这女人难道是真正的商品?看看药材市场上的软黄金——虫草,才要价每斤两千元左右。可要把阿秀娶进家门,费去我近两万元的血汗钱。同时我也在想,阿秀再胖,就是个肉葫芦,也不超二百斤吧?算细账来,她的肉每斤达一千多元,难道她的肉体是用黄金铸的不成?这太不合算了,真是可恶!可——恶!"也怪父亲这个老固执,偏偏要给我娶这个阿秀。父亲口口声声说山外人妖气,可是山外人再妖,她们能要这么多彩礼吗?真是一群穷沟沟里的老守旧们,顽固得不可造化。

乡下这种高昂的彩礼,是乡下人受苦和许多人打光棍的原因之一,即便你借钱娶了媳妇,也会欠下一屁股债的,日子能不穷吗?再说许多做儿女爹妈的,若自己娶媳妇花去了一万元,他们想尽办法,要在自己闺女身上赚下比这更多的钱。真是有点以牙还牙,简直不可思议,这致使许多年轻人娶不上媳妇,打一辈子光棍。在这里,我呼吁农村里的人们,做好儿女爹妈,应该处处为儿女着想,不要把双方弄得山穷水尽。若那样,你的闺女一辈子也过不上好日子。现在是市场经济发展的新体制社会,应该移风易俗,节约办婚事,不要那样顽固死守,脑瓜子要放开些,不要在儿女们的幸福乐园中去播种苦果,这不仅是对儿女们无言的伤害,也是一种折杀。

过了几日,父亲准备好了那些所谓的八色礼品,便催我理发。我心里不大乐意,可还是遂了父亲的心愿,随便整理了一番,便急三忙四地奔向乌龙沟,到阿秀家相亲。

那天我和父亲很早就起床了,随便吃了几嘴,便急匆匆地上路了,路过媒婆家门口,便叫上她一起上路了。

翻了七八道岭,过了五六条沟,我累得直喘气,我和父亲轮流换着背行李。我心中不住地想:"这路是平川该多好!骑自行车就好多了。"可把我累死了,我的脚走得又肿又疼,便不住问那媒婆:"大婶,到了没?我快渴死了,累死了!"那媒婆总是慢慢腾腾地回答我:"大侄!快了!快了!再加把劲,翻过几道岭便到了。"一听这话,我可恨死这门亲事了,心中暗骂:"她娘的!如果再走几遭,不把我父子俩累死,也会累出病来的。"

又经过三四个小时的山路跋涉,媒婆这才指着远处的小村庄说:"你俩瞧,望见村头了,你俩也松口气吧!"

终于进了阿秀的家门,出门迎接我们的是一位中年妇女,我猜她大概是我的丈母娘了,随后跟着阿秀她爸,我过去一一行了礼,他们满面春风地让我们进了屋子,然后忙着沏水倒茶,又端上一盘热乎乎的油条。我早已饿得饥肠辘辘了,经阿秀爸一敬,我便不推辞地大吃起来,没有一点儿客气的样子,吃过饭,媒婆和阿秀她娘在外嘀咕了一阵,媒婆便跑到我面前说:"黄良!阿秀她家的后院可好了,有梨树啦,鸡啦,小泉啦,你过去瞧瞧,散散心吧!"说毕便向我指了指后院的门口。

我一推开小门,只见果树底下一群鸡儿在乱飞乱跑,满院子都是鸡粪和果树花瓣,乱糟糟的一片,一个胖姑娘正低着头在猪槽里拌猪食,我就肯定她是我未过门的媳妇,因为我不太乐意,我也没过去和她搭话,无聊地欣赏这小后院的风景,阿秀拌完猪食抬头一看,忙把搅食板一扔,搓搓手,羞羞答答地红着脸开口道:"是你呀!你为啥不多休息一会儿,跑到这里干啥?"我便"嗯"了一声,随便应付了几句。我一瞧那阿秀,她给我的第一印象简直是个肉葫芦,我有点儿厌恶,我结婚后就一直称她为"肉葫芦"。她个儿不高,加上这浑身上下的肉,显得愈加矮小了,她好胖好胖,整个头部像一个饱满的西瓜。她一笑起来,两只眼眯成一条线,瘪瘪的大肚子,短短的双腿。我越看越不顺眼,简直恶心极了,可父亲逼我娶她,我也毫无法子,只是对父亲增加了一份恨意。阿秀见我一直瞧她,害羞地跑向猪栏,把五六头猪放出来,然后守候着猪进食,她望了望五六头肥壮的猪有点儿得意地问我:"黄良哥!你家也养猪吗?你看我这猪肥不?"我摇摇头说:"我家没有猪,也没养过猪。你喂的这些猪真肥,大约二百来斤吧?你简直把猪喂成了一个个肉葫芦,准会卖个好价钱的!"

阿秀没理解这话的用意,便有点儿得意地自夸道:"这些猪每头都在二百五十斤往上呢!再喂十几天就出栏了。我过了门,帮你养十几头猪好不好?这养猪益处可多着哩!

"养了猪,就能积攒粪土,把粪土上到地里,庄稼准能有个好收成。卖了猪,还可以使几个零用钱,你看好不好?"

我只是在鼻孔里"哼!"了一声,对她的话,我只是一一应诺,没说半句话。说实话,我对这个"肉葫芦"阿秀没有一点儿的兴趣,与她一起,更谈不上有什么感情,自觉得有点儿窝囊。太阳快要落山时,我和父亲在他们好客地劝阻中离开了她家。一路上我和父亲默默无言,一直到了家中,我与母亲招呼了一声,便回房休息去了。

过了一个月余,父亲为了攀接山外有钱的人家做亲戚,把姐姐嫁给了一个较富裕的庄户人家,男方家的孩子名叫林升,我也不全知林升的底细。父亲草草就让姐姐出嫁了,我很担心姐姐的婚事,担心她日后日子好不好,后来我知道姐夫林升还不错，这才放心了。

五月十四日，是我结婚的日子。父母、哥嫂为了我的婚事，整天忙个不停，给这亲戚送礼，给那大叔通知，终于唱完了请人参加婚事的戏，就到了娶亲的日子。

那时正值五月时节，农活都不很忙。我这次结婚时比往日哥哥结婚闲些，所以来的亲戚们多些。这次和哥哥结婚那次一样，大舅、阿强和姑姑都来了。其中来了几位稀客，他们就是我的同班同学王忠、吴平、王红等，表妹红霞和丹炳收到我的信也来了，他俩顺便看望一下红霞的爸妈，所以不辞千里地来了，乐得我姑姑和姑父整天合不拢嘴地唠叨："来了好！来了好！"喜林大叔作为我的长辈，他推辞没来，却给了我五十元钱，算是他的贺礼了，这在乡里来说，他给我长足了精神，我从内心知足了，懂得他老人家的意思。

洞房花烛夜，王红、王忠、吴平、阿强等人带着几分醉意来闹洞房了，他们给我出洋相，出坏点子，我窘极了。他们却笑着对我说："你真有艳福！娶了一个稳如泰山的好老婆，一胖一瘦正合适，能取长补短，是天生的一对，地造的一双。"并祝我夫妻俩白头偕老，永远幸福美满，我便向同学们一一致谢，用笑脸苦肠陪着他们。大伙儿走光了，我又累又气，便坐在椅子上一个劲地抽烟，心中反问那些老同学们："你们可知道我的痛苦和忧愁吗？我好痛好恨！"想着想着，就越来越生气，只是一根接一根地抽烟。阿秀见我这等模样，便关切地对我说："黄良！你抽烟我可不管，不过你还是少抽一点儿吧？它会损坏身体的，时间不早了，咱们上床安歇吧？"我便没好气地回阿秀："我不累，你少啰唆！你先睡吧！"阿秀没吭声地去睡了。

我见阿秀入睡了，这才另掀开一条被子，把枕头往外一拉，悄悄地睡在她身旁，新婚之夜我没和她同床。后来阿秀对我再三体贴和百般温顺，我也慢慢没和她赌气，这才同床共枕，永结百年之好了。

我从绝望、痛恨中娶来了这么一个胖媳妇，那时的悲痛心境，真正体会到了"茫茫人海，知音难寻"，我对她毫无感情，非常冷淡。后来阿秀实在对我好，也会疼爱我，在生意上非常支持我，帮了不少大忙。我迫不得已，作为对这种帮助的报答，化痛恨为爱，把爱的阳光洒在她的身上，使她得到了温暖、幸福，彼此成为知心的小夫妻。后来，老同学们逢到我时常笑着问我："你先前可恨的肉葫芦，不知怎成了你舍不得的金葫芦，告诉我哥儿们吧！也让我们讨个金葫芦。"我只是难为情地笑笑而已，这就是对他们的回答。

在乡下可恨的包办婚姻之中，我是最幸运的一个，这也许是老天的安排吧！在我自己的身上没闹出什么悲剧，这也许与我的性格有重大的关系。我奉劝年轻的朋友们，从包办婚姻的牢狱中走出来，去找一片有阳光的温暖地带，在地带上，我相信你能找到一位合适的伴侣。只有这样，你才会找到一位真正的情人，若不然，情人很快变成仇人，致使悲剧重演，请从包办的婚姻中走出来吧！否则，你不会有我这样幸运，你会后悔一辈子的。

有多少桩包办婚事，就有多少风情曲折、悲欢离散的一幕。请稳撑住自己的生活小舟，使它安然航行。

十八

我草草结了婚,因不太愿意这桩亲事,因此急急忙忙带点儿行李,等黄继宏从广州一回来,马上上集镇收些药材,跑趟生意赚点儿钱。

终于,黄继宏从广州回来了,我忙问这几次生意跑得如何,他便垂头丧气地说:"不太好,差点儿亏了许多。我到广州后,按照你所述的地址,几次去找你表妹,可她家总是上锁,后来我打听了一下她的邻居,邻居说她早离开广州了,回娘家探亲去了,我无计可施,耐着性子等了许多日,迫不得已把药材廉价卖了,总算保住了本钱。"我安慰黄继宏道:"你别灰心丧气,我好恨这亲事,不愿在家里多待一天,我把家务搁给老婆,我俩赶快收些药材,好好跑几趟生意,那时我想表妹他们肯定回广州了,咱俩好好干一番吧!定能赚一大笔钱的!"

黄继宏高兴万分地道:"好!黄良弟,这回我听你的,还是你有法子,有高招,真是有志不在年高!噢!我差点儿忘了,你结婚时我没顾上来,家里也没来人给你送点礼物,怪不好意思的,你说说那媳妇还好吗?"

我极力掩了掩心中的痛苦说:"宏哥!还算可以吧,世上的事儿就是这样的不公平。一个好男人老天给安排个丑八怪女人,一个瘦小子给你配个大胖姑娘。我那媳妇连我看都不顺眼,唉!没法子呀!胖就胖吧,将就着过呗。这也许是我少年时浪荡的报应吧?"

黄继宏点了一根烟,上前来劝我道:"大兄弟,别灰心,别丧气。俗语说得好'人不可貌相,海水不可斗量'。你媳妇胖就胖点儿呗,说不定她会给你带来胖福的!我这五十元钱,就算是表达个意思吧。"说完便从口袋里抽出钱来递给我,我窘得不成样子。

我极力推却,但黄继宏还是不死心,三番五次地硬塞给我,我只好恭敬不如从命,把钱接过来,黄继宏这才露出高兴的样子来,笑嘻嘻地点了根烟与我闲聊。

我和黄继宏约好明天到县城赶一趟集,收些好药材,收好了准备下广州,两人商议定了,一看天色,时候不早了,便各自回家了。

一回到家,我把准备下广州的事儿告诉给了老婆阿秀,阿秀却关怀备至地唠叨道:"哥!我俩刚结婚,你这一走,剩下两间大房子让我独个儿守着,你知道我的孤单吗?我也好怕呀!再说你到外边做生意,到处游荡,饱一餐,饥一顿,你身子骨能顶得住吗?外边好危险,我好怕好怕!我求你别去了!我给你养几十头猪,够你零花钱用的,这样好不好,你待在家里,别到外边去,帮我把猪喂肥了卖掉,然后买台四轮拖拉机办个猪场,你就答应我这一次吧!"

我有点儿不高兴地指责老婆:"阿秀!你真是个女强人,女能人,刚过门就开始管起我来,我可不吃你这套。我警告你,我们男人的事儿你们女人少管,最好别管。在事业上,我走我的独木桥,你闯你的阳关道。

"咱俩互不干涉,各行其道,我可不愿意窝窝囊囊待在家里做娘娘,那是你们女人的事儿。我主意已定了,别来烦我,否则,我会给你下不去台的。"阿秀见我生这么大的气,便喃喃地哭泣了一会儿,离开床去做饭了,我开始蒙着被子大睡起来。晚饭时分,阿秀才怯生生地将我喊了起来,我才不乐意地一撩被子下了床。

第二天,天微微亮,我便从梦乡中走入现实生活,草草地洗漱完毕,推了自行车上黄继宏家找他。因为昨晚憋了一肚子气,走的时候我也赌气,没给阿秀留一句安慰的话。直到今天,我才理解阿秀当时的心情。她是挺难过,挺伤感的,我也恨自己不应该对阿秀那么狠,我走时,阿秀流了泪,从玻璃窗前偷偷张望我的身影,我却头也没回,跨上自行车溜了。

我叫上黄继宏直奔县城,我和黄继宏骑着自行车边走边聊,经过一片片绿油油的麦浪田,跃过一道道流水小桥,我俩便进入县城地界了。我俩穿梭于人来人往、车水马龙的闹市区,掠过一条条高挂在空中的横幅,便进入药材交易点。

我俩一进入药材交易点,觉得面貌与去年大不相同。这个小小的交易点与前两三年相比,发生了巨大的变化,不再是那种露天交易所,取而代之的是宽敞、明亮、整洁的塑料大棚,太阳照在上面,整个大棚像一个温室,进入里面热得叫人有点儿受不了。再转过眼来看那些药材,药农们把它们排列得整齐有序,并用橡皮筋一捆捆地扎着,不再是那种凌乱的散药。一捆捆叠起来,形成了一座座高低起伏的小山丘,即使像虫草等贵重药材和不易捆扎的药材,也大都装进纸箱内,箱口敞开着,等待着药商的惠顾。

我和黄继宏这里瞧瞧,那里看看,没有跟一位药农讨价还价,最后我和黄继宏商量着,琢磨着。我问黄继宏:"这些药是新鲜的,可一个个都是湿淋淋的,咱俩先别收购吧?过几天等干的上了市，咱俩再收吧？"黄继宏却对我说道："大兄弟！你看着能不能将就？能将就着，咱俩就收购一点快些下广州吧？我有个好主意，在药箱的底下装上湿的，在上面装上一层干的，这一来可以蒙混过关，二来可称点秤头，咱俩上次到药厂时你也看到了，中药炮制厂的负责人只看上面，不翻下面，一运到仓库把药卸了，谁知道是我俩的药材，你说这样干行不行？"

我有点儿不高兴地道："宏哥！若药运到广州，卖不掉全烂了怎么办呢？"

黄继宏自作聪明，露出一副好商量的样子说："小兄弟，这个你不用担心，这好办，在每个纸箱上捅上许多小孔，这样通风通气，保证不会烂的，保证运到广州的药材与现在的一模一样，药不会烂的，这我全担保着。"

我有点儿生气地说："宏哥，俗语说得好：'君子爱财，取之有道。'你我若这样坏心眼，用湿药蒙混过关，拉到中药炮制厂，负责人不发现就算你我运气好，可发现了怎么办，这岂不是搬起石头砸自己的脚吗？不就是断了自个儿的生财之路吗？我可不愿做着昧良心的生意，要干你自个儿干吧，但最好别给丹炳添麻烦，我嘛！搁几日再说！我可不愿人们骂我为'奸商'。"

黄继宏见我生气了，害怕失去我这个生意场上的朋友，赶忙给我递了一根烟，忙赔笑着说："好！好！小兄弟，我知道我错了，我全都依你，你说收购干的、鲜的药材，就按照你说的吩咐做是了，这怪我脑子真笨，没想到砸自己的饭碗，就按照你的办好了。咱俩下馆子去好好吃一顿，就算我请客了，再过几日干的上了市就收购吧！"

我没好气地推着自行车跟着黄继宏出了药材交易点，准备寻个阔绰一点儿的馆子大吃一顿。我俩在人群之中穿来穿去，刚寻到拐角处的上坡路上，我俩瞧这里人多车多，怕不小心碰伤了行人，就下了车推着往上走。走着走着，看见了一辆装破烂的人力车在往上缓缓蠕动着，几乎是停在路中央，阻碍了交通，那老头子头上压着一顶很大很大的破草帽，颜色有点儿发黄，老头一见阻塞了交通，他也急了，用双脚死死蹬住水泥马路，用全身的力气往上拉，但人力车的轱辘丝毫不动，故意跟老头作对。后面的一群人见车子停在路中央，连说带骂道："喂！老头，把车子拉到一边去吧？别妨碍我们走路。"这下老头子可着慌了，赶忙对眼前的一位女人和先生求道："我求求大姐、大哥了，帮我推一把吧！好让我拉上去。"那女人撩了撩秀发说："臭死了啦！脏死了！谁愿意推搡你那个脏兮兮的车子，我要上班去，可没工夫，你央求下一位吧！"那老头一连央求了许多位，大都是这样的回答。那老头子没法子了，把草帽扔在车子上，准备拼死命去拉。

那老头子在扔草帽的一瞬间，他把头往后一转。我在人群后面吃了一惊，定睛一看，没错！就是喜林大叔，我把自行车扔给了黄继宏，便扒开晃动着的人群，边走边喊："大叔！等等我，我来了再走！"喜林大叔此时也瞧见了我，便有点儿受宠若惊的样子，脸上露出一丝丝笑意。

我用尽力气推着，车子慢慢地往上移动着，后边的人群跟着车子也在蠕动，我俩很快把车子推上了这段上坡路，人群一下子四处散开了，喜林大叔便把车子往路旁的林荫下一放，蹲在道牙上，用白大汗褂擦了一把汗，然后装了一锅子烟，气喘吁吁地说："今天多亏了你这小子的帮忙，不然，我上不来哩，会把我累死的。你瞧瞧城里的那些人们，真他妈的缺德！连这么点儿忙都不帮，你说叫人气不气。哎！大侄，我听说你娶了个好媳妇，我忙里忙外，没亲自给你道个喜来，这下大叔给你赔罪了，请你原谅大叔。你说那媳妇还顺心吗？"

我答非所问，不好意思地说："大叔，哪里！哪里！你给我帮助那么多，你怎么给我赔罪哩，而是我应该好好地酬谢你才对呀！到了春节，俺定会去看望你老人家的。"

喜林大叔随口说："没啥没啥！过去的那点儿帮助是我们做长辈的应该做的，再说我和你父亲是老交往，老相识嘛！那点儿帮助是不值得一提的。"说完便在鞋帮上扣了扣烟锅子，插在腰带上。我赶忙拿出带过滤嘴的香烟，上前递与喜林大叔说："你老尝尝这现代的吧！"

"好！好！我可不喜欢抽这现代的，那味儿太淡了。不过是你小子的，今天我就开开洋荤，吃他一根也算是你的喜烟吧。"

我高兴地给他老人家点着了，然后不好意思地开口说："大叔，你借我的那五百元钱，今年我娶媳妇背了一屁股的债，做生意有点儿短缺，今年恐怕不能还你了，你看这——这——多不好意思，等我跑几趟生意，赚了钱，一定还你好吗？你啥时候急用，你就提前通知一声，我给你想个办法呗！"

说完此话时我已涨红了脸，但喜林大叔若无其事地说："别急！别急！我没事儿，慢慢还吧。反正我不急用，再说我手头也不太紧，你就安心地做你的生意去吧。可有一点，我要告诉你，日后成了大老板，别把我这个老头子忘掉就行了。"

我赶忙答道："哪里！哪里！我决不会忘掉大叔的，果真忘掉了，那就叫我天打五雷轰，不得好死！噢！我差点儿忘记问你了，你老人家一个人待在家里，把庄稼种好点儿，够你吃一年的，为何跑到这里受这份洋罪呢？"

喜林大叔有点儿神秘地说:"谁说我光棍一大口呢?我还养了一个被抛弃的女孩呢。那女孩子模样挺俊,脑瓜子挺灵呢,我还供她上学!你想想,趁我有点劲不攒点钱,到我老了,还拿什么供我的小玲读书呢,这收破烂就是脏点,累点,可比工地上的活轻松多了,挣的钱也多着哩!每天可赚二十来元,城里人称我'破烂老头'呢!"

我内心有点儿震惊地又问道:"大叔,你对收养的小玲这么疼爱,还送她念书,将来她若考上大学远走高飞了,把你搁下了不管,你不就落得个人财两空的结局吗?你看看社会上的某些人,翅膀长硬了连亲爹妈都不养的多着哩,你能保证小玲将来为你养老送终吗?"

喜林大叔不焦不躁地说:"你没有听说社会上现在搞什么希望工程吗?号召大家捐款救助失学儿童呢!我把小玲捡来收养,不为别的,也算是为社会做点儿贡献,也为自己积点儿阴德呗!我若老得不行了,到时候她养不养我,就凭她的良心吧!我可管不了这些。我眼看小玲长大,能考上大学,做一个对社会有点贡献的人,我也甘心了。"

亲爱的朋友们,你们读到这里,是否被喜林大叔的这种精神所感动。假若你们有能力,请少抽烟,少光临一次卡拉OK厅,拿出你生活中的一小部分,帮助幼稚的孩子们去找回他们流失的童年梦,做一点力所能及的公益事业,为贫苦的儿童伸出温暖之手。我也呼吁全世界:"让我们共同伸出友谊之手,一同托起明天的太阳,使每一个太阳光芒四射。"

喜林大叔叹了一口气,望了望将要西落的残阳,拍拍我的手说:"大侄,快回去吧,时候不早了,看黄继宏的样子,他已不耐烦了,你两人先骑车走吧!"黄继宏听这话,不好意思地寒暄解释了一阵。而此时此刻的我,听了他老人家的话,很不愿意先走，我总是爱跟他老人家多唠叨一会儿，这样才觉得舒坦些。我转身招呼黄继宏道："我帮大叔推推车子，他老人家这么个大车也够苦的了，我和大叔边走边聊，你先走吧？"

可喜林大叔笑呵呵地说："不用了！不用了！大侄！你跟他一块回吧！这段路平着哩，我拉起来不费力，我边走边收点，咱俩以后好好聊聊，快回去吧！别让你媳妇着急等待。"迫于这种解说，我只好和喜林大叔道了别。

我和黄继宏骑着自行车走开了，走得老远老远，但我忍不住不时向后张望，多么想多望一眼喜林大叔那高大苍老的背影，偶尔，"收破烂啦！有破烂收吗？"在我脑后若有若无地飘来，那声音是那么的微弱、孤独，最后随风飘散。

我和黄继宏边走边聊，走着聊着，他忽然惊讶地说："哎！今天说好了我请客，可你和那喜林大叔唠叨了半天，我也差点儿给忘了，咱俩再往前走走，到村头的大肉馆去，来二斤猪头肉，再加一斤白酒吧！"我声称家中有急事，连忙推辞一番，黄继宏硬拉死推地要我进去坐坐，尽管这样，我还是回绝了他，说了一声"改日吧！"便急急忙忙与黄继宏告别了。

我一踏进家门口，可乐坏了我那胖媳妇阿秀，她赶忙上前来问长问短，唠叨地问我为啥没去广州又回来了。口口声声念道："不去广州就好。"我对这些言辞无动于衷，随口搪塞了几句。

这天晚上，我一钻进被窝，好想立刻进入梦乡，做个好梦。可媳妇阿秀偏不遂我意，一个劲地劝我别下广州，想方设法拴住我的心，问这问那，问得我简直讨厌极了，我就闭口不言。可阿秀越来越来劲，最后竟然挥了挥肥胖的胳膊，用劲揪了一下我的耳朵："我这是最后一个问题，你不许不给我答复，我央求你了！"

"你爸让我喂八头猪,我自个儿琢磨着养二十头猪好一点,反正是养,就多养几头吧!你说说,按我们家的情况来看,养几头合适呢?你一定参谋参谋。"

我懒懒地回答说:"你和爸商量着办吧!养几头就养几头去!我可不管,我不操这份心,也不希望使你的钱,由你们看吧!"阿秀听了我这三不管的话儿,气得涨红了脸,良久才努出几句骂人的话来:"你——你这没良心的,你到底跟我一起过不过,不愿过你就直说了吧!你是不是外边有了女人,就嫌弃我了。"

我随口带着笑意说:"阿秀呀!我可没说不跟你一起过,这是你自作多情,现在这样过日子不挺好嘛?我对你早就声明过,男人的事儿女人甭管,女人的事儿男人也别管,你少来烦我,作为一个人,我有许多女同学、女朋友,有了怎样?是不是搬倒你这醋坛子啦?别吃醋了,那些女朋友、女同学难道能成为我的老婆吗?如果真是那样,我也受不了的。"

阿秀听完我这话,便气呼呼地钻进被窝,拉灭电灯,一声不响地入睡了。可我真奇怪,这下子全无睡意,想这想那,很想跟人谈谈心里话,听着老婆的打呼声,她活像一头死猪一样睡得那样死,那样沉,我透过玻璃窗,独自享受这黑色长夜赐予我的寂寞与孤独。

我在家里闲待了二十多天,整天骑着车赶这集镇,跑那市场,一天下来,累得像散了骨架似的。老婆阿秀见我累得不成样子,常给我端来洗脚水,渐渐地不和我吵闹了,我也觉得有愧于这个老实巴交的媳妇,再也没有和她吵嘴斗气,渐渐地体会到了与女人一起过的幸福滋味。

经过不知多少个日日夜夜的奔波,我和黄继宏总算收到了一车新鲜的干药,买了许多包装箱包装了,便雇了一辆东风车，直奔广州，又走向那生意市场，去赚那个人人想拥有的钞票，我们怀着满腹收获的心情，急速把兰郎公路甩得老远老远。

十九

经过三四年的奔波,我和黄继宏一起风里来,雨里去,来来回回、忙忙碌碌地跑,总算赚得一大笔可观的钱。逢冬时节,药农们卖出的药少了,我和黄继宏也懒得去收购,等开春药材上市再说,我就在家中闲蹲,随意翻翻书或看看电视来消磨时光。

腊月将尽,爸妈、哥嫂们都忙于办年货,我只是给他们钱,剩下的事儿我一概不管,大都和年纪相仿的年轻人们一起下下棋或晒晒太阳聊天。

腊月二十七这天,母亲再三催促我,让我带着阿秀去县城里溜达溜达,顺便理理发,给阿秀买套衣服,口口声声说阿秀一年到头地忙里忙外,没上过几次县城,让阿秀开开眼界,顺便还让我俩照个合影像。最后还嘱咐我道:"黄良!回来时别忘了给你侄儿平平买几串鞭炮,平平都要过几回了。"我经不住母亲的唠叨和催促,心里不大愿意地带着胖老婆离开了家门口。我心里老大不情愿,把阿秀捎带在自行车后边,慢腾腾地走着,不时地用眼睛看看路上的行人,我好怕路上碰到一个熟人。

一路上,阿秀问这问那,问这个地方叫啥,那个村庄叫啥名,问得我懒得理她,便有点儿生气地说:"别问那么多,往后你自己会知道。"阿秀见我不大理她,便也不吭声了,我使劲踏着自行车的踏板,很快把一个个行人甩得老远老远。

　　一到了县城,阿秀看这望那,似乎什么在她眼里都是新、奇、怪,很久不愿意把目光移开,我见她这种情形,便催促道:"快走吧!阿秀!别磨蹭了,不然,过年时节理发的人很多,咱们理不上发的,回去妈会唠叨的。"阿秀便点头"嗯"了一声,这才跟在我屁股后面,在人群中穿梭。我俩选了一个"茜茜发廊",我便支了自行车,掀开半透明的门帘进去了,一进屋,理发师忙招呼我俩坐下稍等,说这位大姐的发马上理好了。我坐在床上,点燃了一根烟望着理发师理发。只听到理发师问那理发的大姐:"大姐,你想留个什么样的发型?"那理发的大姐随口答道:"大姐!我是庄稼人,不要什么好看的发型,只要短一点,轻松一些就好了。"我听这声音,觉得有点耳熟,我很想走到正面瞧瞧这张脸孔,这大姐到底是谁?但出于礼貌,我没有上前去瞧那位大姐的脸容。很快理发师把盖在那位大姐肩部的白大巾一掀说:"好了,大姐。你到后边的镜子中去瞧瞧,好看不好看?"那大姐很快离开转椅,正准备往镜子旁走去。她一瞧见我俩,便大叫道:"黄良!是你呀!怎么也带嫂嫂来理发了。"我好惊好惊,赶忙起身回敬道:"原来是王红呀!我还当是谁?怪不得和理发师谈话时,我觉得声音好熟好熟,几年不见,你长高了许多,俊了几分呀!与先前是两个模样了,简直不认得。你理发是不是为结婚做准备呢?快告诉我,大喜之日是哪天?"王红憋红脸说:"黄良!不是!不是!全不是!过年了,我想理理发轻松轻松呗!再说我还没有对象呢!现在不打算马上找,过一两年再说吧!"我听了便点头称是,此时的我,若不是我老婆在眼前,我非激动得抓住王红的手捏几下不可。

理发师泼了污水,一切准备好后,很有礼貌地催促我说:"先生,你边理边谈吧?"我推了推阿秀说:"你先来理,我和王红先聊聊吧。"媳妇便一声没吭地坐到理发椅上开始理发。

王红问我:"黄良!听说你下广州跑大生意啦!当上大老板,挣了很多钱吧?"我便挠挠头,不好意思地开口说:"是挣了一点,但谈不上很多,唉!还算凑合呗!"王红微微笑了笑说:"黄老板!等我有一天有空了,让你请客啦!也让同学们沾沾你的福吧?"我痛快地直言道:"一定!一定!你可要赏光呢!"

我突然若有所思地问王红:"老同学!你都二十七了,为啥还不想找对象成个家呢?你应该为自己的生活负点责呀!我给你物色一个吧?"王红十分伤感地说:"老同学!说句心里话,我很想找个对象成个家,也不愿听那些从背地里传来的流言蜚语。可我不敢走'出嫁'这一步呀!若我找了对象,嫁出去。我那可怜的弟弟会失去上学的机会,没人供他读书。再说爸妈都病魔缠身,整天卧床不起,老人家们需要照顾呀!我不忍心一嫁出去了之,只好推几年再说了。"说完时已从眼缝里流下伤心的泪水,她使劲抹了一把,便不再言语了。

我也问得有点不好意思,就安慰她说:"王红同学,别伤感!随着时光的流逝,它定会把你的痛苦带去的。你会找到一个称心对象的,看你这样孝敬父母,关心小弟,老天一定会看得见的,老天是有眼的,它一定不会辜负你的期望。"

说着便从口袋里抽出五十元人民币,硬塞到她手中,然后用双手捏捏她的手说:"你先拿去用吧,老同学!给你弟弟交点儿学费,今天我也没多带钱,这五十元你先收下,顺便代我向你的双亲大人问安,就算是我的一点点心意吧!"

王红百般推辞,总是不肯接,就对我解释道:"黄良!我也知道你结婚没几年,何况结婚时欠了一屁股债,家境也不太富裕,我怎好意思向你张手呢?你还是自个儿留着还账吧!"

我有点儿生气地道:"王红呀王红!你不要推辞了,赶快收下吧!你的小弟弟就是我的小弟弟嘛!我能眼睁睁地看着他念不起书吗?我于心能忍吗?我手头紧是紧点,可我挣钱比你容易啊!就算是我借给你的,日后什么时候方便,就什么时候还我好了!"经过我费舌费口地说了一大串,王红这才收下钱来,她把纤嫩的双手抚在我的手背上,用双眼注视着我,已有几颗泪花挂在眼角上,一看这,我的脸上火辣辣的,我多不好意思,赶紧把自己的手抽出来。我搭个话茬说:"王红,你若有事,就先回去吧!"王红却不焦不躁地说:"不,时间还早着哩,我陪嫂嫂聊一会儿。"这时阿秀转过头来问我:"你说我留个什么头型呢?"我信口道:"你自己看吧,反正别太土了就行了。"阿秀说:"那好,我留个短短的头型吧!"我转眼一想,连说带骂道:"留长一点!你真也笨,若短了,你那大脑袋看起来简直比大冬瓜更大了,更难看了。"阿秀默然地应了一声。

很快轮着我理发了,电动理发剪在我耳旁嗡来嗡去,听不清阿秀和王红在聊什么,不时传来她俩的大笑声,两人显得很高兴,好似亲姐妹那样亲热,我也高兴得乐弯了嘴。

头很快理好了,我便随手从口袋中掏出十元钱递与理发师说:"小姐!把三人的一起收了。"只见王红过来推推我说:"让我付吧!"经过再三的费舌争论,最后她才同意我付钱,我付了钱,三人一起出了发廊。

我边走边对王红说:"老同学!今天我就请你和阿秀的客,咱们到餐厅好好乐一顿吧!"

王红赶忙说:"黄良!我是开玩笑的,别当真!不去了,你给我的够多多的了,我怎能让你再破费呢?再说我妈让我打点豆腐过年用,这时辰不早了,我得去打豆腐,我若不早回去,我小弟弟要来找我的,我先回去,你陪陪嫂嫂好好转转吧!"

我不好意思强留王红,即对王红说:"那你先回吧!可别忘了以后有事找我,你到过我家一次,还记得路吗?若不清楚,我给你留个地址,以后好来找我。"

王红坦然地笑着说:"不用了,我知道哩,你结婚时节我来过嘛!有事我会烦你的,我走了,你俩骑车小心点儿。"

我和阿秀与王红告别了。我一直望着她的身影在我的眼帘中渐渐模糊了,这才推着车子飘飘荡荡地走着,我的心里好像缺少点儿什么。于是我问老婆:"阿秀,你饿不饿,若饿了,到前面小摊点店吃点东西。"阿秀摇摇头说:"我不饿!你就节省几个钱,回去给平平多买几串鞭炮吧!"我便依了阿秀,在街旁的商铺里寻着缝纫铺。

走进一家较为阔绰的缝纫铺,裁缝师傅是一位个儿不太高,戴一副眼镜的中年人。他既幽默又和蔼可亲,忙招呼我俩坐下,很迅速地给一位姑娘量了身,便打发她去了。而后对我俩说:"是这位胖姐做衣服还是这位小哥做衣服?衣服面料带来了吗?"我忙递上一根烟,给他点上了说:"是我那胖媳妇做衣服,面料没有,就买你这儿的面料吧!"那裁缝师傅转过头去问阿秀:"胖姐!你爱穿颜色艳一点的还是淡一点的呢?要高级呢绒还是普通面料呢?这儿的品种和颜色多着呢?你自己来选择吧!"媳妇给我使了一个眼色,意思是让我做主。我指了指面料说:"阿秀,穿什么颜色你自己决定吧!"阿秀便羞羞答答地说:"师傅!我是干农活的,颜色要淡一点,布要厚实耐磨一点。"裁缝师傅笑着说:"要厚实耐磨的布干啥?就买价格便宜一点的,面料较薄一点的吧!现今这个社会,今年流行这款式，明年又流行那款式，厚实的布不易穿破，老穿着一套衣服，就跟不上流行款式了，扔了吧，可惜；不扔吧，显得太土气了，你自己仔细想想。"媳妇指着一捆深蓝色较结实的面料说："师傅！就要这个！我们庄稼人还是厚实一点好，咱可不管那流行款式，就用它做个西服算了！"

我问了问那裁缝师傅："那多少钱一米？"那师傅幽默地说："那个嘛比较便宜，每米十一元钱。"我点了点头说："行！"接着裁缝师傅开始给阿秀量身，很快量罢就对我说："小哥！你这老婆真胖呀！你瞧这裤子的尺码，裤长三尺，裤腰也是三尺整，的的确确是一个正方形，很胖很胖呀！"我也无聊地问："师傅！你说说看，这正方形的媳妇好不好呢？"裁缝师傅幽默地对我道："好！好！太好了！我说小哥呀，这样的胖媳妇别人拿钱买都买不到呢！这正方形的媳妇那屁股，真可谓底盘重，四平八稳呢。操持家里家外的事儿都很安全，绝对不会出意外的。再看她那一身的肉，准能干活，干一天都不会累的。像这样胖乎乎的媳妇，多少年轻人都找不上呢！连我都有点儿羡慕。她可比苗条得像根葱、瘦得像干柴棒的女人强多了，你若多瞧那种女人，你就会感到轻浮的，干巴巴的多讨厌，小哥，别多想，好好过日子吧。"老婆阿秀听了这些话，羞得低头不语，一个劲儿地拧衣裳角。我听了这些言辞，心里有点儿高兴，简直觉得老婆像裁缝师傅说的那样好，便对胖老婆减少了几分先前那种厌恶和恨。我结了账出了裁缝铺，经过花花绿绿的纸货市场，我随意买了副对联、门神、钱马等，最后给侄儿平平买了三串鞭炮、五个烟花炮，便高高兴兴地往回走，我俩走到国营副食商店的门前，我才记起一件事，赶忙把自行车推给阿秀看着，便自个儿进去，买了一瓶春风酒和一条带嘴的大前门香烟，提着塑料袋出来了。

媳妇见我手中提着这些东西，就过来问我："咱家没喝酒的人，干吗买瓶酒和一条烟呢？是不是给我爹拜年时捎带的礼品？"我便随口说："不是！不是！是给喜林大叔买的，等明儿个过年我去看看他老人家，让他老头子一人也乐乐！"阿秀听完我这话，有点儿不高兴了，便耷拉着脑袋说："那给我爹妈打算买什么礼品呢？"我随口说："我给你二十元钱，你想买点儿啥就买啥吧！"阿秀唐唐颏颏地说："就这么点儿钱！我能买个啥好东西？你对喜林大叔那么大方，一甩就是几十元，可提及我爹妈，你怎么才给我这么点儿钱？"我红着脸不好意思地说："好了！别闹了！我再给你添十元吧。"她这才笑弯了嘴，一屁股跨在车架上跟我一起回家了。

到了春节时节，哥哥忙里跑外，到处串走，给亲戚们拜年去了。而我呢？哪儿也没去，天天待在家里，给来我家做客的亲戚们敬烟敬茶，陪着聊聊，懒得往外边跑。到了初四之日，老婆阿秀唠叨我说："都初四五了，你还不上马龙沟看望我爹妈吗？"我挠了挠头皮道："我没工夫。再说你娘家那么远，路又那么难行，没娶你之前，我背着礼品上你家时，可把我差点儿累死了，我可受够了这份罪，我不愿意去。哎——过几天到了初八九日，家里的亲戚等来完了，你就去拜望你爹妈，顺便好好待几天，安安心心住几天娘家，我明儿个上喜林大叔家去，顺便把他老人家借我的钱还了，跟他好好聊聊。"老婆阿秀一听是让她去娘家，高兴得不得了，整天乐呵呵的，正因为这样的决定，我免受了行山路这份罪，心里乐滋滋的，打着口哨转来转去。

第二天，我带了买好的烟和酒，顺便装好钱，戴上一顶大皮棉帽，捂住耳朵，两只手筒在袖筒里，哼哼唧唧直奔喜林大叔家。

流　年

我一脚踏进喜林大叔家的门槛，见地上的雪扫得很净很净，可没贴对联，只粘了张门神和钱马，显得冷冷清清。不时地从屋中传出一阵阵琅琅的读书声，一听这念书声，我也仿佛回到了自己的童年，觉得那么动听、优美，每一个字简直是一幅最美好的画。

我一推开堂屋门，见喜林大叔忙把烟锅子往床头一搁，"噌"地跳下土炕来，拖着鞋赶忙说："大侄！是你呀！我还当成是谁，快往炕上坐！外面是不是很冷？"我便不推辞地上了炕，把棉帽挂在炕头的柱子上。喜林大叔忙着收拾火炉，那小玲见了我，用陌生的眼光望着我，没吭声，然而她的双目之间，透着一种令人捉摸不定的灵性。喜林大叔忙拉拉小玲的手说："小玲！别傻站着，过去见你哥哥，快叫哥哥呀！"小玲便羞涩地叫了我一声："哥哥！你好！"我便斜着身子趴过去摸了摸小玲的头："小玲好！小玲真乖！"喜林大叔捅了捅炉子，就让小玲去捡些炭来，小玲便飞快地捡来了一铁桶石炭。我看这小玲挺机灵、挺聪明，就开口问小玲："小玲！你这爸爸对你好吗？"小玲努了努小嘴，把脖子一歪，天真地说："好！好！我爸对我可好啦！他经常给我买好东西吃，还给我买了一个新书包哩！还给我零花钱呢！"我笑了笑，朝喜林大叔一瞧说："大叔呀！你可真有福气，半路上可得了一个好闺女。倘若我将来有个闺女，像小玲这样机灵该多好，我真羡慕你。"喜林大叔叹了叹气，有点儿高兴地说："唉！老天安排我打了半辈子的光棍，这也许是老天对我的一点儿安慰吧！"我回头问小玲："小玲！你几年级了？学习好吗？"小玲挺乖巧地说："回哥哥的话，我正上五年级，语文考了九十八分，数学考了九十九分，没有考到满分，不算好，我想通过努力，拿个双百分给你看！"我听了这话，高兴地直点头说："好！好！小玲！哥哥就等你拿双百分的那一天了,你若能考上大学,哥哥就奖给你一辆自行车,骑着上学好不好?"小玲高兴地笑弯了嘴问我:"哥!你说的是真的吗?"我自信地说:"是真的,哥哥从来不骗人的!"小玲听过我这话,高兴得简直跳起来了。

喜林大叔把小火炉收拾旺了,把茶水都置办好了,我便硬把喜林大叔拉上炕来,团坐在炕上开始闲聊。我问喜林大叔:"大叔你家的客人都来完了吗?年过得好吗?"喜林大叔叹了叹气,抽了一口烟道:"唉!大侄,不瞒你说,我一个光棍哪来什么亲戚呢?再说你看我这家,连一件像样的家伙都没有,谁还与我交往呢?就是那几个老交往,他们都来过了,我也去过了。这几天闲着没事,就待在热炕头听小玲念书或听听收音机打发日子,你来的当会儿,我正在入神地听小玲念书呢。"我吃惊地问喜林大叔:"怎么?大叔!你买了台收音机?搁在哪儿快拿出来,让我瞧瞧!"喜林大叔随口说:"不是新的,是个破玩意,收破烂时收的烂的,我修了修就听听呗!很小很小,就一页砖那个大小,你瞧,在这呢!"说着把炕角叠齐的褥子一掀,露出一台很旧很旧的半导体来,我仔细一瞧,还是六几年"红灯"牌的。我便问喜林大叔:"效果还好吗?"喜林大叔笑着说:"没别的毛病,就是杂音大点,还能将就着听听。"我便点了点头。喜林大叔又拉了拉我的手说:"黄良大侄!我托你一件事儿,你到广州做生意时,若碰上便宜一点的录音机,顺便给我买一台,我想给小玲买,她上初中时让她听听英语,你就留意一点吧!可别忘了!"我便点着头说:"一定!一定!保证给你老人家带一台来。"

我给喜林大叔递了根烟,再摸找火柴时,才发现忘了正事未办,就赶忙把五百元钱拿了出来,放在炕桌上说:"大叔呀!我挺不好意思的,你看这——你这钱我隔了两三年之久,现在才来还你,你别介意啊!我这次来拜望你,也没带啥东西,就给你老人家捎了瓶春风酒和一条香烟,你老人家愁了或烦了的时候,就喝它几杯或抽它几根吧!往后你有啥困难,你只管吩咐,我不会不帮你的忙,你的确给我的太多太多了。"喜林大叔却笑呵呵地说:"没啥!没啥!你若手头紧,你先拿去用着,先别还我,我也不急用。"我赶忙说:"大叔,不了!你就收下吧。你再不收下,那我不就成了癞皮狗吗?"喜林大叔见我这样说,便把钱一拿,顺手装进贴身的白大褂口袋里。我慌忙说:"大叔!你数数呀!"喜林大叔满不在乎地说:"没事的,难道我不相信你?"

说着便下炕去了,我莫名其妙地问喜林大叔:"你干啥去呀?"喜林大叔乐呵呵地说:"我去把那瓶醉春风打开,咱爷俩好好喝它几杯。"我忙拉住他的手说:"大叔!你是知道我不会喝酒的,在工地上那阵儿,你都看到了的。"喜林大叔点点头说:"那好!咱不喝酒。小玲,去把那盘猪头肉端来,顺便你自己也扒一碗,吃饱了好好读书。"正在写字的小玲应了一声,把笔一扔,便飞快地跑到厨房,把一盘猪头肉端了上来,轻轻地放在炕桌上,把筷子整了整递给我说:"哥!你就别太客气,就多吃一点儿吧!"小玲说着见大壶里的水沸腾了,吃力地去提那大壶,我便放下筷子,赶忙用自己的手抓住小玲的手说:"小玲,你写字去吧!让哥哥自己来。"小玲天真地说:"那我走了,有事喊我。"喜林大叔用筷子指着盘子说:"来!你不喝酒,就多吃些吧!"我便不好意思地推辞说:"还是留着你和小玲吃吧!我出门时刚吃过了。"喜林大叔满脸不高兴地说:"你若再不动筷子,别怪我不理你。"我只好拿起筷子吃起来。

吃着聊着,我一看时候不早了,便准备起身告别。小玲和喜林大叔一直把我送到大门外，最后喜林大叔语重心长地说："大侄儿！在外做生意要小心一点，谨慎一点，不要赚那歪门邪道里的钱，更小心别上别人的当，把你给骗了。"我安慰他老人家说："大叔！你放心吧！我会记住你的话的，我也不会赚那不正道的钱。"小玲一手牵着喜林大叔，一手拉着我的手说："哥！你以后多来坐一会吧！我爸一个人很寂寞的，你常来陪陪他吧！"

我边退边招手说："小玲，听你爸的话！以后有时间跟你爸到我家来玩，可别忘了到我家来玩！"

小玲憨厚地说："哥！我一定——一定会来玩的，再见了，哥！"不时地摆动着小手。

我走得老远老远，偶尔回头一望，小玲和喜林大叔的背影仍在那儿一动不动，最后化成两个小黑点，消失在我的眼帘中。

我那可怜的喜林大叔真节俭，节俭得令人不可思议，连我给他老人家带的那瓶酒和那条烟，都没舍得自己享用，后来拿到村头的小卖部把它廉价卖了，给小玲买了一些文化用具。我这一辈子谁都不服，唯独只服喜林大叔一人，因为他对我太好太好，给我的很多很多，那种情分胜过父亲给我的这份，我也喜欢他，他也挺关心我、爱护我。每到春节，我宁愿丈母娘家不去，但非要看望他老人家一趟不可，年年岁岁都如此。

朋友们，当我们从童年的门缝里，敲响步入成年的钟声时，也像喜林大叔那样做人好吗？把自己浪荡无为的童年悔事，用这种做人应尽的义务去弥补好吗？做一个有血有肉的人，把自己的"人"字写好，不要让一撇一捺超出时空格局。

我与喜林大叔聊天，耽误了大半天，再加上我回来时脚步慢，我回到家门口时，天际已缀满许多明亮的小星星，我望了望眨眼的小星星，才信手敲开了家门。

二十

在热热闹闹的气氛中,全家人高高兴兴地度过了一年一度的春节。孩子们到处追逐着看社火,而那些上了年纪的老头和老女人们,怕冻着自己的身子骨,大都待在家里,坐在热炕头品茶或话春耕,成了家庭门户的真正守护神,待在家里看家。我自打发老婆上了娘家,自个儿也到处乱窜,不时地上几次县城,去了解一下药材的行情,有时独自一个人去,有时我和黄继宏都去,也免不了顺便望望那县城里花花绿绿的彩灯和彩门,整个县城都沉浸在节日的欢乐之中,它像出阁的新娘,脸上挂满了笑意。

一到二月时节,我催促父亲急急忙忙种上农田,与黄继宏商议马上去广州,赶上一个好价格。临行时,我那正方形的胖阿秀又来烦我:"依你看!今年养二十头猪行不行?"我只是含糊其词地回答:"阿秀!你的事我不介入,你看着办吧!但有一点,可不能因为养猪而误了庄稼,那是父亲的命根子,一天也不能误农活。你觉得能忙活过来,就去养吧!反正,我可顾不上一点儿农活。你自己拿主意吧!"阿秀半天都没说话,我就这样急匆匆地点装行李,和黄继宏一起下广州了,这些言词就是我对阿秀的告别语。

这次下广州与往常一样,我俩没去药材供销市场,而是把药材直往中药炮制厂拉，很快就脱手而销，其中赚了一笔可观的钱，临走时中药炮制厂的负责人还对我俩说："小兄弟！只要你俩的货好，只管来就是，药厂的大门是永远敞开的。"我俩高兴地直点头，为了表示对厂长的谢意，我俩买了一瓶古井贡和一条红塔山，上门去拜访他，可他推辞不收，说厂里有这种制度。我俩只好苦苦相求道："王厂长！你收下吧！这就算是我俩代丹炳谢你了！"他耐不住我俩两张口的唠叨，迫不得已收下了。他收下来后正颜地说："你俩的东西我收了，不过你俩想钻药材质量的空子，是没门的。你俩若拉来质量劣质的药材，我一概拒之门外的。"我高兴地说："王厂长！这好说！我会给你们供好货的，若我拉来湿的或霉的，你就给我退回去吧。我保证不拉你的后腿。"我自信地给他一一做了保证。经过一个小时的唠叨，总算和王厂长告别了。

　　汽车一出厂门口，我对黄继宏说："宏哥！这次我不想再到表妹家烦他们了，喜林大叔托付我一件事，让我给他老人家顺手捎一台录音机，咱俩到电器批发公司逛逛去，然后再北上，你说好不好。"黄继宏有点儿打圆场地说："好！好！我听你的，你说上哪儿吧！"

　　我俩忙付了药材运费，草草把司机打发了，叫停了一辆迎面而来的"的士"，直向电器批发公司奔去。车子经过几道拐角，很快便四平八稳地停在电器批发公司门口处，我随手付了车费，急忙拉黄继宏一同下车。

　　我抬头一看，这是一幢二十多层高的大厦，全部用乳白色条砖装饰了，只见"广州第一电器批发公司"几个鎏金大字从上而下地镶在上面，在阳光的映照下，闪闪发亮，夺人眼目，给这幢大厦增添了几分光彩和生机。大厦右侧是一个很大很大的栅栏门，门柱也挂着"广州第一电器批发公司"的牌子，门口停放着几辆满载货物的东风汽车，上面用帆布盖得严严实实，不知车上装的是啥东西。我此刻在想："这也许是一批批电器诞生地吧？"我站在这幢大厦前，有点儿茫然。

我俩顺着台阶往上走，到了门厅，一望那铝合金装饰的自动门窗，上面贴满了许多电器广告，门窗的玻璃全都是咖啡色，服务小姐隔着玻璃在里面站着。我俩望着这豪华十足的门厅，再看看自己身上平平常常的中山服，尤其是我俩那双北方味十足的平底布鞋，此刻觉得它丢人现眼，心中有些胆怯了，我俩都望而却步，互相看着对方的眼色，谁也不肯进去，在门厅来回徘徊着。

突然，随着一声脆耳的喇叭声，一辆崭新的紫红色"桑塔纳"便停在台阶下面，那桑塔纳刚停稳，车门就开了，从车上下来一位三十二三的中年男子，戴一副色调浓浓的眼镜，着一身青色西服，洁白的衬衫上打一条绯红的领带，再加上他那光溜溜的头发和黑得发亮的皮鞋，走起路来，两手一前一后地迎合着，真有点儿神气十足，给人第一感觉就是位头脑人物。这老板身后跟随着两位二十岁左右的年轻小伙子，两人都显得很机灵、很潇洒，一位并排跟戴墨镜的走着，另一位夹着公文包跟在屁股后面，这两位年轻的显然是下属了。

很快那三位就上了门厅，那戴墨镜的不时向我俩张望几眼，我毫不在意，转过头去瞧里面的商品。眼看那戴墨镜的就要按门进去，可他似乎发觉了什么，赶忙把手一收，转过头来瞟了我几眼，我也没在意这位陌生人在看我。

我刚要从烟盒中拿根烟时，一只沉重的大手"啪"按在我的肩上，我被震了一下，手中刚摸到的烟又掉回烟盒里了，我慌忙回头一看，仍不认得他是哪位，刚要开口反问时，他却抓紧我的手说："喂！老同学！多年不见，一向可好？你现在操持何业？"我听了陌生人的话，客气地回他："老板！你是不是看错人了？"那老板却哈哈大笑着说："认错人？你化成灰烬，我也晓得你是东郭先生呀！"说着便把墨镜摘了下来，我仔细瞧了一瞧，几乎被惊呆了，赶忙大喊道："马强！老同学！你咋这样阔绰？我还不认得你哩！你不是在拉萨搞百货生意吗？咋也跑到广州来了？"马强笑了笑，给我递了根"红塔山"香烟，点燃后他神秘兮兮地说："这广州世界，只准你黄良一个人来闹？就不准我马强来闯吗？说句实话，我是为了扩充生意资金，不叫父亲失望，这才丢弃了百货摊，专搞电器生意，就成立了个家电经营公司。"他又指了指那儿满载货物的东风车说："你瞧！我刚才装了货，等进去给完账赶快回拉萨呢！黄良！你瞎跑啥？为何在这儿徘徊呢？"我简要地叙述了一下自己的现状，最后又不好意思地开口说："我上这儿来是准备买一台录音机，是我的大叔托我的。"马强笑着说："以后你遇上什么麻烦事，尽管来找我就是，哪一天你药材生意做得不太景气了，可来与我合作，搞这生意，我不会让你吃亏的，你买录音机的事儿，我好好送你一台吧。"说完马强拉着我的手进了琳琅满目的电器公司，里面的电器有国产的，有进口的，有袖珍型的，也有豪华大体型的，上面都密密麻麻地贴满了标价，我有点儿目不暇接，此时早已忘掉那双丢人现眼的布鞋了，胆怯的心里轻松了些许。

踏着光溜溜的地板，经过几个拐角。马强笑呵呵地对一位正在默写东西的小姐说："王科长！你好呀！干吗这么忙？"那王科长一听这话，把钢笔一扔，用手把头发向上一撩，然后把裙子一抖离开椅子说："哟——马经理，原来是你呀！过来快请坐吧！"马强咧着嘴，带着一种上级对下级的口吻说："不了！王科长！我还有忙事！得赶快结账，可结账前，我有个小小的要求,我要从这儿挑选一台录音机,回到家里也享受享受嘛。"那个王科长赶忙说:"哟,马经理呀!你干吗不早说??还劳烦你亲自光临,你打电话来就行了嘛。我会派人送来嘛!"马强赔笑着说:"哪里!哪里!"王科长把双手一摊,指着整个大厅说:"这里的电器由你挑吧!即使你选中了进口的'索尼'我也不会心疼的,我也会答应你的要求!"马强应诺着说:"好!好!"又转过头给我说:"黄良!你来帮我选吧!选中了告诉我一声就行。"我在众多的家电种族中挑来挑去,最后挑了个"燕舞"牌的单放机,就指着它对马强和王科长说:"就选这台吧!"王科长斜瞧了一下牌子,吸了一口气说:"唉!你怎么选了个这样的,这机子音质不大好!"我赶忙说:"行!行!"王科长叫了旁边的一位营业员说:"去把那台双卡的'三洋'机子拿过来。"营业员便迅速地去拿来放在柜台上。王科长回头对我说:"先生!你还是搬这台吧!这台效果可好着哩!"又对马强责怪地说:"你这朋友!也不赏我面子,专拣了一个便宜的,这不是给我难看吗?"马强敲了敲柜台的玻璃,打圆场地说:"好!那就这台吧,客随主便吧!"随即马强便很快结了账,和我一起出了电器商店的门口。

出来商店,到了门厅,马强谦虚地对我说:"你先拿去,凑合着给你大叔听吧,你的大叔也是我的大叔,若坏了不能听,你就告诉我一声,我给他老人家送好一点的!"我赶忙抽出了一百元钱说:"这是点儿小意思,你就收下吧!"马强推了推我的手说:"黄良呀黄良!你可改不了'看人低'的臭毛病,把我也看得太小了,这钱你拿着!回去给你大叔买点儿好吃的,就说是我买给他的,也别忘了代我向他老人家问安。"我也不好意思再塞给他,把钱又装到口袋里,抱着录音机和马强闲聊。

马强问我是否回老家去,我说一块回去,他便招呼那两位年轻小伙说:"你俩坐到那东风车上去,顺便照看着货物,我就陪老同学聊聊。"那俩青年点头哈腰地跑了。

我和黄继宏都沾了阔老板马强的光,一同坐着舒适的"桑塔纳"北上了。

一路上,我和马强谈了各自的见闻及乐事。我还攀谈了他的家庭,经过攀问,我才知道他已有了一个孩子,都快四岁多了,我便向他祝福了一番,并向全家问安,顺便约他到我家来做客,马强都一一点头答应了。一路上我觉得无话可谈,便谈些风流鬼事,我问马强:"老同学,说实话,那王科长为什么对你那么好,是不是你经常跟她搞那种关系?"马强笑着说:"哪里!哪里!你这不是冤枉人吗?谁愿意和那种女人有关系,况且她是有夫之妇,是因为我是她们的大客户,她想拍我的马屁吧!目的是不失去我这个客户,就说这一次吧,我就拉了将近一百万元的货,她们是讨好我,才献殷勤呗!"

我吸了一口烟说:"老同学呀!我真羡慕你,看你拥有那么多钱,这么豪华的轿车,真是太幸福了!"马强叹了叹气,有点儿伤感地说:"你羡慕我,其实我羡慕你呢!因为你拥有一个温馨的家,一个忠实憨厚的老婆,全家和和睦睦,你看这多快乐顺心。你说我那臭婊子,可坑苦我了,也怪我当初瞎了眼,不该为她的容颜所动情。她之所以嫁给我,是看准了我这钱,而不是我这个人。每次我一到家,我俩就开始舌唇之战,闹得全家不得安宁,我若不在家,那臭婊子常招来一些不三不四的人,经常与其打麻将。亲戚们指着我的脊梁骨骂我贱,骂我没有男子骨气,不该娶这么一个臭婊子,我一听到这些骂语,恨不得立刻和那臭婊子离婚,可瞧瞧我这可怜的儿子,我于心不忍，就没和她离婚。后来和她分居，我只给她钱，目的是别找我麻烦。唉！你说这不痛苦吗？在物质方面我拥有的的确很多，可在感情或精神方面，我拥有的太少了，简直是个可怜虫！唉！黄良呀，就这么糊里糊涂地混吧！混到哪儿算哪儿，听天由命吧！"听过马强的这话，我也为他的不幸而感到悲伤，不由得掉了几颗同情的泪水。

经过两三天的行车攀谈，我和马强分手那当儿，我有点儿恋恋不舍。马强握握我的手说："老同学！金钱对我来说，只当是粪土一般，一切都无所谓。你若有事，请按照这上面的地址来找我，我会尽力相帮的，在钱财方面，我毫不吝啬的。"说完从怀中拿出一沓名片，从中抽出一张给我。我接过名片，用手抚摩劝道："你跟老婆多谈谈，多交心，也许会有转机的，你耐心地付出一点儿，会破镜重圆的！"马强把眼镜一摘，抹了一把眼泪说："这我知道！你放心地去吧！别挂念我。"我从这种感情的牵连中走出来，迈开大步往前走，走得老远老远，我回头一瞧，见马强这才斜身钻进汽车，随着汽车的启动，一束蓝色的飘带在马路中央飞舞，看不清车的原形。

我和黄继宏改乘公共汽车上路，一路上黄继宏唠叨我说："小弟呀！你在广州电器商店的情形怎么那么傻？你何不挑选一台集唱、听、看于一体的彩色电视机呢？带回去放在家里瞧瞧，那多风光呀！你没见那价格吗？标价每组七千多元呢？你真笨，若是我，定选那个。"我便没好气地说："宏哥！你才傻呢？假若马强是你，你能送我这样贵重的东西吗？你这个人！是赚钱越多越不知足，还要对朋友的施恩提个要求，下个标准，你还是朋友吗？我对这台'三洋'都感到奢侈极了，你还嫌它不好，你若自己掏腰包，说不一定你连这台'三洋'都买不起呢？它的价格可真是六百多元，你一个月挣多少钱，你这人真不要脸！"我连责带训的一番话，使黄继宏一声不吭，羞愧地低下了头，一直没再言语。

解铃还须系铃人，最后还是我打破了这种气氛，递过烟说："宏哥！尝尝这红塔山吧！是马强塞给我的，上了公共汽车才发现的。"黄继宏点上烟说："你也真有福气，交上的人都挺大方，不是给你捎上台电视机，就是带台录音机，假若我有这么几个哥们儿，那该多好！就不愁吃用了，我真有点儿羡慕！"我抬了抬头，有点儿得意地说："别羡慕别人！其实你也不错的，不也与我交上朋友了吗？你说我不大方吗？就拿第一次出门来说，不大都是我开支花费吗？"黄继宏听了我这话，羞红了脸，低头看着，仿佛要找个洞子钻进去。

我见他如此羞愧的情形，便提及别的话茬说："宏哥！这次咱俩把录音机放在我姑姑家，我俩索性上别的县城，收上些药材，趁着热热火火的大好天气，赶紧来回跑几趟吧！"黄继宏高兴得直点头应诺。

我俩打定主意，谁也没回家，就来来回回地跑了几趟，也赚了不少钱。天降了场大雪，封住了南下的马路，整个世界陶醉于这银色之中。我路上怕冻，便打算回家去，怀揣着收获的喜悦，高兴地与黄继宏分手回家了。

我和黄继宏分手后，没急着回家，顺便买了点礼品，朝姑姑家走去，此行的目的有两个，一是看望一下姑姑、姑父两位大人，二是顺便把搁在她家的录音机带上，给喜林大叔送去。

我一溜小跑，便来到了姑姑家门口，我推门进去，一直到了正屋，姑父都没发现我，正在细耳听那贤孝的片子，他把眼镜搁在桌上，手轻轻拍打着沙发的扶手，我像小偷一样轻手轻脚进来时，姑父都没注意到我的到来，我便凑近耳朵说："姑父，你可真逍遥！姑姑在家不？"姑父吓了一跳，"噌"地站起身睁开眼说:"唉!人老了!不中用了,原来是你这小子,我当是你姑姑进来了,我懒得睁眼,别见怪,快请坐。"我屁股一坐定,便开始攀问姑父来:"姑父!你咋不去教书了,干吗一个人受这寂寞罪。"姑父随口说:"老了!退休了,闲待在家里很无聊,就听这贤孝,这不你就来了,我都没发觉。"我又追问:"你退休金高不高?"姑父摇了摇头,有点儿无奈地说:"高个啥?民办教师嘛!就六十多元呗。够个油盐酱醋就不错了。"我点了点头又问:"那你想不想红霞呀?"他老人家苦笑了一声说:"想有啥用?她来了就走,噢!你有没有关于红霞的好消息?"我摇了摇头。这时姑姑从外边拎着个电壶进来,我忙起身打了招呼。姑姑瞧了瞧桌上的礼品说:"大侄!来就来呗!为啥要带这么多东西,都是自家人,别不好意思的。"我不好意思地推却说:"没啥!没啥!没带甚好东西!这两斤糖你老人家就喝个茶去,这条烟嘛,就让姑父抽抽消个愁。"姑姑对我嘘寒问暖,接着便开始责怪姑父来:"你说你呀!叫你别听人家带的录音机,可你不听,偏要听听,这叫黄良怎么送去呢?"我赶忙打圆场地说:"没事!没事!那质量是很好的,没甚关系。"姑姑便开始忙着做饭去了,我和姑父闲聊。

饭毕,我准备向姑姑和姑父告别,姑姑慌忙对我说:"大侄儿,开春什么时候下广州,告诉我一声,顺便带我去看看闺女,红霞她来信说要出国啦,我得多看她几眼。"我惊讶地问姑父:"姑父!这到底是怎么一回事,说给我听听!"姑父笑着说:"听说丹炳要到美国去研究什么玉米的优良培育方案,要到美国实地考察几年,他说他要带红霞同去,问我们愿意否?"姑姑接着自言自语地唠叨道:"丹炳呀!丹炳!你为什么非要到美国去研究呢?何不到我们自家的玉米田地里研究呀？让我也好好陪红霞聊，你在搞啥名堂嘛？"姑父斜眼瞧了姑姑一眼，然后对我说："黄良！别听你姑姑瞎扯，赶明春下广州时，顺便通知我一下就行。"我高兴地说："好！好！姑姑！放心吧！具体时间我会通知你老人家的。我顺便与你一起去送送红霞。"经过一阵子唠叨，我终于走出了姑姑家的门槛。

一回到家，父亲和平平见我提着个大箱箱，高兴得都过来追问我："是不是给家里买的洋玩意？"我便随口道："不！平平！是喜林大叔捎带的。"父亲似乎不相信地问："尕娃！你是在骗我吧！你喜林大叔能买这么大的洋玩意吗？"我有点儿不高兴地说："喜林大叔他有钱，他买啥我能管得着吗？"父亲便低着头没再追问。过了片刻，父亲笑弯了嘴说："你出门快一年多了，家里添了两件喜事，我先告诉你。第一件喜事嘛，就是阿秀给你生了个胖小子，我给小孙子取了个名叫'栋栋'。第二件也是与阿秀有关的事，她养的二十头肥猪出栏了，卖了八千块钱，你说这叫全家乐不乐？噢！你在外边也好吗？"我随意地点了点头，一溜小跑向自己的房中跑去，一推开房门，只见阿秀抱着栋栋转来转去，我急得没脱外衣，就抢上去抱栋栋，连连在他小脸蛋上亲了几口，亲得栋栋大哭起来，阿秀见我这等莽撞，责怪我说："唉！你呀！刚从外边来，用冷冰冰的嘴去亲栋栋，栋栋不哭才怪呢？把栋栋给我，别吓着栋栋。你也真是，一进门不问问我怎样，就只管你这胖小子，你心中还有我吗？"我冒昧地吐了一句："阿秀！你本事真大！你真行！给我生了个胖儿子。"阿秀听了羞红了脸，便过来用手捶我："你真坏！还不洗把脸去？"我这才洗了把脸，此时此刻，我的内心在呐喊："我有儿子啦！"

那段在家的日子里，我高兴得简直手舞足蹈。随着时间的推移，嫂嫂变得越来越懒惰了，不管家里的农活，到后来发展为一天到晚地睡觉，还经常在背地里怨我："看那小叔子，都那么大人了，一年在外游荡，回来也不干农活，净白吃，这不是闹分家吗？"我把这些流言蜚语全当耳旁风，仍然做自己的事。

有一天，全家都集中在饭桌前吃饭。这个一米见方的桌子，到现在我也忘不了它，这是小时候父亲训我骂我的阵地，多少年了，上面已沾满了黑黑的一层污垢，刮尽了又脏，脏了又刮。我一见到这饭桌，不由得有点儿伤感。

父亲吧嗒吧嗒地抽了一阵子烟，然后把烟锅子搁在桌子上说："树儿大了要分根，这人儿多了要分家，这么大的家迟早分的，不如趁你们年轻就分了吧！也趁机各自攒点儿钱，各自起各自家的小灶吧？"父亲说完了向我使个眼色，意思是让我表个态，我便没吭一声，只是微微地点了点头。只听见哥哥说："那就分吧！别不好意思，家里的东西一分为二就好了，谁也不占谁的便宜。"父亲不时地瞅瞅我，我便不好意思地开口说："爸！你看着办吧，反正我和阿秀没意见。"我又转过头问阿秀："是不是？"阿秀会意地点了点西瓜似的肉头，站在我这边，支持我的意见。

我掏出烟来，递给哥和爸各一根，然后一一点上，准备听父亲说，父亲犹豫了半天说："黄良！你小子在外边做生意，我看挣几个钱比较容易，就让你哥哥多分些家什吧？再说你哥还要供平平念书，挺困难的，你就承让承让，多跑几趟生意吧？"

我听过父亲的这话，便爽快地说："好！没说的！我听爸的。"父亲就把那台电视机等三分之二的家产分给了哥哥，可有一件没分，就是阿秀卖猪的那八千块钱。最后分到锅碗时，哥哥不好意思了，便对我说："兄弟，我分的够多了，这些你应该留下，别再分了。"

我便十分坚决地说："哥！反正大家都吃了这最后一顿饭，你把锅碗全带走吧！赶明儿我上县城买一套就得了，别不好意思的！噢！我差点儿忘记了，你就先将就着住吧，等明年开春，我给你八千块钱，你将就盖几间新房吧！"听完我的话，哥哥脸上挂不住了，无奈地点了点头。见一切都妥当了，各个都揣着一颗不安的心走了，我也随着阿秀去休息了，我好想用这黑色的夜抹洗掉这一年的劳累，就靠在床头上，点燃起一根永不灭的烟来。

这个晚上，我又失眠了。回忆起和哥哥在一起抓蝈蝈，在草丛里泥打土滚和计划偷别人家杏子的情景来。哥哥是那么的憨厚，那么的疼我，处处护着我，干了坏事他一人承担。我觉得有愧于哥哥，给哥哥的太少了，少得连我都觉得有点儿可怜。想着，盘算着，不知什么时候，泪珠悄悄爬上我的眼角，照亮了我的思念，在寒夜中冰冷地闪着，发出一束束微弱的光芒，自从与哥哥分家后，我觉得自己老了许些，显得更加疲惫不堪。

时间穿梭过多少日日夜夜的小河，我才从这种疲惫中解脱出来，把羞愧化成一缕缕丝线，织成哥哥的影子，披在自己的身上，与他共走这遥远的人生旅程。

很快又到了春节，全家人都忙碌着、奔波着，但失去了以前的那种欢乐，我心中好像缺点儿盐——醋或酱——说也说不清楚。

二十一

到了春节的初八九日,我家和往年一样,来家做客的亲戚们都来完了,我便带上"三洋"录音机,直奔喜林大叔家去。

我一进喜林大叔的屋子,小玲亲切地直喊我哥哥,拉住我的手问:"哥!你手里提的东西好大好大,是啥好东西?"我随口答道:"小玲——是哥哥送你的礼物。"喜林大叔忙接过我手中的礼品和录音机,往柜子上一搁,便请我上炕坐。我一瞧那铺盖卷,多少年了,依旧那几件,颜色已经白里透黄,但洗得干干净净,一尘不染,叠放得有角有线。就连那小小的炕桌,喜林大叔都刮洗得黄素素的,像上了一层桐油一般。我从儿时到现在,已记不清在这个炕头上坐过多少回,这回又回到这炕上,显得那么的亲切,好像找到了自己的影子一样。我便带着几分喜悦的心情,悄然爬上炕头,把冻得发紫的双脚往被底伸去,有一种欢乐或兴奋的暖流立刻传遍我的全身。

喜林大叔边收拾火炉便对我问道:"黄良大侄!去年我托你的录音机是否带来了,小玲盼得快疯了一般!"我指指柜子上的大箱子说:"别人托的事兴许忘了,可你老人家托的事,我绝对忘不了,你瞧!那就是,你放心吧!"片刻间,我笑了笑,又开了句玩笑说:"大叔呀!你怎么啦?往常我一来,就看见你捅炉子,你老人家别太死心眼,就多放几块炭,暖暖和和地享受几天清福吧！说不定你啥时候眼睛一闭，难道把这些东西带到棺材里去不成？"喜林大叔乐呵呵地解释道："大侄！你不了解我家的情况，我家来的人不多，我看炉子常旺也闲着，就封住了呗！我和小玲也不冷，小玲冷了就趴在炕上写字。我若冷了，就整天待在炕上，不下去呗！再说这样子我也习惯了，还可以节省点儿钱，来年少买点儿炭，好给小玲交学费嘛！你看我这不挺好的吗？"喜林大叔又指指录音机问我："你给我带这么大的，那要好多钱吧？"我笑了笑说："不多！不多！贵是贵了一点！大叔！可适合你父女俩听，这台录音机还带着收音机呢！你说好不好？"喜林大叔慢腾腾地装上一锅子烟说："好是好！可它得多少钱？"我故意笑了笑，逗着喜林大叔说："不太贵！不太贵！才六百多块钱！你不就多收几车破烂就够了吗？"喜林大叔拿锅子的右手抖了抖，吃了几口烟，把左手当中的火柴一搁说："大侄呀！我叫你带个小一点儿的，便宜一点儿的，你怎么带来了这么贵的，光这我得跑几个月呀！说句实话，我是攒了千把块钱，可我不忍心一下子这么花掉呀！"我便对喜林大叔正经地说："大叔！这好说！你放心，我不要你一分钱，就送你父女俩吧。这也是我白捡的嘛！"喜林大叔一点儿也不相信地问："大侄！大白天的你怎撒起谎来了，你这谎骗别人兴许蒙得过去，可来骗我，未免太那个了吧？我在城里乡下，大街小巷收了多少年的破烂，怎么我连个勺子也没捡着，单单你捡着了台录音机。别瞒我了，快告诉我怎么一回事？"我点了根烟道："其实是我同学马强送你老人家的，我碰上了他说了要给你带录音机的事，他就来劲了，非要白送你台不可。我那老同学是搞电器生意的，就特地捎我送给你的，我只不过是跑跑腿而已，你说不是白捡的吗？"喜林大叔又惊又喜地问我："那你同学很有钱了？你没给他一点儿钱,表示表示吗?"我用手指敲了敲炕桌说:"意思我表示了,可他就是坚决不收,你说他是否很有钱,我可说不准,我估计有百十来万吧!光他坐的一辆轿车,就值一二十万呢!噢!我差点儿忘了,他还让我代他向你问好呢!"喜林大叔有点儿兴奋地说:"现如今这社会,这样财大气粗,拥有很多钱的老板,对穷人这样仁慈的人不多哩!这娃子心眼真好!"说完从口袋里抽出几十元钱道:"这点儿钱你先拿着,往后给马强买瓶酒,就算转达我对他的谢意吧!我老头子可沾了你的光!"我坚决推辞不收钱,我和喜林大叔你推我搡,正在这当儿,小玲端上来两大碗菜喊道:"爸!快抓住,烫死我啦!"我俩一松手,把钱撒在炕上,慌忙接住两个大碗,我关心地问小玲:"小玲,烫着没有?"小玲把小手往围裙上抹了抹说:"没事的,哥!"我瞧了瞧小玲,似乎不太相信地问喜林大叔:"大叔!小玲会做饭了?真不简单呀!"喜林大叔用筷子指着碗说:"这钱你不收能行,可你得尝尝这碗菜,说说这丫头做得香不香。"我推辞着不吃,可小玲、大叔板着脸说:"小玲做的盐咸调料淡,不好,你就别吃,待会儿我给你亲自下厨去。"喜林大叔这一招果然灵验,我耐不住这话,就端起碗来往嘴里扒,不知是咸还是辣,我的大脑几乎失去了知觉,只是机械地往嘴里扒。喜林大叔边吃边兴奋地说:"这叫作无娘的巢鹊早出巢,赶鸭子上架呗!小玲往常放学归来,做完了作业不见我回来,扭扭捏捏地把饭做好,然后到村头来等我,起初是半生半熟,我父女俩也将就着吃,慢慢地可好了,我怕她因做饭而误了功课,不让她做,她非要天天做,说自己都十三四岁了,学不会做饭怎行?我也拦不住她,她经常做呗!"我也高兴地说:"大叔!你真有福气,半路上得来个做饭的好闺女,我真有点儿羡慕!这丫头也真有出息,连我都挺喜欢的。"小玲一声不响,久久地立着,望着我和喜林大叔攀谈。我把碗一搁,用手抹了抹嘴。小玲赶忙问我:"哥!你再来一碗吧!你觉得我做得香吗?"我便连连赞叹说:"不了!哥吃饱了,你做得香,很香!我就偏爱吃小玲做的饭菜。"小玲把双手一搭说:"哥!那你常来我家坐坐,我给你做就是了。"我便点了点头。

和喜林大叔他们告别时,他又要过来塞给我钱,我极力推却,经过费尽口舌的解释,喜林大叔这才把钱收回去了,拍拍我的肩说:"小子!你真不简单!这回帮了我的大忙,我给你的帮助太少了!唉!我老了!不中用啦!往后你有用得着我的地方,你就只管盼咐,我即使丢了这把老骨头,也会帮你的!"我不好意思地说:"大叔!往后我有啥困难,我一定会来麻烦你的。"我转过头去又问小玲:"小玲!你考上了初中,成绩还不错吧?今年暑假,你为何没和你爸来我家玩呀!"小玲捏了把自己的小手指说:"回哥的话,成绩考得不太好,只考了个第二名而已,可恨没拿着第一名,我真有点儿惭愧,在暑假里,我不是忙着复习功课,就是帮爸干点儿农活,没工夫上你家玩呗!你别生我的气嘛!哎——你不是答应我能考上大学,你就给我买一辆自行车吗?哥,你可说话要算数!"我笑着说:"小精灵鬼!你还把这件事记得牢呀!哥说话会算数的,一定给你买辆自行车的。"小玲笑弯了嘴说:"那好!哥!等我考上了大学,一定骑着自行车到你家来玩的,你看好不好?"我高兴地说:"好!好!小玲!哥就等那一天,你要争口气,一定要考上大学,只有这样才不辜负你爸的心愿。"小玲红着脸点了点头。

自从离开小玲家的门槛,我心底里一页一页撕着日历,我一直盘算着小玲上我家的时期。我急着往家里走,走到半路上，我远远瞧见一个人影朝我走来，那动作有点儿迟缓，更近了一些，我才瞧准是自己的老婆。我边望着阿秀边揣思着："这正方形今天怎么啦？她从来不接我，也不管我的闲事，今天莫非家里出了什么意外，否则，她不会大老远的来找我。"我的心中不由得有点儿担心，便加大步朝阿秀跑去。

我跑到阿秀跟前，气喘吁吁地抓住阿秀的手急问："是不是家里出了什么大事，干吗大老远的来找我？"阿秀用手抹了一把额头的汗珠，说："没啥大不了事！"一听这话，我久悬着的心才放下来，就开始责怪阿秀来："没啥事！干吗大老远来找我？家里闲着待不住是不，难道哄哄栋栋或做点别的就不行？你这女人，成了我的尾巴，尽给我丢人现眼！"阿秀有点儿生气地回道："傻子！没事我找你干啥？家里来了位生客，我怕你在喜林大叔家屁股重，一唠叨就没个完，说不定今天回不来？我才来找你，你还嫌我是你的尾巴，嫌丢你的脸，你真把我的好心当作驴肝肺了，你也真是个不该让我关心的笨牛。"我赶忙赔笑着说："阿秀！是我的错还不行吗？快告诉我来客是谁？"阿秀故意逗着我说："偏不告诉你！看你嘴硬不？反正是没来过的客人，你到家就知道是谁了！"经过我再三讨好阿秀，阿秀这才神秘兮兮地说："是个女的！几年前在理发店碰到的那个，好像叫什么王红吧！"我高兴地直点头说："对！对！你说得很对！是位稀客、贵客，你招呼着吃了没有？"阿秀点了点头，我便拉着阿秀胖乎乎的手，飞快地向家中跑去。

我一进自家门的大门槛，就隔着玻璃望见了王红，王红在里面踱来踱去，哄着哭闹的栋栋："栋栋好乖！别哭啦！妈妈快回来啦，吃——小宝贝！乖！别哭了呀！"我和阿秀一起推门进去，她笑呵呵地便与我打了招呼。阿秀接过王红手中的栋栋，知趣地出了门，到外边哄栋栋去了。

我点了一根烟，一屁股坐在炕头上问王红："王红老同学！什么风把你吹来了，真是贵人驾临，茅屋顿添喜色。唉！你大概有什么事吧？"王红低着头，涨红了脸小心翼翼地说："老同学！你猜得很准！我无事不会上这来的，我有点儿事，恳求你大力帮助。"我便不好意思地捏捏手指道："你说说看呗！看我能不能帮得上。"这时小栋栋入睡了，阿秀抱进来放到炕上了，顺便坐在炕头上，听我俩的谈话。王红瞧了瞧阿秀，努了努嘴，先后张了多少次嘴，最后才瓮声瓮气地说："黄良！我想与你借点儿钱，准备办一个小小的养鸡厂，好挣点钱来供我弟弟读书和为父母抓点药医病，不知你能否帮得上这忙？"我用手指弹了弹烟灰，不在意地问："王红，你打算借多少，我听听看。"王红良久说："就六千块，你看行吗？"一听六千块，我吃了一惊，赶忙从炕头跳下来，又点了根烟，开始在屋中踱来踱去。王红见我这样子，赶忙改口说："你要是有困难，那别为难你了，我找别人看看。"我的脸便有点儿挂红了，含糊其词地说："我哥修屋备料，我昨天刚给了他七千元，现在我困难是有一点儿，我也不瞒你，不过你放心，我给你想个办法，过几天你来取就好了。"王红看我这样子，急得她用手抓了抓自己的嘴唇，不好意思地说："那别为难你，我自想办法吧！"屋外的阿秀听王红这样说，便急忙进屋开始倒腾枕头来，把枕头掀了，倒出枕芯来，阿秀的这一举动，可把我闹糊涂了，只见枕芯上面缝着一个四四方方的小包，她启开来，伸手往里一摸，抓出来一叠票子对王红说："王红大妹子！你拿着先用吧！这是五千块，是我多年来养猪攒的，就算是大嫂帮你的了。"我吃惊地瞧着阿秀的这举动，心中不由得有点儿高兴，暗自思量道："这正方形总算为我争了口气，帮了我大忙，以前我太小瞧她了，得感激她才是。"我也帮阿秀的腔说："王红！拿着吧！别推辞，我再给你找一千元，你等着！"说完便直奔哥哥的家，向哥张口借了一千元，然后回来递给王红，王红推辞了一阵，这才接过我和阿秀的钱，然后小心翼翼地装入口袋说："黄良！老同学，你这么放心我！你就不怕我不还你吗？"我开句玩笑说："不怕！怕啥？不还就算了呗！那又不是我的钱，是阿秀的，我怕啥？"王红认真地说："老同学！我若办了养鸡场，赚了大钱，我一定连本带利还你八千，只有这样，才算公平。"我"嘿嘿"笑了声说："不！这怎么行？你这样做，你不是成心让我充当奸商吗？我可不要你的一分利，以后你若缺钱，就只管来找我，我向马强周旋周旋，他会借给你一些的。你别瞧马强从前是个不大好的学生，现在当了大老板，再说婚姻上有过很大坎，对人还挺客气呢！他绝不是那种做事不管的人。"王红听了我这番话，高兴得直点头。

　　我又继续问王红："老同学！你怎么想起了办鸡厂呢？是一个人还是几个人联搞？若几个人联搞，你可要多几个心眼，小心一点儿呀！"王红毫不在意地对我说："这个你不用担心，没事的！你借给我的钱我不会扔到泥潭里的，我和我丈夫搞，决不会出意外的。"我吃惊不小地问："王红，你结婚了？有丈夫了？咋不告诉我一声呀！"王红害羞地说："黄良！你想想，我都快三十的人了，再不结婚，这在农村像话吗？我经过一个远房的亲戚介绍，和一个叫肖平的男人结了婚。我看肖平勤劳、忠实，我就答应了他，肖平也是山里的娃，穷得没讨上个老婆，就到我家做上门女婿了，我也很情愿，这样可以供弟弟读高中，还可以侍奉老人，也可以帮我料理家务，我也就不担心弟弟和父母了。为了节省一点儿钱，我和肖平就随随便便结了婚,没有通知诸位亲戚,故也没请老同学呀!你可体谅我的苦衷。"我高兴地道:"好!好!结了婚就好,从此你不再守空房了,就有人体贴你了,关心你了。"王红红着脸说:"你真是修行得早,得道得早,我刚开始修行,还不知道有结果不?你真幸福,唉!这养鸡是我提出来的,肖平大力支持我,我这才上你这儿来借资本,你往后可带着嫂子到我家来转转呀!请你别忘了!"我看了看阿秀一眼说:"等到你办的鸡场规模大了,你当了女经理,我一定带着阿秀上你那儿,来参观你的鸡场,我就等那一天。"

王红瞧了瞧我沉默不言的老婆,便拉着阿秀的手说:"大嫂子!你真有本事,养了那么多猪,攒了这么多钱,我好羡慕你,我有这么大本事多好啊!"我那胖老婆说不来话,便笨头笨脑地直言道:"大妹子!我有屁本事!只不过是整天喂三顿猪崽,让它们吃饱了、喝足了,等长壮了,到头来卖个好价钱呗!我可不像你们这些有文化、有知识的人,不知道什么养鸡长、养鸡短的道理,你羡慕个屁!我与你比之,简直是牛粪与鲜花一样,一个散发着芬芳味,一个冒着一股股尿臊气。"我一听到这里,赶忙拉了阿秀一把,制止了阿秀的言辞,显得非常尴尬地说:"王红,别在乎她瞎说,她颠三倒四,说不来话,别计较她。"王红却打圆场地说:"老同学!大家都不是外人嘛!没啥!没啥!有话就直说,谁还计较谁呢?"我瞟了阿秀一眼,挥挥手说:"去!早点儿做饭,让王红吃一顿便饭再走,她难得来一趟,你就剁些肉,包点儿饺子吧,大家好好吃一顿。"阿秀"唉"了一声,便下厨房去了,王红挽挽袖口说:"我闲着也不好意思,我帮帮嫂子去!"我再三劝阻,还是劝不住她,就随她帮我那迟钝的老婆去了。栋栋一觉睡醒了,我就抱着他,在院里溜来溜去,哄他别闹。

吃罢晚饭，王红急匆匆地与我们全家道别。我把她送到大门外老远老远，王红再三叮咛我注意自己的身体，做生意要小心些，还劝我对阿秀疼爱一些，我便毫不在意地点着头，应诺着王红的唠唠叨叨。

渐渐地，王红离我越来越远，她的身影变得越来越渺小了，此时此刻的她，又像是孩提时代的小王红，显得那样可怜、脆弱，经常替别人值班、搞卫生、背书包，让人同情，但我坚信，王红在慢慢长大，时下只不过是没成熟、壮大而已。我也相信通过王红的努力拼搏，她会改变眼前的现实，以全新的形象展现在人们的内心深处，那才是我所盼望的。

亲爱的朋友们，假若你是一位像王红那样的弱女孩，家境贫苦念不起大学，你有像王红这样的勇气去拼搏、去奋斗吗？能把痛苦全抛弃，以执着的追求，做一位生活中的女强人、弄潮儿吗？请相信你脚下的路，无论是平坦大道，还是羊肠独木，你要勇敢地一口气走下去，因为它是属于你的，等待着你去攀登，你去开闯，你有信心去开辟这条人生之路吗？

我坚信年青的朋友们，通过自己的拼搏，奋力一击，你一定会改变面前那块充满荆棘的沃野，希望之火会悄然生根发芽，无论成功与否，你们要时刻记住："拼命奋力一击。"

二十二

也许我天生好动，曾记得在少年时代常捣鸟窝，拆雀巢，偷别人家院里的红杏。再加上家庭的娇纵惯养，以至于我在中学时代时常逃课，上街溜达，似乎成了一名浪荡哥。也许是我的这种天性决定了我的命运，自离开校园，步入社会十多年的日日夜夜，我都到处乱跑，以做生意为由，四处飘落不定，在家没好好待过几年。现在想想这些，真有点儿抱怨，那时为了赚钱四处碌碌奔波，真不值得，思前顾后真有点儿后悔。

瑞雪纷纷的冬季即逝，时间老人告别了这银色洁白的寒冬。随着池塘里小鸭子的阵阵叫声，把沉睡很久的春天从梦中唤醒，大地渐渐地散发着浓浓的热气，一缕缕春风吹拂着农民的心田，弹奏着春天的歌赋，我们全家都忙碌于春耕。

往年，买肥料、买种子都是哥哥承包了，可今年非往年，哥哥分家已几年了，年迈的父亲腿弯背驼，腿脚不听使唤，父亲他老人家三番五次地催我，我这才迫不得已，拉着人力车往县城买化肥和种子。

我走一会儿，歇一会儿，累了就把人力车一搁，跳到车厢里，蹲在车沿上，抽几根闷烟或看看路边怒发着的小草黄芽。经过三四个小时的折腾，我才把车拉到县城，穿梭于繁闹的街市之中。

走着瞧着，经过县委大门口的宣传栏前时，只见人们把宣传栏围了里三层，外三层，争上前看那宣传栏上的内容。出于好奇，我便把人力车往一边一搁，向人群之中挤去，我好想瞧瞧那上面写的内容，我直往里硬钻硬撞，我挤着挤着，只听到眼前一个与我齐个头的年轻人唠叨说："瞎挤个啥？慢慢看嘛！"我似乎没听到，又用力往里一挤，只见前面的一位中年人生气了，他转过头来了，我猜他要教训我一下，可他没骂我，惊讶地叫道："是黄良同学呀！"我赶忙揉了揉眼睛，仔细认准了道："噢！我当是谁？原来是吴平老师呀！什么风把你给吹到这条街上来了？"吴平答非所问，他用手指指宣传栏说："我听别人说上面是关于林虹的一些事，我眼睛不好使，看不清楚上面的字，你快念给我听听，别的咱俩待会儿再扯，你瞧瞧，到底是不是关于林虹的消息。"我便站到吴平的前面，小声给他念道：

通告县政法委关于对原文教局局长林向阳和其子（即工行信贷科科长）林虹的处分如下：

一、原文教局局长林向阳同志，在任职期间，利用职务之便，滥施职权，惩治对他稍有不满情绪的下属，致使人才大量外流，曾多次贿赂上级，蒙骗上级领导，为其子林虹谋得工行信贷科科长的职务，在纪检部门的审查中，不承认事实，一味抵赖，造成十分严重的后果，在党内引起极坏的影响。现在撤销其文教局局长的职务，开除党籍，以观后效，望广大领导以此为鉴。

二、原文教局局长林向阳同志的儿子林虹，其父为他谋得工行信贷科科长职务后，他目无国法，滥用职权，非法挪用公款达二十二万元，为他人私自放高利贷，接受别人贿赂达三万余元。致使国库资金大量外流，重点企业的流动资金得不到保障，造成恶劣的社会后果和巨大的经济损失，在纪检部门的审查中，推脱责任，诬告好人，其行为已构成犯罪，现将林虹送交执法机关，依法判决。

特此公告

县政法委办公室

1986年2月5日

念毕回头一看，见吴平摘掉了眼镜，一缕春风吹进他的心田，他的脸上挂满了笑意，有点儿莫名的激动，眼角上挂了几颗欢喜的泪珠，口中自言自语道："这是报应！是二十年前作恶的报应。"我也高兴得手舞足蹈，拉着吴平的手挤出了人群。

我随便把人力车的栏杆用脚一勾，两手抓住了栏杆，把拉绳往肩上一套，回头去瞧吴平时，我几乎惊呆了，他也和我一样，去拉我车后的另一辆人力车，我没急着走，等吴平拉车与我齐肩时，我才递给他一根烟，然后边走边问："哎！老同学，瞧你这模样，还像话吗？一个名副其实的教师，不好好待在学校里哄哄孩子们，享享清福，跑到大街上拉起人力车来，不觉得有失大雅吗？把这破人力车还是扔给别人吧！就拿我来说，我耐不住父亲的唠叨，这才拉人力车来县城买点肥料和种子，你干啥去？说来听听。"

吴平抹了一把额头的汗珠，把眼镜用手往上抬了抬，尔后小心翼翼、文质彬彬地道："黄良老同学！不瞒你说，我在最偏僻的乌龙沟小学任教。又到了开学时节，我到书店去早点儿把书拉到学校，准备开学呗！"

我望了望他，正色道："吴平，那别的老师为何不来拉书，你却来了呢？这乌龙沟的路我可走过好几遭，不把你累死也会累得趴下的，这岂不是门缝里塞指头，自找苦吃吗？唉！

你大概是那小学的校长吧！是不是也和我一样，迫不得已才拉这么个破车的。"

吴平无奈地摇摇头说："唉！我既不是校长，也不是什么主任，只是任课老师罢了。说句心里话，我也没法子呀，我是耐不住校长的苦苦相求才来的呀！这路远是远点，下午他们会派人来接我的，说好了在路上等我，不然的话，你说我情愿拉这破车吗？我能拉上那几座大山，越过几道大沟吗？"

我认为吴平说话有点儿傲气十足，便有点儿不高兴地问："吴平！校长会求你？你不是撒谎吧？你这不是欺骗我吗？难道你爸当了什么局长或大经理？"

吴平听了我这炮弹似的话语，有点儿伤感，流着两眶热泪说："黄良呀！你错怪我了，你是不了解乌龙沟的贫困，那里的农民们穷得叮当响，上学的那些学生们，夏天都光着脚趾来上学，还有些低年级的孩子，竟光着小屁股上学呢！那里的农民大多不情愿把自家的孩子送入学堂，我们挨家挨户去动员，才有几个少得可怜的孩子来上学，现在社会上，听起来好像捐资助教的人越来越多，可我们基层学校一点儿也体会不到这温暖，你看春耕又开始了，许多孩子的家长都和你一样，要买肥料和种子，哪里交得起学费呀，我们学校怕那些孩子失学，给他们全欠了学费，可谁知道我们的苦衷呢？到书店拉课本，我们好尴尬呀！他们欠是欠一些，可欠的数码也不太大，我只好托人情求欠了，学校领导怕丢面子，我脸皮厚只好来了。"他瞧了我一眼，忽有所思地问："噢！黄良，你在书店有无熟人？"我无奈地摇摇头说："没有！"吴平像泄了气的气球一样，耷拉着脑袋，我觉得有点儿尴尬，便找个话题问吴平："老同学！那儿失学的孩子多不多？救助一名失学儿童要多少钱？"吴平低下头来心里盘算了一阵说："失学率高达60%以上，救助一名失学儿童一学期得百十元钱，唉！老同学！你能不能救助一两个呢？"我对吴平这突如其来的提问，没有丝毫心理准备，显得非常尴尬，我便红着脸结结巴巴地说："吴——平——不——吴老师，现在我手头有点儿紧，等再过一两年，我跑生意赚了钱，一定救助几名失学儿童，你看好吗？"吴平听了我这话，一直头也没回地往前走，似乎有点儿茫然地点点头说："那好！到那时我给你联系几名智商高一点的孩子，保管叫你不会失望的。"我心里好像翻了五味瓶，不知道是啥滋味，便也羞愧地点了点头。

现在想起这件事来，那时的这一举动简直让人不可思议。我不应该搪塞吴平，应当义不容辞地去救助一两名失学儿童。现在后悔莫及，只好以实际行动来弥补这些过失。向那些失学儿童伸出温暖之手，让他们享受一点阳光，尽一点儿人间的正义吧！

我俩走着走着，突然一阵清脆的车铃声，我好奇地转过头来一看，原来是我生意场上的老搭档黄继宏到了，宏哥跳下车来急忙喊我："喂！我说大兄弟！拉个破人力车干啥去？我掌握了一下市场上的药材行情，现在还算可以，我俩趁机跑两回吧？"我抽一口烟，摇了摇脑瓜子说："别急！别急！急啥？等我赶忙种完了田，就去广州跑生意挣钱，你没见我正拉着车去买种子吗？过十来天再说。"宏哥一手扶着车把，一手给我和吴平各敬了一根香烟，然后满不在乎地直言道："好！大兄弟！我听你的，过几天就过几天吧！你不是买种子去吗？那太巧了，种子公司有一位我的老同学，她叫马婷，是个干出纳的，我和你一块去找她，她定能帮我们买到优质价廉的优良品种。"我也不在乎地随口说："那太好了，可别说我烦你了。"我和黄继宏只顾忙着扯自己的事，转过头一瞧，这才发现冷落了吴平,就赶忙把吴平和黄继宏相互介绍了一番,然后无意地扯个话题说:"我同学吴平到书店拉书去,他们那里孩子很穷,交不起学费,他想托一个熟人欠一点,可一个熟人也没找到。宏哥!你在书店里有熟人吗?能否帮我的同学在其中周旋周旋,欠一点儿款好吗?"

我把目光投向黄继宏,向他示意,他拍了拍大腿说:"黄良小弟!说来也巧,我的一位远房大叔的儿子在书店工作,还和我沾点儿亲呢,好像是专管图书的库管员,他叫李华,是个三十七八岁的中年人,全脸胡须,可对人挺大方的,我们何不去找找他呢?他兴许能帮上我们的这个大忙。"我们三人一块聊着走着,经过一幅幅宣传栏,拐过几个拐角,便进入了新华书店的铁皮大门。

大多数办公室里没人,门敲了许久,只有一个没拉窗帘的房门开了,开门的是一位中年妇女,看上去三十四五岁,显得很俗气,屁股后跟着一个七八岁的小男孩,挺机灵活泼,又有点儿羞涩。那中年妇女瞧了我们三人这莽撞的模样,先是大吃一惊,然后极力镇静了一下,和蔼地说:"你们几位找谁?"黄继宏赶忙俯身说:"央烦主任告诉一下,李华在店吗?"那妇女赶忙把孩子推过一旁,用手指着说:"三位里面坐,我是李华的家属,请问三位是他的同学还是——找他有事吗?"我们便没推辞地一屁股跌在床上,黄继宏点了根烟道:"大嫂你好!这大概是李华的孩子吧,蛮像李华的!"那中年妇女边倒茶边说:"是呀!小冬——过来,快叫三位叔叔呀!"小冬这才害羞地叫了三声"叔叔"。黄继宏不待小冬把叔叔喊完,他急着性子问道:"李华上哪儿了,现在来不?"那中年妇女拨了拨自己凌乱的头发,不紧不忙地说:"他嘛!回老家去了,你们三位有啥急事,就只管对我说,我兴许能帮上一点儿忙的。"

黄继宏便直言不讳地道:"我是李华的远房亲戚,这是我的小弟,这是我小弟的同学。"就草草介绍了一番,最后才难为情地努了努嘴说:"我的同学来取书,想欠一点儿,你能否说个情,在其中周旋周旋?"那个中年妇女满不在乎地说:"这个好说,我在这里常住,和书店的领导班子很熟,我过去说声就是,你们等着。"说完急匆匆便向经理室小跑过去。

过了不到一刻钟,那中年妇女跑来了说:"我给经理谈了一下你们的情况,他终于大发慈悲,答应欠一些,但要求时间不能过长。"吴平起身赶忙向那位中年妇女致谢,那中年妇女笑着说:"别客气!客气个啥!都是一家子人嘛,谁还用不着谁,你快去开票办理吧,要不待会儿下班可麻烦多了。"吴平与我和宏哥打了声招呼,一溜烟小跑去办理手续了。

我俩耐着性子等呀等,终于,吴平把一车新书推出了库房门口。我们没多耽搁,一起聊着天出了书店的大门。

我和宏哥声称有急事要办,准备与吴平道别,最后吴平高兴地向我俩致谢道:"你二位可帮了我的大忙,我代表全校交不起学费的孩子向你俩致谢了,啥时候若到了我那山沟沟里的学校门口,别忘了进来坐坐,歇歇脚呀!我等着那一天。"我唠叨了一声:"吴平呀吴平,你总是改不了斯斯雅雅的毛病。"吴平没作声地笑了笑,经过一番的唠唠叨叨,终于把吴平打发走了。

与吴平道别后,我指指空中的太阳说:"时值正午了,我已饿得饥肠辘辘了,宏哥,是不是该填填这肚子了。"黄继宏没言语,拉上我就走,我俩打算到馆子去饱食一顿,然而再上种子公司。

我和黄继宏找了一个较豪华的餐厅便进去了,要了几斤猪头肉和一斤酒,时间不长,跑堂的一盘盘端上来,我俩吃了个瘪瘪大肚,喝了个醺醺半嘴,便带着几分醉意上种子公司了。

我一进种子公司的大门口,就见里面许多人在排队买种子,人群犹如一字长蛇阵,排得老长老长。我满不在乎地望着这些,点了根香烟,蹲在栏杆上歇息,黄继宏去找老同学马婷去了。此时此刻,我心中暗自思量:"宏哥一找到马婷,什么事就好办了,就托马婷先给我买点,我会早早回去的!"想到这里,我真有点儿得意,暗称宏哥真行,这回可派上用场了,能帮我的大忙了,轮着该我请他一次客了。

一根点燃的香烟还未完全抽完,黄继宏便气喘吁吁地跑回来告诉我:"小弟!马婷她人不在,我打听了好几个人,都说她回家去结婚了。"我听这话,没说二言,自己像一只泄了气的气球,不知是怒还是恨涌上心头,用手挠了挠脑瓜子,从栏杆上拍起沉重的屁股,耷拉着脑袋,拿着袋子极不情愿地站到最后面排队去等候了,宏哥却跳上栏杆,悠悠地抽起烟来,等我去买种子回来。

等呀等!等得我好急好心烦,不见长蛇般的队列在收缩,不见人群一步步向粮库移动,一个个活人像一根根木头,死死地站在那儿,不见晃动,偶尔,仿佛是春风吹拂了一下,这才稍动一点儿。

我的心好烦好烦,如一团乱麻,我便把袋子垫在屁股下面,点上一根烟来耐着性子等候,不知不觉,一阵尖脆的骂声传进我的耳朵来:"喂!土老帽,别啰唆!这塑料袋的重量是加在粮种上的,少给我来这套,我可见过像你这样的乡下贱骨头多着哩!快滚蛋吧!"我循这骂声望去,只见骂声从一个二十出头的女子口中倾口而出,正在泼辣至极地用手指着一位老农破口大骂,满嘴脏话。只见那老汉不肯走,又不敢硬顶,只是低着头唯唯诺诺地说:"你这人怎不讲理呀!这塑料袋轻是轻点,但总有些分量吧,至少有半斤吧!你怎么不除皮呢?怎么连袋子一起卖与我呢?难道这袋子是你们的不成?"这老汉不紧不慢的话好像逗怒了一头公猪,只见那长头发的女子气怒至极地破口大骂:"不知高低的老东西!快滚回去吧!若再不给我滚开,就把种子倒回原处,我退你钱,别妨碍后面的人,老娘没工夫跟你瞎啰唆,去讲道理!"那老汉气得憋红了脸,便一声没吭地一跌一坎地走了。我一见到这种情形,真是怒从心中出,气从胆边来,有点儿怒不可遏的样子,很想过去打那个长发主任两个耳光,但我极力控制住了自己的理智,没有打她,只好安慰自己:"唉!别多管闲事,那老汉不是我爸我妈,我干吗出这口气,算了吧。"与此同时,我暗暗地骂那长发主任。

太阳眼看西落了,我面前的人还有很多很多,我等呀等,这等的滋味是何等的痛苦呀!终于,我面前只有一人了,我有点儿高兴,轮到我买种子时,那长发主任走过来恶狠狠地连说带骂对我道:"喂!乡下佬!回去吧!今天下班了,明天早点儿来等吧!我们要下班了,粮库要上锁了,别碍我做事。"我极力镇定了一下自己,便强作笑脸道:"主任!你瞧瞧我们这群人,大老远从三四十里地来买种子,也够难的了,怎么空着手回去呢?你瞧不是还有三四麻袋吗?就卖与我们一些吧!就拿我来说从上午一直等到傍晚,连腰都站得直不起来了,也挺不容易的,求你多行行好吧!"那卖种子的长发主任,全把我的话没当一回事,眼皮往上一翻,带着一种傲气十足的口气说:"不卖就不卖,那几袋是经理的亲戚早已订购了的,赶快滚蛋吧,别跟我啰唆!"

听过这一连串的恼人的话语,自己心里明白求情无用,好话也说不进去,就破天荒来了个破口大骂:"难道这种子就准许当官的独吞,就不许老百姓买,今天老子非买到手不可,看你这两个小婆娘卖与不卖,看你咋样?有本事去告呀!"

我气得直磕牙齿,用力捏了捏自己的拳头,飞快地向麻袋旁奔去,迅速地解开了一个口绳,动作麻利地向自己的粮袋中倒了些种子,正在手忙脚乱时,只见眼前一个黑乌乌的东西向我飞来,我急忙朝后一闪,那东西擦过我的额头,沉沉地落在地上,我一瞧原来是个秤砣,划了我一个大大的血口子,余下的许多粮种子都纷纷洒落在地上,向四周滚去,我抛开了口袋,愣愣地站起来了,像一个即将上场的运动员,拍了拍自己的手掌。

此时此刻,我的心情是那么的难受与愤怒。酒意加上恼意,心像开了花的沸水,一个个的坏念头向我涌来,我气恼得不能自控了,便奔到那长发婆娘面前,狠狠地骂将起来:"你们这两个小贱种,竟骑到老子的头上来了,老子走南闯北,上北京下广州,没有人在我面前如此放肆,也没受过小娘们的窝囊气,我让你打?"说着边捏紧拳头,揪住那长发婆娘的长发,用劲往脸上一拳,那长发女子顿时被打得鼻破血流,直接晕过去了,我这才松开双手。那个开票的短发小杂种见状,便想溜之大吉,我跑去一脚将她踢倒,拳头在她身上如雨点般落下,打呀打!打得这小婆娘狼哭鬼叫,不到一刻钟便不省人事了。这天算我运气好,幸亏这天是礼拜六,其他的职工老早回家了,否则,我的样子会是十分狼狈不堪的。我见两个丑婆娘晕过去了,便指着三四袋种子向大家招招手说:"大家别走!等拿了种子再走,就算是我供应给大家的,大家过来分吧!"大伙都不肯过来分粮种,我便急着大喊:"大家别怕,快分种子回家吧!今天的这事由我一个人承担,不会牵连大家的,你们放心吧！"大家这才稀稀拉拉地过来分种子，你二十斤，他三十斤，把所剩的粮种不一会儿分得一点儿不剩，大伙儿分了粮种后，便三五一群地离开了种子公司，大伙全走光了，只剩下我和宏哥，黄继宏劝我别再闹了，说闹下去会蹲牢的，此时的我，这些话哪里听得进去，宏哥见劝不住我，只好任我胡作非为。

打闹了一阵，我自觉无趣，就把大秤推进了库房，开票的桌子也搬进去，最后又把那个开票的丑婆娘拖了进去，把几个空麻袋扯到一起垫在地上，便把两个丑丫头放在上面，又狠狠地在长发婆娘的大屁股上恩赐了几脚，这才把库房给上了把大锁，然后把钥匙从门缝中抛进去了，嘴里哼着调子，拉起破人力车便走了。我和宏哥还未出大门口，只听见两个女人大哭大闹叫起来："开门！开门！放我们出去，我非告你王八蛋不可！"我便大声回敬几句："你慢慢等着吧！老子明天放你出来。"只听见一阵"砰砰"的敲门声淹没了我的话语。

我俩头也没回地直往家走，半路上，宏哥劝我回去把那两个坏蛋放了，都被我骂得不敢再劝了。我的心里好高兴，觉得自己为农民出了一口气，便抽着烟又回到往日熟悉的山路上。

二十三

一回到家里,父亲见我拉着空车回来,唠唠叨叨地责怪了我大半天。我的醉意一下子全消了,借故别的理由解释,可父亲全听不进去,敲着烟锅子对我说:"你呀你!都快三十多的人了,这么点儿小事都靠不住还要我亲自去,白吃了三十多年的饭,到外边越混越笨了。"我羞愧得无地自容,窘得躲着父亲出去了。

自从回到家,我整天忧心忡忡,对那天的冒失感到内疚,胆怯的念头萦绕着我的心,怕大祸会驾临我的头上,便催促家里人快点儿耕种,种完了好下广州,跑到外边躲起来。到了外边,再也不必担心种子公司所发生的那件事了,一切对我来说是鞭长莫及。

经过七八天忙忙碌碌的耕种,麦子总算种到地里了。我便向黄继宏招呼了一声,收了许多药材,顺便叫了姑妈,带上姑妈下广州去了。

汽车一离开黄土地,飞驰在平坦而松软的柏油马路上,此时此刻,我的心轻松了许些,悬了许久的心总算放了下来,觉得无比的欣慰,就把种子公司的胡作非为忘得一干二净,还有几分兴奋,便在驾驶室里哼着小调儿自乐或陪姑妈开开心。汽车按我们预定的日期,准时到达了广州。

抵达广州之后,我向中药炮制厂挂了一个电话,把事全托给黄继宏,尔后便叫了一辆出租车,和姑妈一块直奔红霞表妹的家去。

汽车绕过几个拐角,就把我和姑妈送到了红霞家所属的那幢楼前,司机师傅挺乐和,我付了钱后,他很有礼貌地道了一声谢,开车一溜烟跑远了。当我和姑妈按响红霞家的门铃时,都激动得快要流泪了。到了表妹红霞的家中,丹炳和红霞都乐得合不拢嘴,丹炳忙向丈母娘嘘寒问暖,姑妈激动得流着热泪抚摩着红霞,对红霞问长问短,诉说着各自的无限情怀和满腔酸楚。我和丹炳见此情形,都觉得自讨没趣,便入里屋卧室,只听见隔壁传来一阵阵"呜呜"的哭声,我被这哭声感染得几乎要掉下泪来,我极力掩饰内心的悲痛,强笑着与丹炳聊天。

在红霞的金色小鸟窝中,我和姑妈待了半个多月了,都有一种憋不住的感觉,有点儿寂寞难耐。又一天的中午时刻,丹炳拿着一小叠红皮本本,兴高采烈地对姑妈道:"妈,我和红霞的出国护照全办妥当了,下个礼拜天就要出国了,这里已经预买好了出国机票,这几天我开上车,陪你老人家到大街小巷转转吧!好好逛逛这广州的大千世界,新奇的东西可多着哩!"

姑妈听了这些话,脸上的肌肉抽了一下,全无笑意,撩了撩额头上那花白了少半的头发,禁不住大哭起来,带着一种乞求的哭腔道:"丹炳呀!你这个干啥嘛!自己的日子这么好!你却不好好过着,偏偏要跑到美国去,那儿有什么好呀?你是中了哪门邪呀?你瞧瞧街上的那些老外们,一个个都蓝眼睛,红头发,多可怕呀!别上那儿行吗?我求求你们了。"

丹炳点了根烟,用手轻轻敲了敲茶几,望了几眼对面丈母娘紧绷着的脸，带着一种沮丧的口吻说："妈！你老人家不懂呀！我也是出于无奈，迫不得已的，我也情愿自己拥有个温馨、幸福的小天地。再说农村还有两位老人，我也舍不得离开父母，到那举目无亲的异乡异地去。可想想自己职业的神圣使命感和责任感，再加上所里领导的另眼看待，盼望我能造就一番业绩，我有什么推托的呢？只好顾大家而弃小家了，只能服从领导的安排，你老人家放心吧！我和红霞到了美国后，时常写信告诉我俩的情况，我们会互相照顾的，你老人家别总是挂念着我们，三四年一眨眼，我们很快会回来的。"

　　姑妈听了丹炳这些安慰和解说的话语，更加大声哭起来，红霞怎么也劝不住她，姑妈一个劲地抹着眼泪大哭，我一瞧这副模样，窘得坐立不安了，便起身凑到姑妈的身旁，帮丹炳的腔道："姑妈！你别太难过，丹炳他说得对，做得也对，他是个有出息的好孩子。出国是光耀祖宗的事儿，多少人都羡慕死了，盼望着能有这一天。再说丹炳出国是公家出钱，不要你老人家一分钱，这样的机会一生中能有几回呢？多少人都求之不得，你还啰唆什么，丹炳是所里出国培养的唯一技术尖子，你可不能扯后腿，你老可不能儿女情长，把丹炳的光明前途毁了，你如那样做，这个责任你可担待得起吗？他们的领导能轻而易举地答应你吗？你可好好想想。依我看，还是让红霞与丹炳一块去，到国外去瞧瞧，增长点儿见识，享几天清福去吧！你老别挂念他俩，他俩不是小孩子，会照顾自己的。他俩走了有我在嘛！我可常来看你老人家的，三四年的光阴很快，你会不知不觉度过的，你老就让他俩去吧！别扯他俩的后腿，不然，会惹人笑话你的。"

　　姑妈耐不住我这些烦琐的劝告，极力掩饰了一下内心的那凄凉痛苦，无奈地摆手说："去吧！去吧！都去吧！让我独自一人待会儿。"丹炳向我投了一束感激的目光,和我一起知趣地走开了,刚走到门口,我回头一看,只见姑妈拉了拉红霞的手道:"我的大闺女,你也去吧!别待在这儿愣着,妈心里好烦!让妈独自一个人清静一会,你可知道你这一去,把妈的心都带走了,我好难受呀!你也出去吧,让我琢磨琢磨。"

只因姑妈这一席话,愁得丹炳和红霞双眉紧锁,不知如何是好,把目光齐刷刷射向我,使意让我劝劝姑妈。我点燃了一根烟,便微微地点头道:"姑妈的思想工作包在我身上,我定让你们准时双双飞出国门。"小两口都破涕为笑,说我有点子,有能耐。

姑妈经过一个不眠之夜的思虑,再加上我的劝导,第二天,她老人家总算答应了出国这桩事,我也就放下心来。

丹炳一听他丈母娘答应了出国这桩事,便高兴得整天哼哼唱唱,硬要拉他丈母娘到外边转转去,可他丈母娘不买他的账,总是绷着脸说:"转啥呀!我不想去,要去你和黄良去转吧!我好好陪陪俺闺女,再过四五天日子,我再也瞧不到她了,听不到她的声音了,就让我多瞧几眼吧!"

出国的日期到了,难舍难分的时刻到了。那是一个晴朗的日子,蓝蓝的天空下飘浮着朵朵白云,天空显得有点儿低,几只鸽子在空中飞翔,身后发出阵阵"呜呜"的哨声。偶尔,这些小生灵俯身斜冲一下,把藏在海底的太阳啄出水面来。太阳升起来了,给人一种温暖、朝气蓬勃的感觉。我和姑妈及丹炳小两口很早起了床,洗漱完毕后,胡乱吃了点儿早餐,便出门叫了辆出租车,直奔飞机场。

随着机场人员的一段介绍,时间一秒秒地飞逝,飞机很快就要离开自己的国土了。我在慌乱的人群之中,急忙与丹炳小两口打了个招呼,并一一握了手。可我这姑妈,她差点儿把我们三人急死，分别时刻，她老人家一言不发，只是紧紧搂住红霞不肯放，把头搁在红霞的肩上大哭，红霞没有言语，没有向母亲道一句安慰话，可她那张俊俏的脸蛋上挂满了许多春天的露珠，一串泪水把她点缀得更加秀气，这些泪水足以证明她母亲在她心头的位置，我呆呆地望着这一情形，心中酸楚也不由得掉下几颗泪来，可丹炳急得直抽烟转圈子，跺着脚道："哎呀！妈！都什么时候了，你老人家快回去吧！再耽误我们会上不了飞机的。"姑妈似乎全没听见，无动于衷，丹炳的目光不停地朝我望望，我被他瞧得好尴尬，模样窘极了，便低着头走过去，拉了一下姑妈的手说："姑妈！时间不早了！快点让他们上路吧！"姑妈带着一种绝望和无奈的神情，这才松开双手来，便放声大哭起来。

我向丹炳和红霞招了招手说："去吧！快登机吧！我会替你俩照顾姑妈的。"红霞抹了一把泪，迅速回头向飞机机舱走去，当走到登机口她禁不住一回头，望了望这片属于自己的国土和母亲，恋恋不舍地走了。

随着飞机的一阵"隆隆"声，便在平坦的跑道上开始滑行，紧接着在天空盘旋了几圈，向祖国行了一个告别礼，就向遥远的方向飞去。直到此时，姑妈才停止了哭泣，小心翼翼地问我："黄良大侄！红霞俺闺女走了吗？"我小声地应诺了一声"嗯"，挽着她老人家说："姑妈！时候不早了，我们也该回去了。"姑妈轻轻推推我的手说："不！时间还早着哩！让我一个人望望这蓝天和大海吧。"姑妈抬头仰望这天这海，一切都显得那么陌生、新奇，我似乎意识到姑妈在蓝蓝的大海和天空中，在平坦的飞机跑道上，仿佛在寻找红霞的影子，我的心中波涛起伏，久久不能平静。

天蓝蓝，海茫茫

我的心茫然
　　心走了，魂走了
　　留下一个孤独的家
　　让我孤守着这寂寞
　　去吧！去吧！
　　都随海水付诸东流

　　飞机远去了，然而留下的一缕缕痕迹和足印，足够撞伤一个老人的心灵了，又在她岁月的年轮和思想深处添了一道深深的皱纹。她似乎有点儿绝望、忧伤，精神仿佛全垮了。她绝望了许久之后，终于与我一起离开喧闹的飞机场，经过繁华的闹市区，小汽车很快又把我和姑妈带到孤零零的小屋中，又开始守起寂寞来。

　　红霞小两口走后，我和姑妈都感到红霞的小屋让人太寂寞难待了，便没住多久，又把这个孤零零的小屋留给空荡荡的时间，让时间去接受寂寞的残杀吧！我们俩很快就乘上北去的列车。

　　自从离开红霞这个寂寞的金屋后，我也没急于回老家，而是到了每个小城市后和姑妈都停一站，看看许多小城市的繁华情形和名山大水，这也是红霞小两口事先托付我的，我只好这样去做了，我的心有点儿兴奋，暗庆自己能有逛逛大山大水的机会。

　　我和姑妈一路上游山玩水，在多个城市逗留了些许日子，可姑妈她老人家没有一点儿兴致，无论我怎样想办法开导，都无济于事，也讨不回来她老人家的欢喜，心情总是那么的沉重，郁郁不乐。我好尴尬，也很无奈，对这情形束手无策。

　　经过许多天的行程，列车把我俩带到了郑州站，列车到达郑州站时，时至夜晚了，我边扶着手脚迟钝的姑妈下了列车，顺着繁闹的街区，沿途寻找住宿的地方，很快，我和姑妈找到了一家入口十分狭窄的旅社，便放心地卸了行李，直奔登记处去了。一走进房间，我心花怒放了，原想可以睡一觉了，可刚躺在床上，肚子里那种饥肠辘辘的滋味让人难受，甚至肚子有点儿隐隐疼痛，我按了按装钱的口袋，锁了房门便去敲姑妈的门，准备与姑妈一起去吃点儿东西，填填肚子，可姑妈沮丧着脸，挪了挪疲惫的身子说："我心里好乏好乏，也不大饿，你独自一人去吃点吧！我想静一会儿，不想吃。"我也知道她老人家的心绪，就没有硬叫她，便点了一根烟，嘴里哼着小调儿，独个儿出了旅社大门，在街上飘来荡去，寻找吃饭的地方。

当我走上大街时，我猜时间已是十一点的光景。我步入一家小排档饭馆，老板便客客气气请我入座，忙问我想吃些啥东西，我便要了盘凉拌牛肉和半斤高度老窖烈酒。很快，店老板吩咐伙计把酒肉端上来，老板忙活去了，我便独个儿边吃边饮起来。

几杯烈酒刚一下肚，顿感全身暖和了许多，过去的一件件往事又徘徊在心头了，我自个儿暗自琢磨着："我这半辈子到处奔波，飘落不定，这到底是干啥呀！值得吗？钱乃何物呢？为了钱这玩意，我拼命地赚它，唉！真有点儿不值得。"想着饮着，真是越想越恼，我又喊老板再来半斤烈酒，店老板见我这举动，他不想找一个酒鬼在此死缠，便改口推辞着说："先生！真不巧！酒已卖完了，只剩几个空瓶子了，我还没顾上去进货呢，请明天再来吧！"我见店老板下了逐客令，有点儿扫兴，就嘟囔了几句，便到柜台前去结账了，当店老板找零钱给我时，我挥挥手随口说："用不着找了！老板，留下自个儿喝几串酒去吧！"店老板高兴地咧着嘴直点头，我便一步三晃，疯疯癫癫地出门厅。一股酒气加上我三摇四颠，再加上二三级的凉风，我真有点儿醉了，走起路来忽东忽西，有点儿支撑不住自己的身体的感觉。

我疯疯癫癫，飘摇在大街上，我觉得我的双眼有点儿昏花，只见一个油垢满面、头发长长的中年乞丐朝我走来，凑近我小声道："大哥！求求你了！给我施舍一点吧！给我点儿路费，好让我回家去！求求你了！大哥！积积阴德，修修善吧！"

在微暗的路灯下面，听了这一阵阵乞讨的话语，我带着醉意狠狠地骂道："今天怎么了！刚一出门就碰个乞讨鬼，真扫兴！真倒八辈子霉了！你给我让路！滚吧！没带零钱！改日给你一点！别挡我道！浑蛋，快滚开。"

那乞丐不但没有让道，反而更加靠近了我一步，用低沉的嗓音乞求道："大哥！行行好吧！"说着伸手想来拉我的手，我急了，把手往腰间一插，躲开了他，一阵冷意的清风后，一阵阵从他身上发出的腥膘味，直入我的鼻孔，恶心得我差点儿把刚才那盘肉全吐出来，我有点儿怒不可遏，刚想要开口大骂，可定睛瞧了瞧乞丐的眼睛，我震惊了一下，这眼神仿佛告诉我，站在面前的乞丐就是宋林。正在这当儿，那乞丐也直瞧着我，我不敢相信自己昏花的眼睛，使劲揉了几下。

当我从他那大侠般的长发中仔细瞧了一番时，我这才辨认出他是同班同学宋林，那时候大家称他为"秀秀""小赌神"等绰号，我在这儿遇到他，慌乱中记不起他的名字来，就试探性地问道："你小时候的绰号叫'秀秀'吗？"只见他神情麻木地点了点头，把目光移到别处，避开了我的眼睛。宋林虽说现在只有三十五六岁，可怎么也不像昔日那捣蛋、淘气的宋林，长得活像一个五十出头的小老头子。宋林低着头，没有一句言语，用脏兮兮的手从口袋里一摸，随手抽出一张二指宽的报纸条和一小捻黄烟渣子来，用迟钝的手指去卷烟棒子。我对自己刚才的冒失行为有点儿惭愧，这会儿酒意跑到爪哇国去了，我有点儿窘，显得十分尴尬，便从口袋里掏出半包带嘴的"牡丹"香烟，轻轻地递过去道："宋林老同学！抽我的吧！请原谅我刚才的冒失，我是喝醉酒了，不是故意的。"宋林动作麻利地接过半包香烟，点了一根，便一语不吭地抽着。烟抽完了，他扔下烟蒂，便起身回头走，走了四五步，他才硬邦邦甩下一句话来："谢谢你的施舍，我不会忘记你的，我不是你记忆中的宋林，你记忆中的宋林早已死了。"

我尾随其后，自从我认出宋林后，故意找话茬跟他谈，可他一句话也不说，只给我甩了这几句话，我简直成了丈二和尚——摸不着头脑，我挠了挠头自问道："这宋林怎么了，连一句话也不肯与我说，大概是在生我的气吧？我管不管他呢？像他这样的流浪汉，大城市之中多的是，简直比正常人还多，随他漂游吧！别人的事最好别管。"可另一个好念头又涌上心头："朋辈碰到了不管着点儿，那谁来管他呢？还是再做一次好事佬吧！"这种同情心理驱使我去追宋林，我打算尽一点儿朋辈微不足道的帮助。

我加大步子跟上了宋林，扯了扯他的单薄而脏兮兮的衣角道："老同学！别跟我赌气了，和我一块聊聊吧？"他仍然不肯言语，他的这一举动真把我激怒了，我怒不可遏地大骂道："宋秀秀！你咋这么不知好歹！你怎把我的好心当成驴肝肺呢？一声不吭，这像个堂堂六尺男儿吗？真是个窝囊蛋！熊包！你有啥困难，说说看嘛！"我想用这种激将法激他说话，可他还是不说，只是呆呆地望了我几眼，这就是对我的回敬。过了片刻，他的泪珠夺眶而出，大声哭泣了起来，一屁股坐在黑乎乎的大道上，他这一坐可好，可把我坑苦了，把一摊脏水压得四周飞溅，溅得我满脸满身都是，我想发泄一下怒气，可一瞧他那哭泣的模样，我不敢发也不愿发。此时的宋林，真正与失魂落魄的落水狗相差无几，那样子十分可怜、好笑。

宋林这般哭泣，使我十分不高兴，我便硬拉硬扯，把宋林扯进一个较为寒酸的饭馆。老板见我拉进一个脏兮兮的乞丐来，又瞧了瞧我满身的泥，便正眼没瞧地随口道："哪来的乞丐！一边去！到别处讨要！我这要关门了！小心别弄脏了我的桌子和凳子。"我听了这话，气不打一处来，顺手从口袋中一摸，把一叠十元大钞摔在桌子上，没好气地骂道："老天怎么不长眼，他妈的！今天倒霉鬼遇到一块了！老板！有好饭好肉尽管端上来。"老板见这叠人民币，从牙缝里笑了笑便朝后堂喊道："有贵客到了！好菜好肉伺候！"紧接着又赶往前来，把我和宋林面前的桌子又仔细抹了一遍，谦谦地说："先生！你俩稍等！饭菜马上就到。"说完便跑到后堂去了。

过了片刻，老板端上一碗饭说："先生！真对不起你！熟肉卖完了，只剩下这加工面片了，你看行否？这不还有一笼包子，全是肉馅的，再来几个吧？"我点了根烟，跷着二郎腿，满不在乎地说："好！那就来二十个包子吧。"老板小声"嗯"了一声，唯唯诺诺地走开了。

饭和包子上了桌子后，宋林还是没有言语，也没有问我是否吃了，便大口大口地吞吃起来。最后他抹了抹嘴，点了根烟，见我结了账，便跟在我屁股后与我一起走了。

我把宋林带到旅社后，硬把他推进了浴室，让他洗了个热水澡，然后我从自己的行李包中抽出我已换过的几件像样的衣服说："去！把你那身衣服去扔掉吧！今晚就住在这儿，哪儿也别去。"

起初，他很推辞，后来经过我的连骂带说，他才换了衣服，这才出来与我攀谈起来，他自述道："我自从中学毕业后，在爸爸的影响下红红火火地闹了五六年，后来因赌博，输掉了家产，竟把妈妈也作为赌注输掉了，妈妈就做了别人的情妇，再后来遇上了'严打'，我爸仍改不了赌，被公安局抓了进去，蹲了大狱，还判了八年徒刑呢！"说着哭着，他抹了把泪水道："自从妈妈跟人走后，爸就入狱了，我无依无靠，就凭着运气玩了很多次，也赢了不少钱，也真恨自己没有及时金盆洗手，结果输得个落花流水，最后连自己的衣服也在赌场中输了，被那些款哥们儿把我剥得一丝不挂，在大庭广众之下戏弄了我一番后，把我赶出了赌场。从此，我又羞又辱，开始了自己的流浪生活，也恨自己命运不佳，在赌场之中这么失意。这也许是对我小时候作恶的报应。到了流浪的地步，我多么渴望人们理解我，关心我，帮我一把，可大失所望，一个个都指着我的脊梁骂我，我好恨好气，彻底绝望了，再也荡不起生活的双桨去搏斗。

"我乞讨生活过了快十年多了，自从离开自己生活过的小城市后，一直游荡在河南、陕西、山西等省城，当我一走在街头，等待着我的是臭骂或痛打。没有一个女人愿做我的老婆，我没有固定的家，街道旁的房檐下和林荫下，就是我的安乐窝。那些富裕省城的人们对我的施舍并不多，我经常饿得头昏眼花，分不清东西南北，几乎无力走路。后来迫于无奈，就想到了偷别人的钱和物。可有一次，我正准备去偷一位穿红裙子的女郎钱包时，很快就被她捉住了，那时我饿得走不动路，跑也跑不了，就任凭那女郎用高跟皮鞋踢我的腿部和下身，以此发泄她的怨恨，路上没有人去劝她，当她踢累不踢的时候，我的全身像散了架似的，躺在那儿一动不动。从此之后，我便改掉了偷这一恶习。我整整躺了九天不动弹,差点儿死去,可阎王爷不收我,又让我回来受罪了,这也多亏丐帮兄弟们的照料。我就沿途讨要地离开了那省,消失在那曾经被打的街道上,来到了郑州,这不就讨到你脚下了,碰到你时我已几天没进东西了,没有力气跟你说话,请你理解我这个流浪汉的苦衷。"

我听了宋林这传奇故事般的经历,好像是在听一首动人的音符,津津有味,听毕,不知是同情还是——我说也说不清楚,这一切全涌上我的心头。

到了第二天,我上街给宋林买了一顶蓝色的前进帽和几斤点心,又买了几包香烟,又让他理了理他那长得吓人的头发。

我回到旅社,又请宋林饱餐了一顿,最后把那些东西倒到一个大帆布提包里让他带上,又掏出一百元钱递给他说:"老同学!为了我,为了你自己,也为了大家,争口气重新做人吧!这些钱你拿回去做个小本买卖吧!如卖点儿冰棒或收点儿破烂,依我看收破烂挺好,也能赚不少钱呢!别在街头流浪了,如果那样,你图个啥呀!到头来还是一无所有,甚至连本该属于你的都得不到。"

宋林对我的这番衷心话似乎无动于衷,只是漠然地接受了那包东西和钱。他临行时,最后有气无力地说:"老同学!谢谢你啦!你给我的很多很多了,我已知足了。可我知道自己的路子该怎么走,别劝我啦!我早已是铁石心肠了,你是劝不回来的。我主意已定,准备流浪一生,飘摇四方。你看,做一个正常的人叫人真心烦,什么老婆、孩子、家务,全要去考虑,好烦好烦,好不自在。你别小瞧我是个流浪汉,其实比神仙还逍遥自在呢!无忧无虑。吃百家饭,喝千家汤,得来全不费功夫,只需我这口一张,我走了,你自重吧!"说毕便一颠一颠地走了。

宋林给我扔下这几句话走时,我的内心几乎被激怒得不堪言了,我一屁股坐在沙发上一动不动,没有起身去送他,与他告道别语,愣愣地望着他的身影离我而去。那时我才知道,宋林不是我同情的那种人,也不必去同情像他这类的可怜虫、流浪汉,我有点儿失望,有点儿痛悔,有点儿控制不了自己的感觉。

随着他那个又丑又矮身影的消失,我好像有点儿疲惫不堪的样子,一个劲儿地抽烟,抽着抽着,抽累了,就爬上床头休息了。不大一会儿,姑妈悄悄溜进来叫醒了我,嘟囔着叫我快点儿上路,我极不耐烦地向姑妈回敬了几句,便把她老人家又留下住了一天,白花去许多钱。

次日,我和姑妈很早就离开了郑州。经过碰上个宋林这蠢笨如牛的同学,我那种高兴、快乐的劲儿全无了,便乘上直达的列车,好想一下子跳进家门,睡个大觉或看看久别的老婆和孩子及侄儿平平他们。

二十四

我刚一回家，全家人都紧绷着脸，露出满脸的不高兴，那气氛是阴沉沉的，老婆也不来接我的行李，我顿时觉得家庭气氛异常，也没敢多言语，那模样十分尴尬，窘得我低下了头。

我刚和父亲打了招呼正准备问怎么回事时，父亲就敲着桌子劈头骂我，骂得很凶很凶，我简直成了丈二和尚——摸不着头脑，就怯生生地小声问父亲："爸！我刚进门就发这么大火，哪来的一股子气呀！你老人家也不问问我和姑妈一路上咋样，就破口大骂我，我这——哪里错了？即使错了，你就放到桌面子上来说嘛！何必发这大火呢？"

父亲在桌面上叩了叩烟锅子怒气十足地大声道："屁话！你自己做的好事自己还不知道，别装糊涂了，还有脸来问我，真是不知羞耻的东西。你看看我——快入黄土的人了，还要为你操劳费心，我这是造了哪辈子的孽呀！你算什么大丈夫，是豆腐、熊包，全家人都跟着你遭罪。你看看你妈，本来心脏不太好，你这不争气的东西，是不是想把你妈给活活气死，你这是干啥吗？害得全家都不安宁。"

我便低着头，小声乞求似的道："爸！你先别发火，你说说到底发生了啥事，即使天塌下来由我一人顶着，你给我说说嘛？"

流 年

"你这龟孙子,开春我叫你去买种子和化肥,你连这么点儿小事都没办成,让我亲自去买了,这还不算,你还给我闯了大祸,你难道不知道闯下的祸来,我正要问你呢?"

听完这话,我大震了一下,我才恍然记起开春在种子公司打架的事来,并一一向父亲做了详尽解释,父亲就不耐烦地说:"你可好!自己闯了大祸,一走了之,可把我们一家子人全坑苦了。你可知道那披长发的主任,她就是阿强媳妇的妹呢!有一次她上我家串门,在相册中认出了你,她起初二话没说,默默地走了。后来她和另一个女的找上门来,今天索要精神损失费,明天讨要粮种子,闹得全家不安宁,说什么我们不给的话,她要告到法院,让你蹲牢呢。起初我什么也不知道,以为她俩合伙骗我的,我便没放在心上,准备草草打发了之,有时气极了还谩骂几句,可后来呢? 那两个女人告到法院了,公安局和法院里的人三天一趟,两天一遭,口口声称若不交医疗费和赔偿种子,等你一回来,就把你拘留起来呢。我知道事情闹大了,我和你媳妇暗自商量,准备给她们几千块钱来了结此事,可钱一送到法院,我们说什么他们都不收,说等拘留了你再说。再后来有个叫王忠的法官,他自称是你的同学,说帮忙调解,他经过几天的奔波,上下周旋,这才使那两个女的撤了诉状,总算了结了此事。唉!要不然的话,你现在不是待在家里,而是蹲牢哩!等过些日子,你去看望一下那个王忠吧!他可是个大好人哩,多亏了王忠那孩子贴着身子给你帮忙,否则,后果是不堪设想的。你说这不是坑害全家吗? 把全家都折腾得人心惶惶,坐立不安,还花去了几千元钱,唉!你这龟孙子,告诉我一句实话,到底有没有这回事,好让我心里也有个准数儿。"我听了父亲一连串的话,想要解释一番,可没有勇气开口去解释,只是无奈地点了点头。父亲看到我这个样子,好像被激怒了，要伸手打我，我便躲到外边去了。

到了晚上，我回到告别多日的床头和老婆闲谈的时候，就把种子公司打架的那事全告诉了老婆，老婆抱怨我说："你呀！真心狠！把两个弱不禁风的女子锁在空荡荡的大房子里活受罪，不给开门，你也真缺德——"随着老婆一阵阵的唠叨，我拖着奔波劳累的身子早已进入梦乡了。

我在家暖暖和和地待了两个月余，成天跟儿子栋栋戏耍，偶尔，找一些年纪差不多大的中年人打打九牛牌或下下象棋，时间像流水的影子，过得很快，不知不觉中又迎来了一年一度的除夕之夜。

次日早晨，我和往年一样，带上许多礼品上亲戚家给老人们拜年问平安了。但这年的春节与往年似乎有些差异，父亲逼着我要去给大舅拜个早年，还说什么礼品要阔绰一点，不要土里土气。我对父亲的这种唠叨无可奈何，便带着十二分的不高兴出门了。其实，说句心里话，我早已很讨厌大舅这种有钱有势的人了，不大愿意与阿强一家子太亲近。由于我母亲的关系，我不想给母亲难堪，就带着一种迫于无奈的心情向阿强家走去。

我一进阿强家的门槛，顿觉得门庭十分冷冷清清，没有往日那种欢乐的气氛，也没有人来接我。家里面的豪华高档家具好像少了许多，客厅似乎变大了许多，我顾不上看这望那，急忙上前与大舅和舅妈一一打了招呼。两位老人的神态全变了，大舅和舅妈十分客气，对我问长问短，显示出十分关心我的模样，一下子全没了以前那种官架子，我的心也轻松、舒畅了许多，舅妈不时地忙活着给我倒茶敬烟，还特别为我做了一条油炸带鱼吃。可大舅一言不发，只是一个劲地抽闷烟，神情显得不太愿意我来做客似的，一直冷冷地盯着我吃喝，我被大舅看得有点儿不好意思了,样子十分尴尬,暗自责骂自己那种大吃大喝的冒失行为,便找个话题与大舅扯起来。

"舅舅!阿强上哪儿拜年去了,你的气色不太好,好像有点儿心事吧,说出来让我听听。"

大舅"哇"地哭出声来,变成了泪人,对我说:"黄良!别提我那败家子了,提起来我恨死他了,真后悔当初没把阿强一屁股压死,真是连条狗都不如,活活把我气死了。"

我安慰大舅道:"舅舅!你老别难过,你有啥难言之处,说出来听听看嘛,我兴许能帮上一点儿忙。"

大舅点了一根烟,连连摆摆手道:"帮不了!帮不了!自从阿强出生那天起,我和他妈都百般疼爱他,没有丝毫的怠慢,对这败家子百依百顺,没有碰他一根手指头,当作自己的心头肉疼他,照料他。可后来呢,他是怎样来报答我的,他在外边与女人乱搞,败坏了我的名誉,为了他的前途,为他着想,我连气都没吭一声,还让我赔了几万元,这才保住了我的名誉和地位,我这是为了啥呀!还不是为了这个家,为了他吗。可这阿强,翅膀长硬了,会飞了,到头来就不养我和你舅妈了,搬出去和我们分居了,东西也分去一半,这不气人吗?我真不知道祖上哪辈子干了缺德事,老天竟安排给我这样一个败家子,老天爷!这叫我怎么活呀!还不如死了省事。"

我猛抽了几口烟,安慰大舅道:"舅舅!你也别难过,过后你多劝劝阿强小两口,还是让他们搬过来一块住吧!"

大舅老泪纵横,哭诉道:"黄良呀!你可知道我心中的一腔酸楚,自从给阿强娶了媳妇后,他完全变了人样,小两口子成天打麻将,还时常把一些不三不四的男男女女带到家来打,常常连续作战四五个通宵,这还不算啥!自从他小两口的狐朋狗友到来后,我老两口可受苦了,闹得睡不成觉,时常倒茶做饭伺候他们，稍有怠慢，阿强小两口就会大发雷霆，用不堪入耳的话辱骂我们，后来我劝他们小两口不要打了，都无济于事，我和你舅妈毫无办法了，便对那些来人不给好脸色，那些不三不四的男女就不来了，家庭也平静了些许。可那刁狠的儿媳妇指桑骂槐，时常说我老两口这儿肮脏，那儿不干净，嘟囔连上厕所都要人伺候，我和你舅妈听了这些不堪入耳的话，心肺几乎被气炸了，可还是忍声吞气，没有在别人面前去扬自家媳妇的丑。大外甥，你在种子公司怎么没把那丑婆娘的妹给打死呢？打死该多好呀！"

我唯唯诺诺地搪塞了几句，大舅又接着道："时隔不到一月，阿强听了他那丑婆娘的话，说什么要分家居住，各走其道，我千求万乞都劝不住小两口，硬是分居了，最后他俩拿走了许多值钱的东西，把一些破烂全扔给我了。那两个败家子真是狗改不了吃屎，又打麻将了，把分去的那些家产全都输光了，有时候大吵大闹地上这儿来要钱，你看我这是造了哪辈子的孽？儿子都快四十岁了，我还要养着他，这像话吗？叫我怎么活下去呢？"

我听了大舅这番话，看他沮丧成这个样子，表面上装出一副关心的样子，尽量压低腔调去安慰他，劝他，内心却在暗自庆喜："大舅呀大舅！你真活该，谁叫你把阿强骄纵、放荡成今天这个样子，这是你的报应！怨不得人。"

经过三四个小时的攀谈，我看天色已不早了，便起身向二位老人告别，舅舅和舅妈送我老远老远，最后还叮咛我常来坐坐，陪陪他们，这也是他们第一次送我这么远，我低着头一直往前走，最后我说道："舅舅！舅妈！你俩也该回去了，你俩别难过，一切都会有报应的，像阿强这样浪荡成性的人，最后会得到法律的惩治，若再劝也不回头，你俩就到法院去告阿强吧！法院兴许能帮你的忙。"听了我这话，大舅、舅妈像得到了救命绳一般，不住地点点头，我便头也没回地消失了。

后来我听别人说，大舅把阿强告到法院，阿强媳妇经过贿赂领导，上下周旋，法院也来了个和稀泥，就以父子感情不和的名义，同意了分居。但作为儿子有赡养老人的义务，大舅只得到一点儿少得可怜的赡养费，却始终再也没找回人间的那种情与义。

我回到家一钻进被窝就想："大舅呀！想想当年你当领导时威风凛凛，目中无人的样子，成何体统？而今也有失意、绝望的时候，真可谓山不转水在转，风水轮流转，阿强对你晚年的这种待遇，是天意！天意人能违吗？"

到了初二这天，我和往年一样，买了点儿礼品直奔喜林叔家。我在想："如果我没猜错的话，小玲大概高三了，下半年就参加高考了，不知喜林大叔心里是喜还是忧呢？"

我一踏进喜林大叔家的门槛，喜林大叔抹了一把短短的胡须，乐呵呵向我说："怪不得今天早晨喜鹊叫个不停，原来是黄良大侄呀！贵客！贵客！你大概有六七年没上我家了吧！让我好想你呀！"说完喜林大叔好像不认识我似的，端详了好大一阵子，然后才把我往里请。我依然爬上了那个小时候曾坐过多少次的土炕头，又开始和喜林大叔一起聊那永远也聊不完的问题，我显得有点儿激动、兴奋。

喜林大叔告诉我的第一个好消息是小玲以优异的成绩考入了医科大学，我高兴得直叫好，那心情是多么地喜悦和爽快。喜林大叔又唠叨说："哎！这回我总算没白费功夫，我可放心了，黄良大侄！今儿个你哪儿都别去，就咱俩好好乐呵乐呵，喝它几杯。"我高兴得直点头，便大喝了起来，我稍有点儿醉意地问喜林大叔："大叔！小玲她寒假回来了没有？"喜林大叔慢慢斟了一杯酒说:"回来啦!现在正忙着做点儿菜哩!我这就叫她过来,跟你打个招呼。"我忙阻拦道:"大叔!别了!让她忙活去吧!"喜林大叔大声嘟囔道:"那怎么行呢?刚考上大学就忘本了,工作了不把我全忘掉才怪哩!这像话吗?"接着便大声喊:"小玲!小玲,先把活儿一搁,快过来跟你哥打声招呼,问句好来!"接着从厨房里传来一阵银铃般的应答声,那声音是那么的清脆、甜美,让人听了有一种暖洋洋的感觉,可见她的温柔、贤惠。

小玲于是端着一盘洋芋炒粉丝上来了,我几乎不识得她了,真是女大十八变,越变越好看,我被她那纤纤的身影惊呆了,但见小玲苗条的柳腰中脊镶着一道长长的黑色瀑布,一倾而泻,直到屁股下面,眉毛弯弯像一轮弯月,眼珠光亮如秋水,带着几分朝气和生机,亭亭玉立,显得成熟了些许,她的神韵简直就是造物主的杰作——美丽、俏然而洒脱。我直着眼睛望她时,她显得有点儿窘,样子十分尴尬,她极力掩饰了一下内心的那种恐慌和紧张的情绪,挥挥手大方地说:"黄良哥!别傻看!你吃点儿吧!尝尝我做得好不好,这么多年了,你为何不上我家来坐坐呀!我和父亲都非常想念你的,不是你的帮忙,我是不会上这大学的,你对我们一家太好了,我和爹都有点儿自愧,你忙活什么呢?"我不好意思地挠挠头说:"哥忙呀!成天东跑西跑做生意,挣点儿钱,没工夫串门呗,我看你和你爹的身体很硬朗,我也就放心了。手中活一忙,我就顾不上到你家坐坐了,你可别怪哥好吗?"

小玲低着头,不大好意思地说:"哥!那你也把小时候对我的承诺也忘掉了,可我一直记得哥说过的话。"我不好意思地说:"小玲,这个没有忘掉!你放心,哥从来不会骗人的,等再过几天我手头的活儿稍一闲,我亲自把自行车给你送过来好吗?"小玲听了我这话,大笑了一声,脸上的两个酒窝久久没有消失,她毫不在乎地说:"黄良哥呀!我开个玩笑你就当真了,我是故意逗你的,你却这么当真,你给我们这个家的帮助够多了,我是不要那自行车的,再说我从家乡大老远到西安去上学,难道骑自行车去吗?你别当真,还是我的十一路电车好。"说完便跑出去了。

我望了望忧心忡忡的喜林大叔说:"大叔!我答应了的事儿绝不会后悔,你放心,男子汉大丈夫,怎么能不守信用呢?这自行车小玲用不着,我也就不买了,不过,我就给她三百元钱吧,让她自己买点儿衣服去,穿得新一点,打扮得漂亮些,别叫城里的孩子瞧不起咱小玲,这也是我的一点儿心意。"喜林大叔抽完一锅子烟,不好意思地说:"那好!黄良大侄!就算是咱借你的吧!等小玲工作了挣了钱,我慢慢还你呗!"我连声说好,说了这好之后,大叔一直心事重重,脸上一点儿笑容也没有,好像有很大的难处似的,我见喜林大叔这般模样,就来个顺水推舟地安慰道:"大叔!你有什么心事说出来听听,天塌下来我也分担着一份,你自己也是六十几岁的人了,别自己折杀自己,别不好意思的,一个人闷着会闷出病来的。"

喜林大叔试着努了努嘴,最后咬咬牙说:"大侄呀!说句心里话,我不好意思开口,这回我没法子了,只好跟你借一千元钱,用来交小玲的学费,我知道你是挣了一些钱,但手头并不宽裕的,我想来想去,琢磨了好几天,别人的钱我借不到,就想到求你啦!我准备上你家来借呢!顺便瞧瞧小栋栋长得啥模样,可这不你就来了。大侄!也别为难你,不管你借给我多少,我都高兴!借不了一千借个二三百也行,别的我另想点儿法子!"喜林大叔费了很大力,硬从牙缝里挤出这几句话来,然后难为情地低头不语了。

我点了一根烟,仔细在心里盘算了一刻,最后对喜林大叔说:"大叔!咱也不是外旁人,再说你帮过我的忙也不少,这回轮着该我帮你的忙了,这几天我手头不方便,等到了小玲上学的时刻,你到我家来取就是,我准给你准备妥当,你别到外边去求人了!这一千元钱我答应给你借,这三百元钱就算是我给小玲的一点儿心意,大叔你先收下,就算是小玲来来去去的路费吧!大叔!往后我若不在家,你就找我媳妇拿钱,我回去给她打个招呼,往后她准会借的,别不好意思的,谁家没有个困难,谁还用不着谁呢?"说完便掏出口袋中仅有的三百元钱递给喜林大叔,喜林大叔用干涸的双手接过钱,眼泪像断了线的珠子一样滚滚而下。

小玲见此情形,带着泪水和谢意向我说:"哥!你真好!我和爹永远不会忘记你的,无论是走到天涯海角,否则就让我天打五雷轰,不得好死!"我赶忙阻止住小玲下边的话语说:"小玲!哥哥晓得你的心,只要你心底有我这个哥,我就知足了,学费的事别操心,你只管安心去读书,争口气把书念好,天大的事有我和你爹顶着,到了学校,别老是牵挂家里,我会时常来看看你爹的。"最后我语重心长地问:"告诉哥!大学里的生活苦吗?想你爹了吗?大学像不像人们说得那样丰富、有趣?"

小玲不假思索地直言道:"大学里的同学都待人很好,生活也有趣,不知道寂寞难耐,不过学业上的负担也不轻,感觉到有点儿苦。校门口附近有一家个体书店,叫振红书店,老板是个老太婆,这老太婆待人非常和蔼,时常和我拉拉家常,她告诉我她姓杜,和我是同乡,还说很早以前在我们这里教过学,说她不屈于上级领导的一手遮天行为,迫于无奈结束了教学生涯，就下了海，经营起了这家书店，那个杜老板跟我混得很熟很熟，她经常借给我书读，还教过我书法呢！我真有点喜欢她，因她经营有方，书的品种很适合人们的口味，因此生意也非常兴隆，还听她唠叨说什么她赞助的失学儿童好几十名呢。那个杜老板真好。"听完这话，我昂着头，内心之中反问自己："是她吗？这不会假吧？错不了，她理所应当会拥有一个丰富的晚年，这也是老天有眼。"

小玲见我小声嘟囔着，就过来问我："哥！你在说啥呀！你说的她到底是谁呢？是不是你以前搞过的对象？"我笑了一声道："死丫头！竟开起哥的玩笑来，她不是我搞过的对象，她就是书店的杜老板，她是我的启蒙老师兼班主任，叫杜振红，多少年了，我一直没有听到她的音信，这下可好了，我又找到了小时候待我们最好的老师啦！"说完便大喊起来："我找到了，找到了——"最后离开小玲家时，我语重心长地对小玲说："到学校，烦你代我向振红书店的杜老板问声好，就说她的学生黄良非常怀念她，会来看望她的。"小玲听着我这一连串的嘱咐语，不住地点头称是。

时值冬日，雪花洒落在大地上，最后凝聚成一块块巨大的冰块。然而喜林大叔对干女儿小玲的疼爱之心，也像冬天里的冰块一样，显得越来越固，这也是他人老精神不老的缘故吧？

我恋恋不舍地踏着冻结的道路，向小玲和喜林大叔挥挥手，带着一种思念走了，留给他们的永远是一串我所踏下的足印，让他俩独自欣赏，的确，风景这边独好！

二十五

　　随着春江水暖，小草发出青青的嫩芽，很快就把那寒冷的冬季抛置于脑后，我的心情也随着春天的气息，爽快了些许，便一个劲儿地拼命下广州，赚钞票，红红火火地忙碌了两三年。但一回到生我养我的家中，我顿觉得生活好像缺点儿啥滋味，生活如一潭死水，显得那样平静、碌碌，不知是苦是涩，我也说不清楚，心情不那么爽快，有点儿讨厌生活的恶感。

　　又是一个凉风飕飕的秋季，我显得百无聊赖，待在家坐立不安，心里闷得好慌好慌，我便约了黄继宏，准备第二天到县城逛逛去，看一场电影或做点儿别的，好好地乐呵乐呵。

　　次日我要走时，孩子栋栋闹着要跟我去，老婆阿秀也问能否带她一块去县城，我一看这胖得出奇、丢人现眼的老婆，脸上立刻布满了愁云，便点根烟抽了起来，考虑了一会儿，最后便撒个谎对老婆说："阿秀！你在家好好哄哄栋栋，你俩都别去了，我上县城办点儿急事去，办完了马上回来，待明儿个稍闲了，我定会带你们去逛逛，顺便来个全家福。"说毕朝阿秀的脸上望了望，看她的反应，阿秀憨厚朴实地朝我一笑，然后把孩子一把扯到怀里对我说："你去吧！我不扫你的兴，可有一点我得警告你，别让那些不三不四的女人把你的魂儿勾去了，你回来时，我如发现你衣服上有一根长头发，我可对你不客气了。"我故意耍个鬼脸对老婆戏说道:"夫人!你放心,有你这块顶门石,哪个敢拈花惹草,我走了。"说完便头也没回地骑上自行车出门了。

我到了十字路口,盘坐下来耐心地等待着黄继宏的到来,可两三个小时过去了,都不见他的踪影。我十分焦急,便在路旁踱来踱去,最后我等人等得不耐烦了,就把烟蒂向地上一扔,赌气地骑上自行车走了。一路上,我连一个熟人也都没碰上,我有点儿憋不住了。

我一进入县城区,只见人山人海、车水马龙,一切都处于忙碌之中,我这才记起今天的日子——集日,怪不得自行车骑也不行,推也不行,只能跟随人流蠕动,一个个都静静地立着,我好气好急,踮起脚尖朝人群里面瞧去,只见里面空空的,人们都立在白线之外,当中高挂着一幅"公判大会"字样的红色横幅,里面除了几张桌子外,不见一个公安干警,人们把一个空荡荡的会场严严实实地围了里三层,外三层,几乎挤得我快要喘不过气来。我才晓得今天这是咋回事,我也便带着几分好奇的心,准备瞧一瞧今天的场面,看会出来些什么人物,便把自行车推到一边,向守自行车的老头打了一个招呼。

我刚点上了一根烟,准备抽几口时,只听一阵警车的鸣叫声朝这边传来,我赶忙扔掉刚点燃的香烟,挤过人群,朝警车来的那边望去,随着警车的鸣叫声,只见拥挤得严严实实的人群像流水一般,向两边散开来,很快为警车让开一条道来,最先入场的是四五辆白色吉普车,而后三辆是悬挂着"刑车"标志的东风牌货车,汽车上载着七八名被反绑着双手的罪犯和三四十名荷枪实弹的武警战士,把罪犯全夹在武警之中,给人一种威严和神圣的感觉,这还不算,每个东风汽车的驾驶台顶部都安着一挺机关枪,每个机关枪手都虎视眈眈地正视着前方，双手按着扳机，用敏锐的目光扫视着一切，好像担心发生什么意外似的，最后入场的又是两辆绿色吉普车，都在顶部安装了报警器。我紧跟着最后一辆吉普车，毫不费工夫地就进入了人群的最前列。

随着一阵阵刹车声，武警战士训练有素地把罪犯带下车来，押到主席台面前，尔后两排武警迅速地跑向四面八方，荷枪实弹地站立在观众面前，把刑场与观众用人墙隔了起来，最引人注意的是那三名机枪手和三挺机枪都没下来，虎视眈眈地巡视着各个角落。

很快，有一名四十岁左右，高个儿的法官向四周挥了挥手，在场的执法人员便各自就位了，他望着一切正常有序，便坐到审判席位上，我顿觉得对这位审判官长得挺熟，可就是记不起来他叫什么来。

最后一位文质彬彬的女法官口齿伶俐地道："现在我宣布大会开始，下面就请作为本法庭审判长的王忠同志执行对罪犯公判的宣告。"我一听这王忠二字，内心震了一下，脑海里一个劲地想着童年时与王忠的往事来，一个勇敢、天真的身影塞满了我的脑子，那些公判的内容我哪里听得进去，眼睛直勾勾地望着王忠发愣。

只见王忠与二十年前比之，显得那么成熟，精明老练了许多，只是消瘦黝黑了些许。只可惜，岁月老人已悄悄爬上他的额头，给他刻了几道浅浅的皱纹和粘了几撮短短的胡须，显得比他的年龄老了许多，但他的声音依旧如故，与二十年前的一样，是那样洪亮、沉重有力，几乎找不到丝毫的变化来，我久久沉浸于这种深思之中，有点儿悲喜交加的味儿！

当我极力克制自己，把自己从童年的梦中拉回来的时候，只听到了王忠最后洪亮的声音："押赴刑场，立即执行——"

念完把文件一折，向四周一瞥，很快，他似乎发现了站在人群中的我，为了公共场合中不失大雅，只是向我递了一个眼色，突然就把目光收了回去，我也懂了他的这种寓意。

最后，王忠他们，像来时那样，训练有素地上了汽车，把罪犯押上刑车，随着一阵警车的鸣叫声，他们一溜烟地全跑了，把一群群人抛得老远老远。

此时此刻，我上电影院的兴致全无了。我带着一种激动的心情，很快也钻出了人群，来到了守自行车的老头身旁，只听到那老头直唠叨："王忠是个好法官，当今社会上这样的人不多哩，他是当代的铁包公。"我听着这些赞语，便带着好奇的心理去问老头："老大爷！你也认识王忠法官吗？他和你老是啥关系呀？"那老头不大高兴地说："小伙子！你连好法官的名字都不知道！你真是枉来世上了。他的确是个人民的好儿子，为老百姓做的好事可多哩！唉！这老天爷怎么也不长眼看看，怎叫他还得了白血病呢？唉！老天爷也太缺德了，报纸上长篇大牍地登了那么多他的事迹，还呼吁全社会为他捐点钱，让他好好治病，你这么大的小伙子，连这个都不明晓，不与你瞎谈了，快到一边去，我没工夫跟你闲扯扯！"我带着一种无奈、自愧的心情，刚扶着车把走时，从远处传来几声清脆的枪鸣声，我这才意识到已执行死刑了。因为这种死刑案犯在县城里不常见，于是人们跑着老远去观看了，这样，大街一下子变得不拥挤了，我便带着一种孤独的心情，毫无目的地飘在街上。

走着看着，不知怎的，我有点儿身乏力尽的感觉，便把自行车支在道牙上。我也蹲到了道牙上，低着头大口大口地抽起烟来。突然，一声刺耳的喇叭声把我惊得不得不抬起头来，只见一辆红色的小轿车已停在我身旁的自行车附近了，险些撞到我的自行车上，我刚要张口骂声："没长眼吗？"这时，从车上侧身下来一个女子，穿着时髦，身上隐隐散发着香水味，我定睛一瞧，原来是喜林大叔的干女儿小玲，就赶紧稳了稳神态，十分别扭地笑了笑，小玲却赶紧上前一步先问我："哥！你干吗呆呆地蹲在这儿，怪不得我上你家找你时却不见你的影儿，只有栋栋妈在家待着。"

随着这说话声，喜林大叔也从车子里面挪动着迟钝的身体下来了，向前移了移笨重的身子，跟我打了个招呼，我忙问喜林大叔和小玲父女俩："大叔！你俩今天上哪儿呀！穿得这样阔绰，莫不是给小玲去相亲吧？"

说完我朝小玲瞥了一眼，小玲羞涩地低下头去，用手指摸了摸自己的嘴唇，喜林大叔却笑呵呵地说："没那事！没那事！我们小玲还小，才二十四岁，再说这找对象是她自己的事，我管不着，只要她愿意，我也就乐意了，这丫头整天唠叨，说什么到美国去研究红细胞、白细胞去，我也搞不清楚，她怕我一人留在家里没人照顾，就硬要扯我一起去，我经不住小玲的折磨，这才跟她去美国呗！这不就碰到你了。"

我大笑着说："好呀！大叔！你这有福气！老了还能坐一回进口小轿车和飞机，真是福分不浅呀！小玲！什么时候这轿车没人坐了，我也坐一回兜兜风去好吗？"小玲红着脸直点头。

最后我叮嘱喜林大叔说："大叔！放心而去吧！别老挂念你这个破家了，我会照看着的，你安心地去享几天清福吧！往后这样的日子再不会回来的！"喜林大叔语重心长地对我说："大侄呀！真对不住你！借你的钱，小玲往后慢慢还你，你若急用，事先就给我打个招呼，我给你想点儿办法呗！"

我便不好意思地开口说道："大叔！行呀！什么时候还都

行,再说我现在也不急用钱,你别老是放在心上,别折杀自己了,都是自家人嘛,干吗这么客气?"

经过一阵唠唠叨叨的告别语,总算离别了,汽车便一溜烟地把他父女俩带往遥远而寂寞的远方。

随着喜林大叔父女的离别,我的心有点儿颤抖,他俩仿佛也把我的心带到一个遥远的世界了,我觉得那么孤单,寂寞无比,我带着试探的心理,推上自行车到法院去找昔日的老同学王忠,很想跟他聊聊告别后二十多年的情况。

经过盘问这位,打听那位,总算找到了法院所在的办公大楼,它正处于公安局的大院中。害得我白白浪费了多半天工夫,真是自己从眼前过,却找不到,内心有点儿羞愧,问别人都瞎摇头,我到处乱窜,却找到了。真是踏破铁鞋无觅处,得来全不费工夫,暗自庆幸自己的运气这么好。

刚上楼梯时,就碰到一个中年法官从上面下来,我就打了个招呼向他盘问,经过中年法官的指引,我很快敲开了那扇半开半闭的办公室门。王忠正趴在办公桌上写东西,手有点儿发抖,看起来十分吃力。他见我进来,先是默然了一阵,尔后拖着疲惫的身子站了起来,打了一个长长的哈欠,把笔记本一折,往一边搁起来,乐呵呵地招呼我坐下,并向我嘘寒问暖,显得对人关怀备至,可亲可敬,但我提及人们对他的赞誉时,王忠的神情好像抽搐了一下,点上一根烟,严肃地对我道:"老同学!别折杀我了!我可配不上人民好法官的头衔,况且那是过去的事儿,现在提及它管啥用,没啥值得人们称颂的,过去的事儿,就让我们忘掉吧?不过这患病嘛,确有此事,我也去过北京、上海的各大医院,医生们都摇摇头说,'到了晚期,谈不上无可救药,反正希望不大'。我从绝望中又回来了,这可赔光了我多年积蓄的几万块钱,沉重的医疗费用包袱压得我几乎喘不过气来,全家人也跟着我遭罪,我于心不忍。可在这关头,各大刊的记者来采访我,我耐不住他们整天跟着屁股转,就索性全说了,他们就大吹大擂地载了我的事迹,这下可够我受的了,我收到了四面八方雪片般的爱心捐助,来自许多个角落,其中有学生、工人、农民、教师等,也有许多大企业家和无党派人士,他们一个个都非常同情我,经常写信询问我的病情,面对着雪片般的汇款单和关怀备至的信,我窘极了,窘得不愿意活下去,我明白会有一天,死神将向我走来,也知道再医治是无用的,就是瞎子点灯白费蜡,我把那些钱原封不动地寄回去了一些,自觉轻松了些,可有一些汇款单上,他们没有写明确切的地址和姓名,使我无法退回这些钱,我烦恼极了,内心很内疚,天天期盼着有一天能找到这些人,可天不遂人意,偏偏找不到他们的着落。就拿本县有个叫张阿秀的农村妇女来说吧,她寄给我两百元钱,就没有写确切地址,只是署了个张阿秀的名,我苦苦寻找,托人打听,经过了几个月,就是没有音信。还有一个叫喜林大叔!也是用同样的方法寄给我钱,这样的人还有这一切我都无法查找,找来问去,都是一个结果,好似石沉大海,一个个都杳无音信。我除了工作之余,就奔波于四方,盘寻这些人的下落,加上我身体不好,这烦琐的事情简直把我搞垮了,最后我没法子了,就只好把这些钱捐给了希望工程,让它发挥真正的效用吧!"

听着王忠这感人泪下的故事,我掩饰着情绪劝王忠道:"老同学!别傻忙活了!以现在的情形来看,是该开个病休证明的时候了,到了家好好散散心,兴许病情有所好转,别折杀自己了,对家中的妻子和儿女们多给点儿爱吧!你这是图个啥呀。"

王忠用发抖的手划了根火柴,点上根烟道:"老同学呀老同学！你不明晓我的心，你应该知道，苍天赋予我的生命比正常人短，过早地来折杀我，我可不愿等待着死神的来临，那种等待生命的日子我是熬不过的，只要我有一口气在，我就要把短暂生命之中的每一秒全献给生我养我的父老们，就不得不向死神挑战，我更不愿意白白浪费每一秒钟，只有这样，假如明天我立刻在这个世上消失掉，也知足了。我的消失对于我本人来说，谈不上重于泰山，也不至于轻于鸿毛，轻浮一辈子吧？我早已吃了这颗定心丸，无论怎样的良言劝说，对我来说都无济于事。"我见王忠的意志这样坚决，觉得有点儿惭愧，模样儿窘极了，我与王忠比之，我是那么的渺小、无为，随着这种自负感的上升，我对王忠的那种崇敬之情也油然而生，我也没脸再去劝王忠了，就扯个别的话题闲谈，顺便问了问他的家长。

　　时间快五点钟了，我以他对我那事情帮助的名义，邀请他去吃顿便饭，想用此好好地让他放松一下，可王忠板着脸说："种子公司发生的那事，不是我帮忙，是我看不惯呗！就顺理成章地办理了，别不好意思的，那时也花费了你不少钱呀！"我硬拉硬扯他下馆子去，他还是不肯去，我急得束手无策，便红着脸道："老同学快二十年没见面了，今天连请顿饭的这个光都不赏与我，这是不是太绝情了？"最后他不好意思了，便半开玩笑半正经地说："好！这次我就赏你个人情，下次可别怪我绝情了，我从来还没有人贿赂过，你却成了贿赂我的第一人了，不过饭我吃定了，可情我也领了，往后遇到麻烦事，我还是公事公办的，到时别骂我就好了。"说罢我俩便"哈哈"大笑了一阵。

　　这顿饭是我和王忠的第一次吃饭，也是最后一次晚餐，我一辈子都忘不了。饭毕，我便和王忠告别，告别时刻我有千言万语想道出来，但不知怎的，我连一句话都没说出口，这也许是紧张、激动，或别的什么原因所致，最后我费了好大气力只说了声："老同学！请自珍重吧！有空上我家来坐坐。"说完骑上自行车，头也没回地走了，走了很远很远。我偶尔回头一望，但见王忠那只沉重而有力的手隐隐约约向我挥，这一挥，留下了我一辈子的思念……

回到家里，我爬上了炕头便问老婆："你是不是曾帮助过王忠法官，捐了两百元钱来，快告诉我。"阿秀看了看我的脸色，有点儿难为情地对我说："是的！这事都怪我没和你商量，怕你不同意，就私下做主，你是不是心痛你那钱，就来追问我。"我赶忙拍了一下阿秀胖乎乎的手背肉说："我不是心疼钱，你做得很对。"又失声喊起来："'知我心者，正方形也'，你做得很对，我怎能怨你呢？再说王忠是我的老同学呀！"

阿秀又唠叨道："自从王忠处理了你那件丢人现眼的事后，我和你父亲觉得有点儿过意不去，就买了些礼品，让你爸去拜访他了，可你爸真行，送礼送到自己手中了，王忠不但没收礼，反而给你爸带了许多礼品，你说说看，在你们的同学之中，像王忠这样贴心帮忙的人有几个呢？依我看，他像个雷锋。后来我听到别人说他病倒了，就连忙凑了二百元钱，托人汇去了，你咋知道这事？"我就把今天碰上王忠的事儿一气告诉了她。最后阿秀问我："你没告诉他张阿秀就是你老婆吧！要不然，他定会把钱退回来的。"我指着老婆的脑瓜子说："大傻瓜，若说了，他不把钱退回来才怪呢？所以我就装了一副不认识你的样子。当他提及你的名字时，我没吭一声。"阿秀"哧"地笑了一声，爬过来亲了我一口。

这天晚上，我很快进入梦乡了。梦见了二十年前和我一块上学的同班同学们，在梦乡里，我又找回了昔日的乐趣，过去的一桩桩琐事和英姿勃发的中学时代历历在目，我情愿在梦乡里多待一会儿，好害怕很快回来。可这不争气的雄鸡，一声长夜鸣叫，鸣来了东方晓白，把我从梦乡里啄回来了。我瞧了瞧窗外明媚的阳光，揉了揉惺忪的眼睛，简直不想起床来，随着老婆的唠叨声，我又不得不慢腾腾地寻找衣裤和鞋袜来，开始新的一天。

二十六

　　岁月如流水，转眼一想，我离开校园已有二十余年了，校园生活在我的脑海中有些淡忘了，我再也记不清许多同学那熟悉的面孔，显得有点儿陌生，但只有一人——杜振红老师，是我久久无法忘却的，我很想找个机会去看看她——我所崇敬的人，思索着准备上西安一趟。

　　我来来回回地跑了几趟生意，时间跨入冬季了，我家里也闲着没活做，便点装了行李，准备上西安去逛逛，顺便看望一下离别许久的杜振红老师。老婆阿秀和孩子栋栋唠叨我，要我给他买个玩具小汽车来，我便一一点头应诺着，老婆挥手正与我道别时，突然迎面驶来一辆小轿车，风一般地向这边驶过来，"嘎"的一声刹车，车子便四平八稳地停在我身旁了，我和老婆与栋栋都有点儿惊愕，惊讶地望着这一切，思索着会从车上下来个什么人物来。随着车门的启开，我又惊喜地望到了那张曾经望过无数次的脸孔，便失声大喊道："大叔！你咋不在国外好好地待两三年，干吗这么快就跑回来了，是不是放心不下那个家呀！"喜林大叔咧着嘴，仔细瞧了瞧前面的栋栋，伸手从口袋里摸出几块巧克力来，递给栋栋说："栋栋！快喊爷爷！爷爷给你糖吃！"小栋栋便淘气地喊了声"爷爷"，就拿着巧克力一边去了，喜林大叔看小栋栋走远了，这才对我说："大侄！你不晓得呀！人们都说外国好，还说什么国外的月亮比中国的圆又亮，其实不然，好个啥呀！差点儿把我憋死，连上个厕所吃个饭都不方便，都那么烦琐，我快六十多岁的人了，能受得了这个折磨吗？况且外国人说话叽叽喳喳，我一句话也听不懂，只有这小玲丫头还凑合着行，也能叽叽喳喳地对付一阵子，你说说，小玲她一上班，我连个说话的伴儿都没有，这不是自己折腾自己吗？依我看，金窝银窝好，都比不了咱山沟沟里的穷窝好，所以我就索性回来守这个破家了。"说完这些，喜林大叔又从口袋里摸出一沓钞票递上前来说："大侄！这钱是小玲的奖金，她让我带回来还你，你先拿回去用着，余下的过几年还你，可别介意呀！"我推辞了一番，便不好意思地接过钱，尔后向喜林大叔递根烟，简要叙述了一下准备去西安的打算，喜林大叔乐滋滋地拍着我的肩说："你这小子真凑巧！坐着轿车去县城车站吧！我和栋栋妈边聊边走，倒比坐车快活些。"他就招呼司机掉转了头，我也不好意思再推辞了。我向喜林大叔手提的大包望了望，便向阿秀递了一个眼色，阿秀立刻领会到我的意思，便迅速上前接过大叔手中的包，笑呵呵地迈开步子，我看着喜林大叔拖着迟钝的身子走远了，就一头扎进汽车里，直奔县城汽车站。

通过一系列的乘汽车，换火车，经几天的奔波，我终于到达了历史名城——西安。映入我眼帘中的马路是那么的平展，那么的宽广，街道上人来人往，车水马龙，晃动的人群在各种服饰的映饰下，像一朵朵五彩的花朵，其中时而夹杂着不同肤色、个头挺高的外国人，点缀着这花朵、这名城。西安沉浸于一片忙碌之中，生活节奏也似乎有点儿紧张。西安的确是美丽，的确是婀娜多姿，就连街道旁林立的广告牌，都陈列得井然有序，看了叫人产生一种新、奇、帅的感觉。我通过出租汽车的减速玻璃，尽情地领略着这一道道美丽的风景线。出租车几经周旋，很快把我带到了医科大的校门口，我下车来付了钱，站在路中央定了定神，在平坦的大道上畅吸了几口农村少有的空气，尔后把目光转移到校园附近一个个摊点的招牌上，很快，我在许多招牌之中，搜视到了一块用行书写有"振红书店"的招牌，那字是那么艳红，多么遒劲有力，此时我兴奋不已，便怀着激动万分的心情朝那边走去。

到了那装饰豪华的店门前，我朝里面望了几眼，怯生生地不敢进去，我便自己安慰了自己一阵，这才推开铝合金玻璃门走进去。这个小书店给我的第一个印象是饱满、充实，有一种浓浓的知识风味，整个房屋都塞满了书籍，没有一块空余的地方，即使墙壁上，也毫不例外，挂满了一张张图片和征订簿之类的。里面的老太婆正转过身去忙碌着陈列书籍，没在意我的进来。

过了片刻，她把书陈列好，这才转过头来，擦了擦额头的汗水，小心翼翼地问我："同志！是不是让你久等了，你需要哪方面的书籍，我帮你找找看！"

我也胆怯地道："大妈，我不是买书的，我是外乡来的，想跟你打听一个人，你若知道就告诉我一声，不知道也没关系。"

只见她撩了撩额头的头发，头发里已夹杂着一缕缕白丝，然后很大方地说："同志！说说看！兴许我知道，兴许我不知道，若知道的，我全告诉你，若不知道，你只好另找他人了。"

我见店老板这么客气、大方，就坦率地直言道："你老人家认不认得有个叫杜振红的老师，我听别人说她开了个书店，这书店是不是她不干了，就转让给你了？"

只见店老板良久没做反应，最后惊讶地问我："同志！我就是杜振红，我可不认识你呀！你是？"我几乎激动得流着泪叫了声"杜老师"，二十多年了，她的学生满天下，她老人家不认识我，这不怪她老人家。

她只是吃惊地望着我，我赶忙打圆场道："你是否记得过去曾在这儿经常借书读的小玲姑娘？"

只见杜老师更吃惊了，连连不住地点点头，而后问道："咋不记得那小姑娘？她和我混得挺熟呢！她可是个好孩子，挺懂人事的，你大概是她哥吧？她不是出国搞科研去了吗？"

我抿嘴一笑，兴高采烈地答非所问道："杜老师啊！你怎么不记得我啦？我就是你最淘气的学生黄良呀！你这是——"

杜老师几乎被惊呆了，忙把我让到柜台里面坐下，和蔼地对我问道："你是黄良？我简直不相信自己的眼睛，我怎么也想不到是你，我从王红那儿得知你下海了，咋跑到这儿来了？自从走出校园后你一直可好吧？与二十多年前的小娃娃相比，你变得成熟老练，精明了些，真不简单啊！我年轻的时候也这样一年四季地奔波，到头来还是挣不了多少钱，只是糊个口而已。"

我半开玩笑地道："杜老师！这全部是你教导的结果啊，要不然，我哪有今天这样的光景呢？不成为街头流浪汉才怪哩！"

杜老师便谦辞了几句，突然若有所思地说："黄良！你谈起流浪汉，我倒想起一个人来，他就是你的同班同学宋林，他的确成了一名地地道道的流浪鬼，后来我还听人说他穷得一文不名呢？你说说！他不是自己糟蹋自己吗？长得一个硬邦邦的身体又不去为别人卖力气挣点儿钱，真活该，听说他走上黑道了，前几天被捕入狱了，还判了好几年的徒刑，这个宋林，就把我给搞糊涂了,光明的大道他不去踏,偏偏向地狱门口里爬去,我真有点儿想不明白!"

我有点儿得意忘形地随口道:"这就是他的归宿,也是报应。"说完便应诺了几句。我看着杜老师那苍白的面孔,顿觉得模样全非了,与二十多年前比之,她那洒脱、超俗的神韵不翼而飞,岁月老人把她那张清秀的面孔已雕琢得有点儿凌乱不堪了,却增添了几分精明和稳重的气质,沉着多了,话也少了,再加上一点就是胖了些许。这证明了一点,这也许是杜老师在商海中练就的意志吧?

我见杜老师打发了一个读者,就赶忙谈起家常:"杜老师!自从你离开学校到现在,你的一切顺当吗?你怎么想起开个书店来,我真有点儿想不通,你都快六十多岁的人了,干吗自己折腾自己,钱多了顶啥用呀?不如待在家里养养花,散散步,清清静静地度过一个晚年?"

杜老师抬起头,望了望大路上的人流,有点儿感慨万千地说道:"回想过去,我这辈子太苦太平淡了,真是碌碌无为,辜负了苍天的意了。自从离开学校后,我哪儿没去成,什么也没做成,整天在床头伺候我那病魔缠身的丈夫,再就是供两个娃娃念书,终于,最令我痛苦的日子到来了,我三十五岁那年,我丈夫被病魔夺去了生命,那时那刻,贫穷加上痛苦,我愁得简直想上吊,可转眼一看三个未成年的娃娃,再想想他们父亲的遗愿,我没有去死。可正在这个当儿,我听到了林局长和李校长被撤职的消息,教育部门要求我去复教,为了三个孩子,我未去教书,抹着泪,二十年含辛茹苦,总算把三个娃娃拉扯大,他们都考上了大学,这下子我想轻松一下,他们一成家,这可苦了我,他们都远飞了,而我呢?还是与以前一样,天天独守着空房,成了一只看护院子的狗了,没有人和我唠叨一会，我的内心是那么的孤单、寂寞，后来孩子们迫于无奈，他们便凑了本钱让我开了个书店，这会才算稳住了我的心，我的心情也比以前舒畅了些许，我接触的人多了，跟我聊天的人自然也多了起来。后来孩子们看我一个人生活不方便，怕生病了没人照顾，催我找个伴儿，别人介绍了好几个，可总是合不来，觉得那些人都很轻浮，比不了咱乡下人坦诚、厚道，我也就死了心。唉！人活着真累真难呀！我开个书店不是为了赚钱，而是给自己一个寄托而已。"

我听了杜老师这传奇般的风风雨雨二十多年，我差点儿激动得掉下泪来，便安慰了她老人家几句，最后开玩笑地说："杜老师！我看你也够寂寞的了，让我给你牵个线，介绍一位天底下最好的伴儿咋样？他绝对诚实、可靠、勤劳、勇敢，是个种庄稼的，有一点儿文化，并且无所牵挂，你看咋样？"

杜老师哈哈大笑了，用手指着我的鼻子说："好！既然是你，我就依你一回，说说看呗！合得来，做个伴，合不来，就算是交个朋友呗！"

我听了她这幽默浪漫的话语，点了根烟，就不假思索地道："我给你介绍的这个人嘛！说你不熟你也熟，他就是小玲姑娘的干爹，她干爹的脾气可比她好多了，一见面你准会满意的。"

杜老师也信口道："如果一块儿做了个伴，上他那儿住呢？还是来我这儿定居呢？最好是上我这儿，我这儿都有现成的空房子，再说孩子们一年半载才来一趟，没有人折腾大闹，挺安静的。如果我和小玲她爹合得来，我上哪儿都行。"

我又逗着杜老师说道："这事你老放心，我保管你满意，但事成之后，你可得要请我的客了！"

杜老师满不在乎地说："这！好说！好说！我一定请你，

这是小事一桩,今天咱就先请你一顿西安的羊肉泡馍好了。"说着便开始关起门来,准备下班。

关门后,我跟在杜老师的后面,穿过如水似的人群草草吃了一顿羊肉泡馍。拐过几个转角,便到了杜老师的家门口,她的家是一个四合院的平房,这在西安来说是少有的。房子收拾得干干净净,一尘不染,这么多的房子只供杜老师一个人居住,显得多余了一点。杜老师对我说:"下次到西安时,你就把这个地方当成你落脚的点吧,常来住就是了,别不好意思的,不过,提水等琐事得让你自己操劳的。"我点头一一应诺。

在杜老师家中待的半月余时间里,杜老师又像以前那样教导我,我也仿佛是在听课,听得那么仔细、认真。现在我只记得临别那天的一些话语,她老人家语重心长地开导我说:"黄良!我听人说你跑生意赚了很多钱,不下十万八万吧?生活上算不上有什么负担了,是不是?"

我无奈地点点头,她却接着又开始上我的政治课了:"黄良!但我从你的言谈表情上看,你的内心世界太孤独、太寂寞了,消极一点儿说,你几乎没吃什么精神食粮,从现在起,你最好是浪子回头,立地成佛,不要跑那药材生意了,应该向文化市场靠拢一些,这样一来你可边学边干,生活上也有个精神支柱。依我看,你倒不如拿出资金来开个阅览室或书店什么的,也为公益事业做一点自己的贡献?"

我有点儿难为情了,掩饰不住内心的空虚说:"杜老师!说句心里话,我挣钱也挺不容易的,如果开个书店,我怕弄不好了会亏的,我对文化市场没有一点洞察力,真是一窍不通,我真有点儿担心,为了丰富自己的精神生活,我试试看!"

而杜老师仍不急不躁地说:"黄良!至于亏吗,你大可不必担心,做任何事情,都没有天生下来就会的人,不会就学呗!真凑巧,我的一位老同学是基层书店的经理,我给他写封信,你到那儿取真经咋样?我叫他管你伙食先当学徒,还可以领到几十元的零用钱,你看行吗?"我高兴得直点头称行,杜老师也高兴地笑弯了嘴,拿出笔来,给我写了向书店经理的介绍信,我便小心翼翼地装在贴身的口袋中。

当我上路那天,杜老师一直把我送到火车站,眼看着我乘上列车,她才透过玻璃窗,掩不住内心的羞涩对我说:"黄良!回去忙糊涂了,可别忘了我和小玲干爹的那桩事!"我高兴地点了点头说:"放心吧!恩师!这事绝对忘不了!"随着一阵汽笛声,列车开始缓缓启动了,把杜老师的身影抛得很远很远。

列车到达小站,我便换乘了去河南的列车,我很想领略一下河南大山名迹的风光,准备一饱眼福,便带着有点儿激动好奇的心情,乘上了到河南的列车。

列车抵达河南,我带着好奇的心,首先游览了中国名山大寺——少林寺,一路上,只见满山黑乎乎的森林,棵棵都像参天大伞,把阳光遮蔽得有点儿阴暗,令我大赞一番。尔后因他人之托,到洛阳机械厂去问一下小四轮的价格,顺便光顾了这个厂家。

信步在洛阳市的街头,望着那熙熙攘攘的人群,高低林立的高楼大厦,不看则罢,一看把我看得大发雷霆,气从胆边生,内心中在反问自己:"瞧瞧眼前这繁花似锦的都市,我们乡下人见过什么世面呢?天天在面朝黄土背朝天地修地球,见到这般景象,过上这般日子的人能有几个呢?简直是太柱死我们乡下人了,同样是一个人种,为何却生活的环境不同?生活水准不同呢?这也许是思想意识、文化素质的差异。"一连串的反问在脑海中闪过，突然，一只纤柔的小手搭在我肩上，打破了我的思索。我的心被震了一下，斜眼看了看这细皮嫩肉的手，我就知道是位女的，多年的社会经验告诉我，这预示着什么，我便毫不客气地举起右手去掀搭在我左肩的魔手，心里也暗骂："这世道真也是！光天化日之下竟有皮条客的娼妓，还这么猖狂，简直太放肆了！"

我用力去掀，可这只魔手还是无动于衷，反而朝向我的手心捏了一把，我顿觉得一股暖流传遍全身，血液似乎沸腾了起来，脸上热辣辣的，刚要转身骂她一句时，却让她先声夺人道："哟！当上大老板了，却不买我的账！你真也是！财多气粗，哪来这么大的劲呀？真是钱越多越厚道了，连老同学都不屑一顾了！"我赶忙回头一看，憋红了脸急得说不出话来，却见王红笑眯眯地望着我，我简直不敢相信自己的眼睛，呆呆地望着她。

她与几年前相比，真是越上年纪越好看，越来越娇艳婀娜了，怎么也看不出她是位四十多岁的农村妇女，简直是一位亭亭玉立、含苞待放的城市丽人，两片桃花般的脸蛋被太阳映得很红很红。也许是她结婚后仍然超俗的原因，这也许是岁月老人对她的特殊照顾，不忍心在她可爱的脸上雕琢几刀，她与以前似乎毫无二致，皮肤仍是那么的圆润、光滑，瀑布般的长发和猩红色的薄纱套裙，再加上三Ａ式的高跟皮鞋，腋下挎一个公文小包，这的确是造物主的杰作，的确是古代仕女的化身，美丽极了。说句心里话，她娇艳得让我有点儿馋，我好想紧紧地跟她拥抱一回。

这一切也许是我们多年不曾相见的缘故，也许是我那胖老婆烦我的结果。王红也含情脉脉地注视着我，她那美丽的双眸，看得我有点儿尴尬，模样窘极了，我赶忙把视线从她的脸上移开来，望着过路的行人，找个话茬说："王红，你咋也来这儿呢？这是办什么重要的事来吧？"

王红却笑了笑，耍嘴皮子说："这洛阳就只准你黄良一个人来？难道就不准我来了？实话告诉你吧！我是托阿秀嫂的叮嘱，转跟你屁股的，看你在外偷猎不，老实正经不，我可警告你，你不要光顾了摘野花，家花你也要好好闻闻的，她是香的吗？"

我难为情地耷拉着脑袋说："老同学！你还不了解我吗？我像那种拈花惹草的伪君子吗？即便是像你这样熟悉的猎物，我也不敢偷的，唉——这怎么说好呢？别跟我逗嘴皮子了，快告诉我，你此行的目的何在？"

王红听我这么一说，才严肃正经地道："黄良！我到这儿来不是跟踪你的，是想买台蜂窝煤机子，想开个私营煤场呗！你看行吗？陪我一起去瞧瞧吧！"

我只好听她的了，我边走边点了根烟笑着说："怎么！王经理！当个养鸡场、养猪场的经理不够气派！想来个大经理当当是不是？依我看，当这大经理好是好，可黑乎乎的也不那么体面呀！你也真怪，总是想方设法折腾自己。"王红偷偷地用手捏了把我的胳膊，我疼得"哎哟"了一声，她才乐呵呵地说："看你再敢说我的坏话，说句老实话，其实当个养殖场的经理也蛮不错的，也挺能挣钱，可赚得太慢了，流转周期太长了，我也并不稀罕这个黑乎乎的黑经理，可我想赚更多的钱，迫不得已而去做呗！你瞧瞧！我们那山沟沟里的农民，要到四五十公里远的县城去买煤，这多费事啊！多苦呀！这苦别说，那些县城里的私营煤场都赚钱心黑，都大车大车地往煤里和炉渣，结果乡亲们买来的是一块废物，抛弃吧！这钱来得不大容易，都不忍心！你说，我怎能眼睁睁地看着乡亲们把钱往外扔呢?这多少年来,城里的奸商蒙骗我们的钱还不够吗?我何不开个煤厂,自己的钱自己赚,这有啥不好的?"

听了这番话,我沉默了良久,走了老远老远才说道:"我说王红老同学,办煤厂固然是好事,是件利民利己的大事,可你千万不能往钱眼里钻呀!这几年你也赚了不少,你应当知足呀!那个养殖厂都够你吃几辈子的,何必又去找自己的麻烦呢?"

我说完这番话,望了望王红的脸色,她却没有丝毫的羞愧感,而且很自豪地说道:"我自己是挣了不少钱,可我们穷山里需要的钱很多很多,与所需相比,我赚的钱太少太少了,几乎少得可怜,山村里的破教室,失学的孩子们,做哪件事不需要钱?目前我正在救助乡里一百名失学儿童,可我觉得这还不够,我想修造一所希望小学,希望所有失学的儿童全都能坐到教室里念书,希望现在的儿童不要像我们那个年代里一样,大批失学。你说修座希望小学,说修就能修的吗?这需要靠政府拨一点儿,余下的我们自己解决,鼓励大家多捐,有钱的出钱,无钱的出力。"王红说完似乎有点儿伤心地掉了几颗泪。

听完这番话,我的脸简直与戏台上的大红脸相差无几了,一会儿红,一会儿白,模样十分尴尬难堪,窘得我抬不起头来,很想从地面上找出一个老鼠洞来,爬进去躲起来好受些。我暗想暗责道:"黄良呀!黄良!你堂堂六尺男儿,竟不如一个王红,还与她论长道短,岂不白活了这半辈子。"王红见我羞愧得不成样子,便打圆场地找别的话来扯,我这才抬起头来偷瞧了她一眼,顿觉得她伟大极了,无论是相貌和品行,都是一位佼佼者,我对她的崇敬和佩服之情油然而生,尽量不提及她的伤心事来。我随口问了问她的孩子们和家庭近况。

路上我俩都很沉默,彼此斜瞧着对方,两人都不肯言语,那场面尴尬极了，叫人有点儿难受。最后还是王红打破了这种沉默说："黄良！我借你的那钱——现在手头还比较紧，等过些日子还你吧！"我赶忙掩饰住内心的羞愧感，推辞着说："不用还我了，你代我捐到你所修建的希望小学吧！也算是我对乡亲们的报答，只有这样，我心里才平衡些，内心好受一点儿。"王红闪了闪水灵灵的眼珠子，喜悦之中带有一点儿不相信似的问我："这是真的吗？"我便微微地点了点头，就因这点儿小事，她一路高高兴兴地和我说说笑笑。

　　经过乘火车，改坐汽车，我俩很快就到了家乡站，我跟王红分别的时候，她神秘兮兮地给我甩下这样一句话："老同学！如果你有空，请你参加十二月二十日在乌龙沟小学召开的大会，但愿给你一个想不到的惊喜。"便头也没回地离我远去了，在阵阵微风的吹拂下，她那长长的秀发四下飘荡，整个人也飘了起来。她走了，但她那美丽的神韵一直在我的脑海中徘徊，我禁不住回头去望一眼她那美丽、婀娜的背影，就因这一眼，这个女人的背影我永远忘不了。

二十七

回到家里,我把小栋栋嘱咐的事儿早已忘得一干二净了。老婆怨我,栋栋闹我,使我哭笑不得,我经不住这种软折磨,便带老婆和孩子上了趟县城,给栋栋买了很多小玩意,遂了他的心愿,这才使我安静下来。

这次短暂的旅行,可差点儿把我累垮了,休息了好长日子,多亏了我憨厚朴实的老婆的精心照顾,否则,我不去见马克思也会得一场大病的。

时间如梭,转眼间到了十二月十九日,这天晚上,我的心情无比激动,心里揣测着明天开会的内容来,这想那思,却想不出个眉目来。窗外风声沙沙,月光如水倾泻在大地上,月儿快要爬上山岗了,我才带着一阵阵倦意进入了梦乡之中。

第二天天一放亮,我早早就起了床,没惊动床上的栋栋,只是和老婆打了声招呼,就胡乱地吃了一通,便带上几包香烟和一些零钱出发了。

到乌龙沟的路大多是山路,弯弯曲曲,坎坷不平,因此我没敢骑自行车,恐怕我骑自行车不成,反叫自行车骑我。我便信步走在弯弯曲曲的小路上,心里十分激动,嘴里也就哼哼唱唱了,东瞧瞧,西望望,这条路我时常不走,所以一切仿佛变得有点儿新鲜,我走着哼着,突然,从身后传来"隆隆"的机器声,我回头极力向远处望去,只见一台小四轮拖拉机缓缓地向我这边驶来,车上好像载着几个人,"隆隆"的柴油机发动的声越来越响,顿时把山野的平静划破一道口子,变得有点儿暴躁,刺人耳了。

小四轮慢慢地靠近了我,我这才看清开车的司机是同村的黄海,我便高兴得不得了,四轮距我只有二十来米时,车厢里有人朝我挥挥手,我定睛一瞧,原来是喜林大叔,他示意我也坐到车上去,随着小四轮的刹车声,我便轻松跳到车厢里了,向在座的诸位一一打了招呼,最后转过身来问喜林大叔:"大叔!你上哪里去呀?"喜林大叔乐呵呵地说:"到乌龙沟参加大会呗!你呢?"我点了点头道:"我也是!"喜林大叔又指着司机黄海说:"我一出门就碰上黄海的车了,他到希望小学帮助拉石料,正好车空着,我就坐上了呗!要不然,这么多的山路,非把我的这双脚磨个大泡不可,真是出门大吉呀!"

我点点头,随着"隆隆"的柴油机声,我神秘地小声问喜林大叔:"大叔!小玲常年不在家,你忙里忙外,还要爬锅台做饭,这不烦吗?你不觉得寂寞、孤独吗?"

喜林大叔慢腾腾地装上一锅子烟,望了望前方叹气说:"唉!忙惯了,寂寞惯了呗!烦和孤独又向谁说呢?还不是抽几锅子烟来解解闷,浇浇愁。老了!不中用了!"

我赶忙道:"大叔!不瞒你说,我这次到西安去,给你物色了个伴儿,不知你意下如何?如果你有个伴儿,小玲也放心了,小玲她在家不在家都无所谓,将来你如生病时也有个人照顾,你看行不行?"

喜林大叔头摇得像拨浪鼓似的说:"大侄呀!你别开我的玩笑了!也许你还记得小时候,那时我穷得没法子讨老婆,从外面带来了个女人,准备当我的老婆,可村里人骂我是杂种、熊包，骂那女人是贱货、婊子、不正经。我迫不得已，赶走了那个女人，害得我打了一辈子光棍，从那时起我就发誓一生不讨老婆了。你看看我，快黄土埋半截的人了，哪还想找什么伴儿，我哪有那么多钱呀。即便有，我孤老头子找个伴儿，村里人不指着脊梁骂我才怪哩。唉！命运注定了我这辈子要打光棍了。大侄，天意不可违呀！别提这些了，提起来总是想过去的事儿，让人白白地伤心！"

我急忙笑脸和声地解释道："大叔！你这就不对了，现在时代不同了，那些封建思想早已抛弃了。我知道村里人会骂你的，但我保你骂不着，你上西安跟老伴一块住，你眼睛里不见，耳朵里听不进去，听不到看不见，计较什么呢？再说那老太婆也想找个伴儿，她住在偌大的一个院子里，也挺寂寞难耐的。"经过我一阵连珠连炮似的解说和开导，喜林大叔这才开口说："好！好！让我回去好好想想，过一个月小玲她回来，我跟她琢磨琢磨，看小玲同意不？"我高兴地说："大叔！等小玲一回来，你就通知我一声，让我去劝说，你什么也甭跟她说，倒是你老好好想一想的时刻了，俗话说得好'机不可失，时不再来'的，你就下定决心拿自己的主意吧！"喜林大叔在鞋帮上叩了叩烟锅子，朝我点头笑了笑，他老人家笑得很甜很甜。

不知不觉中，随着拖拉机的响声，我看到了一群群人，接着是高挂的横幅。另外，在电线杆上架着一个大喇叭，放着优美的音乐，人群在晃动，鞭炮在鸣叫，一切处于热闹非凡之中。

当我们到达会场时，人们大都到齐了，离会场不远的空地上放着七八辆小轿车，上面落满了一层层的尘土，好奇的农村孩子们，带着一种新奇的感觉去抚摸那一辆辆小汽车，在车身上留下一片片心灵的花瓣，把汽车点缀得更加美丽了。

　　我和喜林大叔挤进会场，抬头一望主席台，有几位我非常熟悉，他们是马强、王红、吴平等人，旁边坐的也许是本乡或本县的头脑人物吧？马强的身旁放着一个大大的公文包，鼓鼓的。恰在这时，吴平瞅见了台柱下的我和喜林大叔，就赶忙下台来，把我和喜林大叔硬拉硬扯地推上主席台就座，我有点儿紧张或胆怯地坐在主席台上，一切就绪了，吴平这才宣布："乌龙沟希望小学奠基大会现在开始。"全场爆发出雷鸣般的掌声，接着书记致了开幕词，尔后，县长这才很响亮地讲道："现在我代表县四大家，正式举行优秀企业家马强捐资希望工程二十万元的交接仪式！"马强把几大沓人民币递给县长，县长接过后在头顶晃了晃，并与马强握手致谢，交接仪式一完，吴平又开始宣布捐款名单了，我听他念道：

　　县四大家捐人民币三万元

　　优秀科技致富能手王红捐五万元

　　黄良捐人民币五千元

　　黄喜林捐人民币三千元

　　最后吴平带着一种悲伤的语调念道："最后一位是被称为'人民的铁法官'的王忠，他捐资五百元整，我们收到这笔款项时，乡亲们有没有想到，王忠他已远离我们了，他捐的虽不多，可这是从他那微薄的工资中节约下来的，王忠虽然走了，但我们坚信王忠的英灵还在，他住在我们的心里，如果我们乡下人都有像王忠这样的精神，我们何愁建不起一所'希望小学'呢，即使再建几所，也能办得到的，我建议希望小学建成后，树立一块丰碑，首先应刻上王忠的名字，其次要逐笔刻上捐款者的名字，以此来告诉后代，让他们知道这所希望小学是多少人血与汗的结晶……"随着吴平嘹亮的讲话，大会总算圆圆满满画上了句号。

　　回来的路上，多亏沾了马强老同学的光，不然，我和喜林大叔的四只脚不知又要受多少苦头了。我和王红、马强、喜林大叔都挤到了马强的"桑塔纳"里，马强一直把我们送到村口，最后连口茶也没喝，一溜烟地飞了，王红也是这样，他俩虽然走了，但马强、王红的名字响彻半乡里，无人不晓，无人不知。

　　过了十余天，我便带上杜老师的介绍信，急忙向基层书店奔去，准备取经一个月，然后自己开个书店，用自己的实际行动做一点儿对人民有益的贡献。

　　汽车坐了四五个小时，真是颠颠簸簸，简直把人颠累了，我听杜老师说去基层书店的路崎岖不平，不大好走，这回我总算尝到了这种滋味，好想立刻睡个长觉，来摆脱这路途的劳累之苦。我就在迷迷糊糊的状态中报到了，全店职工很热情，一一向我打了招呼。

　　因为我初来乍到，处处十分小心，这样，我就避免了领导的许多批评。我认为全店的职工比我学问高，见识多，所以经常向他们请教，格外尊重他们，即便是与我同龄的人，我也是一样，毫不怠慢。

　　经过四五天，我赢得了全店职工的信任和好感，但是，时间久了我能否这样，我自己也不知道。

　　因为我上了年纪，所以时常画画写写，读读念念，在舒适的环境中打发着时光。有时候，就帮帮同事们做做饭，打扫卫生或拉运包件，一起叙述着各自的生活经历，在这里，我仿佛感觉到这才是真正的生活，只有这样，才能真正品尝到生活的滋味。那时我手头也有许多零花钱，我的酒瘾和烟瘾本来就不小，再加上几个同学的熏陶，我的这一恶习逐渐"发扬光大"

了，我再也不是应付着抽抽，而是发展到不抽不行，难受得要死，认为抽烟是一种莫大的享受。一下班，我们无拘无束，随意到公园散散步和林荫下聊天，这使我兴奋不已，仿佛又找到了童年。

或许是他们的信赖，或许是我的勤快，我的生活始终充满着快乐，无忧无虑，没有丝毫的愁虑。在与他们的闲聊言语中，我听到了许多奇闻乐事，最多的则是本行业的新闻，这对我来说是要取的经。

书店的经理精明能干，办事周全，有胆量也有谋略，他四十岁左右，很有涵养，他不仅是工作中的佼佼者，还是个教育有方的人才，所以，全店职工包括我在内都很敬重他，爱戴他，他时常关心职工生活，深入每个职工家中了解实际困难，以给予最大的帮助，他知道每位职工的疾苦、忧患，并一一启蒙开导。这样，全店职工对他说的，都言听计从。

经理经常喜欢读书看报，常常在床头堆着几本厚厚的书籍，他不但爱读书，还懂书，在同行业中，他购进的书籍都比较切合读者的口味，一直赢得广大读者和上级部门的好评，每年的销售任务都上一个新台阶，在本行业内可以说是难得的人才。

经理和全店职工闲聊时，和蔼可亲、随随便便，说话稳重之中有点儿幽默，好像根本没有上级与下级那道不可越的无形墙，假如你是位旁听者，你一定会认不出哪一位是经理来。

我很幸运能在这么一位关心职工疾苦的经理手下取经，他对我在业务方面的教导可以说是一丝不苟，手把手教我打算盘，直到我会为止。他读过的书很多很多，别人一提及书名，我们几乎都未听过，可他无不晓得内容，他还嘱咐我，你若有时间，你也去读读你所未闻的书，这会对你的业务和涵养有很大帮助的。

在高中毕业以前，我时常写写诗或短文，向各报刊投稿，也取得了一点儿微乎其微的成绩，但是一年的工地生活，多年的商海风云，我再也没有勇气了，金钱占领了我的大脑，把这杆笔抛入九霄云外，没有再去耕耘，在书店的取经中，同事们的学问大都平平，一个个都不喜欢玩墨弄文，他们一个个都讨厌书，认为读书真烦，这也许是一种职业病，它根本没有激发我拿起这杆笔，因此，在离开学校的很长时间里，我几乎毁掉了这杆笔。

短暂的书店生活，在根本上没有改变那精神上的穷困平淡，只是增加了一点点社会阅历，在这期间，我分秒必争地去读书，读了一百来册，就因这一读，把我引上了书海，直到现在，我还在读，读过的书如果摞起来，可能超过我身高一米七五的十倍，这也是往后我开书店的最大收获，我读的书说多也并不多，但我读书的体会是这样的：

书还是适量而读好一点，如果读得过多了，你会越发感到自己的知识浅缺、空白，总是设法去弥补这一空白，就去读更很多书，读了之后，你仍不能满足于自己拥有的知识，觉得自己知道的更少了，就去读呀读！就越会体会到自己的无知，又去领悟、掌握、阅读，这样不间断地读呀读，最后把自己的眼睛读成高度近视，这就是俗语说的"读书是用假瞎子换个真瞎子"，我的情形就是这样，我奉劝年轻的朋友们，书要适量而读，否则，不但会影响正常的工作，还会有损于身心健康的。但是我经过对许多读者的深入了解、观察和询问，目前青年人读书的数量很使人担忧，我通过调查：在一百名青年读者中，读过中国名著的不及百分之四十，百分之三十的小伙子们根本不知道什么是名著，读过中外名著的不及百分之二十，百分之六十的人不知道国外名著的书名,连听都没听过,他们只知道古龙、卧龙生、金庸……之类的书籍。因此,我建议广大青年朋友们多读几本名著,少阅一点无用的武侠小说,它只不过是消遣的书籍罢了,希望能用真正的文学艺术去武装自己的头脑,继续继承和发扬中华民族的文化瑰宝。

时间老人很快把我推向一个月末的边缘,我刚熟悉这帮清一色的男职工,却又要告别了,真可谓:

相见难

别亦难

人生能有几回

相见难

别亦难

我留下一串回忆

带着怀念

去了

二十八

一回到家里,我带着路途的劳累和收获的喜悦,便跌在床上,好好休息了几日,准备着开书店的大事来。

偏在这时,黄继宏又找上门来,三番五次劝我做药材生意,以开书店要亏损等言辞来吓唬我,我的主意早已打定了,我就果断地做出决定,和黄继宏分道扬镳了。

打发走了黄继宏,我像卸去了一份责任似的,心里轻松了许多。我便匆匆上喜林大叔的家来,这天我一到喜林大叔的家门口,只见大门半开着,我便斜着身子,轻手轻脚地走进去了,我四下里一张望,不见喜林大叔的影儿,我就猜测到他不在家。只听见正屋里的录音机大响着,伴随着美妙音乐的是小玲那莺歌般的声音。我走进正屋时,小玲唱得正带劲,没注意到我的进来,我就装作喜林大叔的口气,摆摆手说:"小玲——不做点儿别的,瞎唱个啥呀?"她才抬起头来望了我一眼,便吃惊地道:"原来是你!黄良哥呀!我当是我爸呢,我正纳闷我爸刚出去为什么就回来呢?"

小玲关掉录音机,忙给我让座倒茶敬烟,我边抽烟边问:"小玲!你爸上哪儿去了?"

小玲信口道:"哥!他去晒太阳瞎唠叨呗!要不我去叫他回来?"说着便要走。

我赶忙把小玲扯了一把道:"不必了,小玲!我今天不找你爹,专跟你谈谈,你先坐下,待哥慢慢说来。"

小玲却耐不住性子地问道:"哥!你是不是开书店急用钱,你若急用,我手头有点,你先拿去吧!我再给你想个法子。"

我不急不躁地启口道:"不!不是!我不缺钱花,你别性急嘛!让我给你说来。"

小玲更加莫名其妙了,便推了我一把催促道:"哥!有啥事你赶快说嘛,干吗要拐弯抹角的?"

我这才慢条斯理,切入正题道:"小玲!你疼不疼你爸?你担心你爸的身子骨吗?将来有一天他老人家若病了,你若上班,我又这么远,叫他老人家怎么活呀?"

小玲点了点头,显出一副无奈的样子说:"其实我很担心爸的身子骨,也知道他一个人在家挺寂寞、孤独的,也没个人照顾,可我总不能为了照顾爸而不去上班呀!这叫我怎么办呢?我也是无奈,没法子呀,并不是我不爱我爸,不疼我爸,你要了解我的苦衷呀!"

我喃喃地点头说:"小玲!你先别愁,哥有个法子,既不让他老人家寂寞,又不让你放不下,这回你可得要听大哥一次话。"

小玲脸上带着点儿苦涩说:"作为我们小辈,是应该听你话的,但若把爸送往养老院或别的什么,我是坚决不依你的。"

我哈哈大笑了一阵,高兴地说:"不会上养老院的,我也不是那毫无感情的人,送你爸上养老院不是活受罪吗?我才不干呢!你爸说他要为你找个后妈,他自己不好与你说,就托我问问你,跟你商量商量,你同意不?"

小玲闪了闪眼睛说道："只要我爸愿意，找的后妈待我爸好，我干吗不同意呢？现在社会上也提倡这么做的，我应该支持呀！"

我听了这番话，高兴得直拍大腿说："好！好！那这个红娘我做定了，我包你父女俩满意，也是一对挺般配的老夫妻。"

小玲带着惊奇的神色问我："你给我爸找的那个伴，不知道住哪里。姓甚名谁，快告诉我，我也好打听一番人品嘛！"

我高兴地摇摇头说："不用问了！小玲！你不必打听了！她就住在西安的大都市里，人蛮不错的，这个人嘛，说你不熟悉你也挺熟的！"

小玲莫名其妙地又问我："哥！你说的这个人到底是谁呀？可把我弄糊涂了，快点儿告诉我呀！"

我却慢条斯理，故意逗她说："怎么，小玲！后妈还没过来就等不及了，实话告诉你吧！这个后妈不是别人，就是西安医科大附近开书店的老板杜振红呗！你说你不熟吗？你说她的心肠好不？"听了这番话，小玲只是笑而不答，从她的表情上看，我断定她十万个乐意。

就在这空儿，喜林大叔拖着沉重的脚步进门来了，我赶忙两手一拱对喜林大叔道："大叔！恭喜了，小玲她同意了，我就专等喝你的喜酒呢！抓紧点儿去办，趁小玲在家的当儿，你俩抽空去西安一趟，和杜振红老师会一面，好好谈谈，别不好意思的，小玲就陪你去吧！她和杜老师挺熟的。"喜林大叔憋红了脸，无奈地点头应诺了。

事后，我才对小玲和喜林大叔把我和杜老师的那层关系说了，他们都说我太可笑了，但我很高兴，给多次曾经帮过我的喜林大叔找了一个好伴儿，也算是偿还了他老人家的一点儿人情吧!

　　这天我回到家中，家中来了一位很少到我家的客人——阿强。碍于面子，我就寒暄了一番，并开了瓶烈度酒，一同饮了起来，两人都喝得过了火，阿强就提及种子公司的那事来，怨我把他媳妇的妹给打了，要我赔礼，我也趁着酒劲，指责了他小两口一番，最后闹到两人又打了起来，我把他打得流了血。从此之后，我也就断了这门亲戚路了。

　　不隔几日，小玲带着她爹上西安了，到杜老师那边相亲去了。我却整天东跑西忙，到各地去打听货源，找房子，最后便在本县城找到了四间临街的铺面，价格也较稳当，我就雇上个木匠师傅做起书架来，准备着开业。

　　一个月余后，我收到了一封从西安发来的信，这信很大很特别，里面没装什么，只装了一个鲜红的大请柬。我这才知道喜林大叔和杜老师快要结婚了，时间定于五月十七日，我暗自庆幸喜林大叔和杜老师闪电般的恋爱快要大功告成了。我一翻日历，再过十几天就要到了喜林大叔的结婚日子了，我把未开业的书店交给媳妇和侄儿们去整理，我便收拾行李，上西安参加杜老师和喜林大叔的婚礼了。

　　杜老师和喜林大叔的婚礼是在一个不大豪华的餐厅中进行的，杜老师的两个儿子、儿媳和一个女儿都赶来参加了，另外还有小玲、王红、吴平等。马强这阔老板虽没有来，可他托别人给杜老师捎来了一套高档组合音响作为贺礼。

　　在阵阵的鞭炮声中，杜老师和喜林大叔携手，喜上眉梢地向客人们一一敬了喜酒，一切都在热闹非凡的气氛中进行着。

　　最后，小玲当着众人之面，向她的干妈、干哥及干妹一一甜甜地问了个话，并一一敬了杯酒，最后也没忘给我敬一杯，我便不好意思推辞地一饮而尽。

我借着婚礼的场面，向诸位告诉了我开书店的时间和地址，并一一恭请了各位，因有事在身，就急匆匆先离开了西安。

我回到家不过七八天，喜林大叔也赶回来了，对他莫名其妙的到来，我有点儿百思不得其解，就赶忙问喜林大叔："大叔！你咋不好好度蜜月，干吗跑回来呢？莫不是出了什么大事吧？"

喜林大叔摇摇头说："没有！没有！不会出啥事的，我怕你一个人忙不过来，到了开业之日开不了业！我和小玲她干妈商量了一下，就先回来帮帮你呗！"

这下，我悬着的心才算放了下来，便开始问喜林大叔来："大叔！开业那天杜老师她来不来呢？"

喜林大叔喜上眉梢，很有把握地说："她准会来的！忘不了的！她正忙着收集些书籍，准备带回来，给这儿的小学建个图书室呢！因此没和我一起来，过不了几天，她准会来的。"

我高兴得边忙手中的活计边向大叔开个玩笑道："大叔！你的福分不浅呀！四十岁上得个干闺女，六十岁上讨个好老伴，还到西安定居，真叫人羡慕呢。"

喜林大叔望望我，装锅烟道："大侄！这不是托你的福吗？我得好好感谢你呀！"我笑着说："感谢啥！你不也是给我的很多很多吗？这回咱俩谁也不欠谁了！"喜林大叔点点头，再没言语地帮我忙活计。

到了书店开业的那天，我所恭请的诸位客人一个不差地全到了，在一阵火药味极浓的鞭炮声中，喜林大叔和杜老师为我亲手挂上"海浪书店"的招牌，他俩送我一幅写有"书籍是人类进步的阶梯"字样的大匾牌，这幅墨迹，直到现在，仍挂在我书店的中央，它给予我力量、勇气。经过诸位的建议，我们大伙儿便在书店门口来了个大合影。

合影中有杜老师、喜林大叔、王红、小玲、吴平、肖平、马强、王忠的家属及小儿子,我的全家,还有……一个个都笑弯了嘴,笑得很甜很甜,这是一张珍贵的合影。

事毕我把照片冲洗出来,送给诸位各一张。但我觉得照片中少了些人,像宋林、林虹、王忠等同学,对于林虹、宋林没在其中,我倒不在乎,而独独王忠这么一个人没照上去,我觉得太可惜了,使这张照片暗淡失色了许多。

大概因职业的缘故,我总是结交一些年过花甲的老先生为朋友,在他们身上,我总觉得要学习的东西很多很多,或做人的态度,或处事的观点。我和这些老朋友们谈得十分投机,他们在书法和文学方面都对我教益很深,我非常崇敬这些平凡的人物。

尤其是有位王先生,他的教诲使我一生难忘。我先前多年荒废了写作,情绪也不大集中,自认为文学路上强手如林,想在这条路上成为凤毛麟角的人物,那是不可能的,于是我就畏缩不前。可一看到年过六旬的王先生的写作精神,我实在有点儿惭愧,我的内心在呐喊:"像王先生这样年过六旬的老人都这般孜孜不倦,勤奋地耕耘,他们图个啥呢?是名?是利?难道他们把这些带进棺材不成!不,他们是发余热而奉献社会,我真不敢想,我们正处于朝气蓬勃、风华正茂的大好年头,不求上进,不勤于耕耘,能对得起苍天赋予我们的时光吗?不就成了戕害时光老人的刽子手吗?连一个快进棺材的人都不如,这不是懦夫、浑小子吗?"

在这种心理的驱使和王老的鼓励下,我在三尺书架之间凑成这部词不成句的小说,默默地耕耘着……

每当清明时节,我带上自己的思念,再带上阿秀和栋栋,一块到王忠的墓前,烧张黄纸,望望那坟头微风吹拂着的小草,在这儿倾听一阵王忠那孤独的叹息声……

回去,又开始忙碌于三尺柜台之中,在这书架之中寻觅自己的归宿……

2017 年 3 月 36 日完稿于临夏

流年

悄悄的我

我
无须
太多的宠幸
我
只要
点滴的理解
便足够了
你能从中
受到点滴的益处
将是我
莫大的欣慰

王德忠于上
1997 年 3 月 26 日

厚德载物忠诚为人：喜形于色不掩藏
——评王德忠的小说《流年》

张发海

和小说疏离日久，妄论难免战战兢兢。可王德忠是个固执的人，固执得让我无法回绝。微信上，我说，临夏那么多的有名气的作家，你找一个，键盘啪啪，洋洋洒洒，妙笔生花为你小说添彩呢。我乃无名之辈，说话像鸡毛掸子打人，没分量。王德忠说，因为我是无名之辈，才请你这位无名之辈的。听听，这话气人不？不容置疑的霸道，理所当然的跋扈，我甚至能看见那家伙说话时脸上的坏笑。王德忠率真，喜怒形于色，不擅掩藏。去年吆喝办《西北文言》公众平台时我领教了。快意恩仇，唇枪舌剑，把我说得直翻白眼。组稿、编辑、配图、请人朗诵，独自一人竟把《西北文言》弄成了一块吸铁石，吸引了一大批文人墨客。私底下，我不得不在肚子里对这个电力公司爬电线杆子的家伙跷大拇指。

写作是一种反抗，对抗外界的恶，也对抗自己内心的黑暗。王德忠一直用他的笔与这个世界进行着对抗。

这是一篇与青春有关，与血性有关，与豪情有关，与彷徨有关，与迷茫有关，与奋斗有关，与善良和悲悯有关的小说。读后让人温暖入心，唏嘘感叹，悲壮激越，提振精神。

共鸣是什么？共鸣是在别人的作品中发现了自己。那个固执己见，自卑敏感，善良朴实，快意恩仇，命运多舛的黄良多像当年的自己呀？

王德忠的笔尖总是对着那些"底层"，写的大多是那些没有话语权、对这个时代发不出声音的人。唯利是图，自私狭隘的林局长；才华横溢，怀才不遇的丁老师；刚正不阿，洁身自好的杜老师；娇生惯养，好逸恶劳的林虹；迂腐守旧，故步自封的孙套套；不甘雌伏，大胆出走的红霞；自甘堕落，醉生梦死的曲霞、林玲；性格刚烈，不甘堕落的春芹；本分厚道，知恩图报的喜林大叔。憨厚朴实，善良自卑的阿秀……黄良的命运前途与他们交织着，纠缠着，滋养着，牵扯着，衬托着……王德忠给我们呈现出那些底层的艰难、挣扎、善良和温暖，他的笔墨不遗余力地呼唤人间真诚、善良和公正。

王德忠在喧嚣与骚动中一直保持着心灵的指向，在欲望横流中一直坚守做人的根本，以生命的感觉关怀着底层小人物。在他的笔下，生命与人的命运互相感染着，普通平凡的人物故事，将个体生命与社会大背景的关系揭示得如此鲜活生动、血肉相连，让人读后灵魂久久不得安宁。

在这个浮躁的时代，能像他这样耐得住寂寞，并且沉下去苦心经营自己作品的人并不是很多。他的作品中总是溢出一种生命中不可言说之痛，流淌的故事中能感觉到几分高贵、几分忧郁。

我天资愚笨，大半辈子在裁剪缝补，可拿不出几件像样的针线活，说不出个所以然，就说说个人的读后感吧。

小说生长于心，除了脑子想象，整个身心都应该投入这个创作。德忠的视野还不开阔，受局限，所以这篇小说写得太实，太满，不留空白，不灵动。小说就是简单交代情节，大量丰富细节，重点刻画人物，而德忠在谋篇布局上基本上是平铺直叙，因而这篇小说缺乏起伏跌宕、峰回路转的景象变换、目不暇接的紧张刺激。

还要提醒德忠的是：地域文化一定要放在更为广阔的背景去描述，不能太局限于本地本事。比如，我们临夏人彼此间的称呼，方言俚语的应用，风俗习惯的讲究，"花儿"贤孝的穿插……都要在不失、不悖本意的前提下，进行充分的糅合加工后，才能搬到作品中。

中国常用汉字也就四千来个，作家的任务就是将词语重新排列组合，把大白话说得生动有趣，曾经沧海，老辣筋道，耐嚼味长，是一个人一辈子的功课。怎样使小说语言保新保鲜？我的土办法是：动笔时看词语屁股下面坐的是沙发，还是凳子？如果感觉词语不舒服，就把硌词语屁股的凳子换成沙发。词语屁股下面舒服了，语言也新也鲜了。

将日常生活中的事件直接搬上小说，没有让事件在自己的心里充分发酵，仅仅局限于个人的经验，没有形成大众的经验。

作者的任务，只是真实地反映正在发生和即将发生的故事，类似于导演，而不是演员，而德忠你，动不动跑到前台，说教一番。这是大忌呀。

细节的设置一定要真实自然，让读者看不出破绽。郑州街头巧遇当乞丐的宋林，种子公司披长发的主任是阿强媳妇的妹，小玲在西安求学时认识的"振红书店"老板竟然是杜振红老师，与法官王忠闲聊时，有意识提及的捐助人阿秀、喜林大叔，洛阳街头巧遇来买蜂窝煤机器的王红……所有这些，都显得有些突兀，感觉像风尘女子的笑，是从牙缝中挤出来的。

什么是好小说，一言难尽。像兰州牛肉面一样，牛肉、香菜、蒜苗、油泼辣子，分得一清二楚，总不免令人生疑。谁能三言两语说清楚一个人内心的浩瀚与曲折？我个人理解，好的小说浩瀚、广袤、诡秘、丰沛、苍茫，云烟满纸，复杂多义。像千年古刹的钟声，袅袅悠悠，回响云端，犹如神国仙阙，给人以超脱感。而这些，得靠德忠自己慢慢悟了。

后 记

　　本书写的是现实生活中的真人真事。
　　有人问:"那是一部真实的故事了?"
　　是真实的故事,我敢断言,但是书中的有些人物,与现实中的人物相比,大都飞越了空间,越过了时空。我只不过是在现实生活中找角色罢了。有些只取了他的童年,有些只取了他的老年和中年,相互穿插,请读者不要与现实生活中的人物一一对号入座,如有歧义,敬请见谅。
　　谨在拙著出版之时,鸣谢大奥文化传播公司的精心编校和设计,衷心感谢远方的至兰,历经六个余月,把我的700多页手写稿敲打成电子版,为拙作出版做出了巨大贡献,衷心感谢!
　　挚友王绍文先生不辞辛苦为拙作写序,衷心感谢,临夏县本土作家张发海先生为拙作作了精心的中肯评价,衷心感谢。马钰华先生、同事们、文友们、同学们……真诚的鼓励,是你们的敦促,二十年前的手稿付梓成册,在我心中除了感激,更多的是对你们的感恩……

王德忠敬上